DE REDDING VAN PIGGY SNEED

D1618180

JOHN IRVING

DE REDDING VAN PIGGY SNEED

VERHALEN

ANTHOS

Eerste druk, februari 1994
Vijfde druk, juni 1996

ISBN 90 4140 115 6
© 1982, 1980, 1973, 1968, 1974, 1982, 1976, 1986,
1979, 1992 by John Irving
De eerste acht verhalen uit deze bundel zijn in 1993
onder de titel *Trying to Save Piggy Sneed*
bij Bloomsbury Publishing Ltd. verschenen.
Voor deze uitgave:
© 1994 / 1996 by Uitgeverij Anthos, Amsterdam
Omslagontwerp: Jan de Boer
Foto: © Sjaak Ramakers

Verspreiding voor België:
Uitgeverij Westland nv, Schoten

INHOUD

De redding van Piggy Sneed   7
Ruimte binnenshuis   23
Bijna in Iowa   65
Vermoeid koninkrijk   82
Brennbars tirade   118
Andermans dromen   126
Pension Grillparzer   134
De koning van de roman   166
Kurt Vonnegut en zijn critici   197
Mijn diner in het Witte Huis   222
Verantwoording   258

DE REDDING VAN PIGGY SNEED

Dit is een persoonlijke herinnering, maar wilt u alstublieft wel bedenken dat alle herinneringen (bij elke schrijver met een rijke verbeelding) onbetrouwbaar zijn. Het geheugen van een romanschrijver is een bijzonder slechte leverancier van details; altijd kunnen wij iets beters verzinnen dan het detail dat we ons herinneren. Het correcte detail is maar zelden wat er precies gebeurde; het waarachtigste detail is wat er had *kunnen* gebeuren of wat er had *moeten* gebeuren. Ik besteed de helft van mijn leven aan herzien en voor meer dan de helft gaat dat via kleine veranderingen. Het schrijverschap is een moeizaam huwelijk tussen zorgvuldig waarnemen en het even zorgvuldig verzinnen van de waarheden die je niet zelf hebt kunnen zien. De rest is het noodzakelijke, precieze gezwoeg met de taal; dat betekent voor mij dat ik de zinnen schrijf en herschrijf tot ze net zo spontaan klinken als een goed gesprek.

Met dat in het achterhoofd denk ik dat ik schrijver ben geworden doordat mijn grootmoeder goede manieren had en vooral door een geestelijk gehandicapte vuilnisman tegen wie mijn grootmoeder altijd beleefd en vriendelijk was.

Mijn grootmoeder is de oudste nog levende doctor in de Engelse letterkunde van de universiteit van Wellesley. Ze woont tegenwoordig in een bejaardentehuis en raakt haar geheugen kwijt; ze herinnert zich de vuilnisman niet meer die mij heeft geholpen schrijver te worden, maar ze heeft nog even goede manieren en is nog even vriendelijk als vroeger. Wanneer andere bejaarden per ongeluk haar kamer binnenlopen, op zoek naar hun eigen kamer of misschien naar hun vorige woning, zegt mijn grootmoeder altijd: 'Ben je verdwaald, lieverd? Zal ik je helpen zoeken waar je eigenlijk *wel* moet zijn?'

Ik heb tot ik bijna zeven was bij mijn grootmoeder in huis gewoond; daarom heeft mijn grootmoeder mij altijd 'haar jongen' genoemd. Ze heeft zelf nooit een jongen gehad; ze heeft drie dochters. Als ik tegenwoordig afscheid van haar moet nemen, weten we elke keer allebei dat er misschien geen volgend bezoek zal komen en dan zegt ze altijd: 'Kom maar gauw weer, lieverd. Je bent tenslotte *mijn jongen*,' want ze houdt vol dat ze meer voor me is dan een grootmoeder, en dat is ook zo.

Hoewel ze doctor in de Engelse letterkunde is, kon mijn werk haar niet bekoren; ze las mijn eerste roman en daar liet ze het (levenslang) bij, zo zat het. Ze keurde de taal en het onderwerp af, zei ze tegen me; uit wat ze over mijn andere werk las, begreep ze dat mijn taal en mijn onderwerpen volledig verloederen naarmate mijn werk rijpt. Ze nam niet de moeite de vier romans te lezen die op de eerste volgden (we zijn het erover eens dat het zo het beste is). Ze is heel trots op mij, zegt ze; ik heb nooit erg indringend gevraagd *waarom* ze trots op me is – misschien alleen al omdat ik volwassen ben geworden of gewoon omdat ik 'haar jongen' ben – maar ze heeft me in elk geval nooit het gevoel gegeven dat ik oninteressant of onbemind was.

Ik groeide op in Front Street, in Exeter in New Hampshire. Toen ik een jongen was stonden er rijen iepen langs Front Street; dat de meeste kapot zijn gegaan, kwam niet door de iepziekte. De twee orkanen die achtereenvolgens toesloegen in de jaren vijftig, vaagden de iepen weg en moderniseerden de straat op een merkwaardige manier. Eerst kwam Carol en verzwakte hun wortels; toen kwam Edna en vloerde hen. Mijn grootmoeder plaagde me altijd door te zeggen dat ze hoopte dat ik daardoor meer ontzag voor vrouwen zou krijgen.

Toen ik een jongen was, was Front Street een donkere, koele straat – zelfs in de zomer – en stonden er geen hekken

om de achtertuinen; alle honden liepen los en kwamen in
de problemen. Een man die Poggio heette, bezorgde de
kruidenierswaren bij mijn grootmoeder thuis. Een man die
Strout heette, bezorgde het ijs voor de ijskast (mijn grootmoeder verzette zich tot het laatst tegen koelkasten). Meneer Strout was niet populair bij de honden van de buurt,
wellicht omdat hij ze met de ijstangen achterna zat. Wij, de
kinderen van Front Street, maakten het meneer Poggio
nooit lastig, want hij liet ons altijd in zijn winkel rondhan-
gen – en hij was gul met traktaties. Meneer Strout vielen we
ook nooit lastig (vanwege zijn ijstangen en zijn fabelach-
tige agressie jegens honden die zich in onze verbeelding zó
tegen ons kon keren). Maar de vuilnisman had niets voor
ons – geen traktaties, geen agressie – en dus bewaarden wij
ons talent om hem te sarren en te pesten (en andere akelige
bezigheden).

Hij heette Piggy Sneed. Ik heb *nooit* een man geroken
die zo stonk, behalve dan misschien een dode man van wie
ik ooit in Istanboel de lucht opsnoof. Alleen als je dood
was, kon je er beroerder uitzien dan Piggy Sneed er volgens
ons, de kinderen van Front Street, uitzag. Er waren zo veel
redenen om hem 'Piggy' te noemen, dat ik me afvraag
waarom niemand van ons een originelere naam heeft bedacht. Allereerst woonde hij op een varkensbedrijf. Hij
fokte varkens, hij slachtte varkens en hij woonde bij zijn
varkens; het was een varkensbedrijf, meer niet, er was geen
boerderij, er was alleen maar de stal. Uit een van de boxen
stak een kachelpijp. Die box werd voor het comfort van
Piggy Sneed verwarmd door een houtkachel, en wij stelden
ons voor dat zijn varkens (in de winter) om hem heen
dromden voor de warmte. Zo rook hij in elk geval wel.

Bovendien had hij door zijn specifieke handicap en door
zijn innige omgang met zijn vierpotige vrienden zich bepaalde varkensachtige gebaren en uitdrukkingen eigen gemaakt. Hij bracht zijn gezicht naar voren als hij naar de
vuilnisbakken toeliep, alsof hij (hongerig) de grond om-

wroette; zijn rode oogjes keken scheel, zijn neus bewoog
krampachtig als een energieke snuit, hij had diepe roze
rimpels achter in zijn nek en de bleke stoppelharen die in
het wilde weg langs zijn kaken ontsproten, leken absoluut
niet op een baard. Hij was klein, zwaar en sterk; hij *slingerde* de vuilnisbakken op zijn rug, hij *smeet* de inhoud in
de houten bak van de vrachtwagen met zijkanten van
latten. Er zaten altijd een paar varkens in de vrachtwagen
die begerig op het afval zaten te wachten. Misschien mochten er op andere dagen andere varkens mee; misschien was
het een feestelijk uitje voor ze, hoefden ze niet te wachten
tot Piggy Sneed met het vuilnis thuiskwam om het op te
eten. Hij nam *alleen* afval mee – geen oud papier, plastic of
metaal – en het was *allemaal* voor zijn varkens. Verder
deed hij niets, hij deed heel select werk. Hij werd betaald
om afval op te halen, dat hij aan zijn varkens voerde. Als *hij*
honger kreeg (stelden we ons voor), at hij een varken. 'Een
heel varken, in één keer,' zeiden wij op Front Street. Maar
het varkensachtigste aan hem was dat hij niet kon praten.

Zijn handicap had hem óf zijn mensentaal ontnomen óf
hem al eerder beroofd van het vermogen om mensentaal te
leren. Piggy Sneed praatte niet. Hij knorde. Hij krijste. Hij
snorkte – dat was zijn taal; die leerde hij van zijn vrienden,
net als wij.

Wij, de kinderen van Front Street, beslopen hem altijd
stilletjes als hij het afval voor zijn varkens uitgoot; we
overrompelden hem vanachter een heg, vanonder een veranda, vanachter een geparkeerde auto, vanuit een garage
of een keldergat. Dan besprongen we hem (we kwamen
nooit al te dichtbij) en krijsten we: 'Piggy! Piggy! Piggy!
Piggy! SNORK! OEEIII!' En net als een varken – in paniek, in
het wilde weg stampend, stompzinnig geschrokken (hij
schrok *elke keer* weer, alsof hij geen geheugen had) –
krijste Piggy Sneed naar ons alsof we hem net aan het
slachtersmes hadden geregen, brulde SNORK! tegen ons
alsof we hem in zijn slaap wilden aderlaten.

Ik kan niet nadoen hoe hij klonk; het was zo vreselijk dat wij, de kinderen van Front Street, het op een gillen zetten en wegliepen en ons verstopten. Als de schrik voorbij was, zaten we te springen tot hij weer kwam. Hij kwam twee keer in de week. Het kon niet op! En om de week of zo betaalde mijn grootmoeder hem. Dan liep ze naar achteren waar zijn vrachtwagen stond – vaak hadden we hem daar net aan het schrikken gemaakt en stond hij nog te snorken – en dan zei ze: 'Goedendag, meneer Sneed!'

Piggy Sneed werd dan prompt heel kinderlijk, zogenaamd druk bezig, heel verlegen en verschrikkelijk onbeholpen. Op een keer sloeg hij zijn handen die onder het koffiedik zaten voor zijn gezicht; een andere keer sloeg hij zijn ene been zo abrupt over het andere om grootmoeder niet aan te hoeven kijken, dat hij voor haar voeten neerviel.

'Blij u te zien, meneer Sneed,' zei grootmoeder dan, zonder ook maar een millimeter terug te deinzen voor de stank. 'Ik hoop dat de kinderen niet onbeleefd tegen u zijn,' vervolgde ze. 'Want u hoeft niet te dulden dat ze onbeleefd zijn hoor,' zei ze er nog bij. En dan betaalde ze hem en keek even tussen de houten latten van de vrachtwagen, waar zijn varkens als wilden op het verse afval aanvielen (en af en toe op elkaar) en dan zei ze: 'Wat een mooie varkens zijn dat! Zijn dat *uw* varkens, meneer Sneed? Zijn dat *nieuwe* varkens? Zijn dat dezelfde varkens als vorige week?' Maar hoe verrukt ze ook over zijn varkens deed, ze kreeg nooit een antwoord uit meneer Sneed. Hij draaide stuntelig en struikelend om haar heen en kon zijn vreugde nauwelijks bedwingen: dat mijn grootmoeder kennelijk zijn varkens goedkeurde en dat ze zelfs *hem* (van ganser harte) scheen goed te keuren. Dan knorde hij zachtjes tegen haar.

Als zij weer naar binnen ging, als Piggy Sneed zijn rijpe vrachtwagen achteruit de oprit afreed, overrompelden wij, de kinderen van Front Street, hem nog een keer door aan weerskanten van de vrachtwagen op te duiken, zodat Piggy

en zijn varkens krijsten van schrik en snoven van bescher-
mende woede.

'Piggy! Piggy! Piggy! Piggy! SNORK! OEEIII!'

Hij woonde in Stratham, aan een weg die van onze stad
naar de oceaan liep, zo'n tien kilometer verder. Ik verhuisde
(met mijn vader en moeder) uit grootmoeders huis (voor
mijn zevende, zoals ik al zei). Omdat mijn vader leraar was,
verhuisden we naar een huis op de campus – Exeter was toen
nog uitsluitend een jongensschool – en dus werd ons afval
(samen met ons anorganische vuil) door de school opge-
haald.

Nu zou ik graag willen zeggen dat ik opgroeide en (met spijt)
besefte hoe wreed kinderen zijn en dat ik me aansloot bij een
of andere burgerrechtenbeweging die zich wijdde aan de
zorg voor mensen als Piggy Sneed. Daar kan ik echter geen
aanspraak op maken. Kleine steden hebben een simpele,
maar allesomvattende code: veel vormen van krankzinnigheid zijn toegestaan, maar veel vormen van wreedheid worden genegeerd. Piggy Sneed werd getolereerd; hij bleef
zichzelf en leefde als een varken. Hij werd getolereerd zoals
je een onschadelijk dier tolereert; kinderen vertroetelden
hem, ze moedigden hem zelfs aan om een varken te zijn.

Toen we wat ouder werden wisten wij, de kinderen van
Front Street, natuurlijk dat hij geestelijk gehandicapt was,
en langzamerhand kwamen we erachter dat hij een beetje
aan de drank was. De vrachtwagen met de latten denderde,
stinkend naar varkens en stinkend naar vuil of iets nog veel
viezers, alle jaren dat ik daar opgroeide door de stad. Hij
mocht er rijden, hij mocht overstromen en onderweg naar
Stratham een deel van zijn lading verliezen. Dat was me een
stad, Stratham! Bestaat er in kleine steden iets nog provin-
cialers dan de neiging om nog kleinere steden te bespotten?
Stratham was geen Exeter (niet dat Exeter nu zoveel voorstelde).

Robertson Davies schrijft in zijn roman *Fifth Business*

over de inwoners van Deptford: 'Wij waren serieuze mensen die niets misten in onze gemeenschap en ons absoluut niet minder voelden dan grotere plaatsen. Maar we keken wel meewarig vermaakt naar Bowles Corners, zes kilometer verderop met honderdvijftig inwoners. Als je in Bowles Corners woonde, moest je wel reddeloos boers zijn, vonden wij.'

Stratham was voor ons, de kinderen van Front Street, Bowles Corners – 'reddeloos boers'. Toen ik vijftien was en mijn connectie met de Academie begon (met studenten van overal vandaan, uit New York, uit Californië zelfs) voelde ik me zo ver verheven boven Stratham dat ik nu verbaasd ben dat ik ooit bij de vrijwillige brandweer van Stratham ben gegaan. Ik weet niet meer hoe dat zo kwam. Ik geloof dat ik me herinner dat Exeter geen vrijwillige brandweer had; Exeter zal wel zo'n andere brandweer hebben gehad. Verscheidene inwoners van Exeter – die kennelijk behoefte hadden aan vrijwilligerswerk? – gingen bij de Strathamse vrijwilligers. Misschien hadden we zo'n enorme minachting voor de mensen van Stratham dat we dachten dat je er niet op kon rekenen dat ze hun eigen branden fatsoenlijk konden blussen.

Het was ontegenzeglijk ook heel opwindend om in de barre routine van de middelbare school bij iets te horen dat een beroep op je diensten kon doen zonder de geringste waarschuwing: dat inbraakalarm in je hart van de rinkelende telefoon in de nacht, die oproep tot gevaar zoals de pieper van een dokter die de veilige rust en vrede van de squashbaan opschrikt. Het maakte ons, de kinderen van Front Street, belangrijk en het verleende ons, toen we maar een tikkeltje ouder waren, een aanzien dat alleen rampen de jeugd kunnen bezorgen.

In de jaren dat ik brandbestrijder was, heb ik nooit iemand gered en zelfs niet eens iemands troeteldier. Ik heb nooit rook ingeademd, nooit een brandwond opgelopen, nooit een levende ziel naast het vangnet zien vallen.

Bosbranden zijn het ergst en daar heb ik er maar één van meegemaakt en dan nog alleen aan de buitenkant. Mijn enige letsel – 'in actie' – kreeg ik doordat een collega-brandbestrijder zijn bluspistool in een bergruimte gooide waar ik naar mijn honkbalpet aan het zoeken was. De pomp kwam tegen mijn gezicht en mijn neus bloedde misschien drie minuten.

Er waren af en toe redelijk grote branden in Hampton Beach (op een nacht probeerde een werkloze saxofonist, naar men zegt in roze smoking, het casino plat te branden), maar wij werden altijd pas als laatste redmiddel bij de grote branden geroepen. Als het om een brand ging waarvoor acht of tien keer alarm was geslagen, scheen Stratham als laatste opgeroepen te worden en werden we meer als toeschouwers bij het spektakel uitgenodigd dan dat we onder de wapenen geroepen werden. En de plaatselijke branden in Stratham waren óf een vergissing óf een verloren zaak. Op een avond stak meneer Skully, de meteropnemer, zijn combi in brand doordat hij wodka in de carburateur deed omdat de auto niet startte, zei hij. Op een avond stond de melkschuur van Grant in lichterlaaie, maar de meeste koeien waren al gered voor wij kwamen, en het meeste stro ook nog. Voor ons viel er niets anders te doen dan de schuur te laten afbranden en nat te houden zodat de belendende boerderij geen vlam zou vatten door de vonken.

Maar de laarzen, de zware helm (met je eigen nummer) en de glimmendzwarte oliejas – *je eigen bijl* – waren een genot, omdat ze een symbool waren van een soort volwassen verantwoordelijkheid in een wereld die ons (nog steeds) te jong vond voor alcohol. En op een avond toen ik zestien was joeg ik op een ladderwagen over de weg naar de kust naar een brand in een zomerhuis vlak bij het strand (die veroorzaakt bleek door kinderen die met aanmaakspul voor de barbecue een grasmaaier hadden laten ontploffen) en daar had je – slingerend in zijn stinkende vrachtwagen, als obstructie voor onze belangrijkheid, zo gespeend van

maatschappelijk plichtsbesef als het eerste het beste varken
– Piggy Sneed die met een slok op naar huis ging met zijn
afval voor zijn hongerige vrienden.

We seinden met de lichten, zetten de sirene aan – ik vraag
me nu af wat hij dacht dat er achter hem zat. God, het
gillende monster met de rode ogen achter Piggy Sneeds
schouder – het grote robotvarken uit de wereld en de
ruimte! De arme Piggy Sneed ging vlak bij zijn huis en
bijna onmenselijk dronken en smerig van de weg af om ons
te laten passeren en terwijl we hem inhaalden – wij, de
kinderen van Front Street – hoorde ik ons heel duidelijk
'Piggy! Piggy! Piggy! Piggy! SNORK! OEEIII!' roepen. Mijn
eigen stem heb ik vast ook gehoord.

Ons vastklampend aan de ladderwagen, met onze
hoofden achterover zodat het leek of de bomen boven de
smalle weg de sterren versluierden met bewegende zwarte
kant, ging de varkenslucht geleidelijk over in de rauwe,
brandende oliestank van de gesaboteerde grasmaaier, die
ten slotte overging in de zuivere zilte wind uit zee.

Toen we op de terugweg in het donker langs de varkensschuur kwamen, zagen we de verrassend warme gloed van
de petroleumlamp in Piggy Sneeds box. Hij was veilig
thuisgekomen. Zat hij soms te lezen? vroegen we ons af. En
weer hoorde ik ons geknor, ons gekrijs, ons gesnork; onze
strikt dierlijke communicatie met hem.

De avond dat zijn varkensstal in brand stond, waren we
stomverbaasd. De vrijwilligers van Stratham zagen Piggy
Sneeds onderkomen altijd als een onvermijdelijke, stinkende puinhoop aan de weg van Exeter naar het strand; een
goor ruikend baken op warme zomeravonden, dat altijd
het verplichte gekreun opriep als je er langskwam. In de
winter kwam er regelmatig rook van de houtkachel uit de
pijp boven Piggy's box en in de buitenstallen haalden zijn
varkens, die routineus rondstampten in een modderpoel
van ondergescheten sneeuw, met kleine pufjes adem, als

waren het ovens van vlees. Bij een stoot van de sirene vlogen
ze alle kanten op. Als we 's avonds naar huis gingen nadat de
brand geblust was, konden we het niet laten om de sirene aan
te zetten als we langs Piggy Sneeds optrekje kwamen. Het
was veel te spannend om je voor te stellen wat voor schade
dat geluid aanrichtte: paniek onder de varkens, Piggy zelf in
paniek, met z'n allen amechtig krijsend naar elkaar toe
huppend op zoek naar de bescherming van de kudde.

De avond dat Piggy Sneeds onderkomen in brand stond,
stelden wij, de kinderen van Front Street, ons een geinig zij
het wat sloom spektakel voor. Op de weg naar de kust met
groot licht op en seinend, de sirene voluit aan – alle varkens
werden er gek van – hadden we dolle pret en vertelden we
een heleboel varkensgrappen: hoe we dachten dat de brand
ontstaan was, dat ze een drinkgelag hadden, Piggy met zijn
varkens, en dat Piggy er eentje aan het braden was (aan een
spit) en met een ander danste, en het een of andere varken
liep achteruit tegen de houtkachel aan en verbrandde zijn
staart en gooide de bar omver en het varken waarmee Piggy
zowat elke avond danste, was in een slechte bui omdat Piggy
niet met *haar* danste... maar toen waren we er en zagen we
dat deze brand niets feestelijks had; het was zelfs niet het
staartje van een snertfeest. Het was de grootste brand die
wij, de kinderen van Front Street, en zelfs de oudgedienden
onder de vrijwilligers van Stratham ooit hadden gezien.

Het zag eruit of de lage, aan elkaar grenzende stallen van
de varkensschuur uit elkaar waren geknapt, of dat de zinken
daken gesmolten waren. Er was niets in de schuur dat niet
wilde branden – er was hout voor de houtkachel, er was
hooi, er waren achttien varkens en Piggy Sneed. En er was
meer dan genoeg petroleum. En in de meeste stallen in de
varkensschuur lag ook nog een metertje mest. En zoals een
oudgediende van de vrijwilligers van Stratham tegen me zei:
'Als je het maar heet genoeg maakt, wil zelfs stront wel
branden.'

Het was heet genoeg. We moesten de brandweerwagens

een eindje verderop zetten; we waren bang dat de nieuwe lak zou gaan bladderen door de hitte of dat de nieuwe banden zouden smelten. 'We hoeven er geen water aan te verspillen,' zei onze commandant tegen ons. We zetten de spuit op de bomen aan de overkant van de weg, we zetten de spuit op het bos achter de varkensschuur. Het was een windstille, bitterkoude nacht en de sneeuw was zo droog en fijn als talkpoeder. De bomen bogen door van de ijspegels en maakten een krakend geluid toen we de spuit erop zetten. De commandant besloot het vuur te laten uitbranden, want dan had je minder rommel. Het zou dramatisch worden als ik zei dat we gekrijs hoorden, als ik zei dat we de varkensdarmen hoorden opzwellen en barsten of eerst nog de hamerende varkenshoeven tegen de staldeuren. Maar tegen de tijd dat wij arriveerden, waren die geluiden al voorbij, verleden tijd, hoorden we ze alleen nog maar in onze verbeelding.

Hier kan een schrijver van leren: dat de geluiden die we in onze verbeelding horen het duidelijkst en het luidst kunnen zijn. Toen wij arriveerden, waren zelfs de banden van Piggy's vrachtwagen geknapt, was de benzinetank ontploft en de voorruit bezweken. Omdat we er niet bij waren geweest, konden we alleen maar raden in welke volgorde dat gebeurd was.

Als je te dicht bij de varkensschuur stond, krulden je wimpers van de hitte en voelde je het vocht onder je oogleden schroeien. Als je er te ver vandaan stond, sneed de kille winterlucht, aangelokt door de vlammen, door je heen. De weg naar de kust vroor op door het morswater uit onze slangen en een man met een embleem van Texaco op zijn pet en zijn parka slipte (rond middernacht) van de weg en had hulp nodig. Hij was dronken en had een vrouw bij zich die zo te zien veel te jong voor hem was, of misschien was het zijn dochter. 'Piggy!' schreeuwde de man van Texaco. 'Piggy!' riep hij naar de vlammenzee. 'Hé Piggy, kom als de donder naar buiten – stuk imbeciel – als je daar bent!'

Tot ongeveer twee uur 's morgens hoorde je verder alleen af en toe *ploink* als het zinken dak ontzet raakte, terwijl het zich loswrong van de schuur. Rond twee uur
kwam het dak fluisterend naar beneden. Tegen drieën
stond er geen muur meer overeind. De gesmolten sneeuw
eromheen was een meer geworden dat rondom het vuur
omhoog leek te komen, bijna zo hoog als de stapel brandende troep. De gestaag aanzwellende hoeveelheid smelt-
water bluste het vuur van onderaf.

En wat roken we? Een hoogzomerse gestoofde boeren-
erflucht, de scherpe, tegenstrijdige lucht van as in de
sneeuw, vastberaden bakkende mest die aan spek of gebra-
den varkensvlees deed denken. Omdat het windstil was en
we niet probeerden het vuur te blussen, hadden we geen
last van de rook. Een uur voor het dag werd, lieten de
mannen (dat wil zeggen de oudgedienden) het aan ons, de
jongens, over de boel in de gaten te houden. Dat doen
mannen als ze met jongens samenwerken: ze doen wat ze
willen doen en de jongens mogen voor de dingen zorgen
waar zij niet voor willen zorgen. De mannen gingen koffie
drinken, zeiden ze, maar toen ze terugkwamen, roken ze
naar bier. Tegen die tijd was het vuur zo ver uitgebrand dat
het met water geblust kon worden. De mannen begonnen
daarmee en toen ze er genoeg van hadden, droegen ze het
werk over aan ons, de jongens. De mannen gingen er weer
vandoor – bij het eerste licht – ze gingen ontbijten, zeiden
ze. Ik herkende in het licht een paar van mijn makkers, de
kinderen van Front Street.

Toen de mannen weg waren, begon een van de kinderen
van Front Street ermee – eerst heel zachtjes. Misschien was
ik het wel. 'Piggy, Piggy,' riep een van ons. Een van de
redenen waarom ik schrijver ben, is dat ik de noodzaak
ervan kon meevoelen; ik heb me nooit geïnteresseerd voor
wat niet-schrijvers goede en slechte 'smaak' noemen.

'Piggy! Piggy! Piggy! Piggy! SNORK! OEEIII!' riepen we.
Op dat moment begreep ik dat komedie gewoon medele-

ven is in een andere vorm. En toen begon ik; ik begon aan mijn eerste verhaal.

'Verrek,' zei ik, want bij de vrijwilligers van Stratham begon iedereen elke zin met het woord 'verrek'.

'Verrek,' zei ik. 'Piggy Sneed is daar niet. Hij is wel gek,' zei ik er nog bij, 'maar zo stom is geen mens.'

'Zijn vrachtwagen staat er,' zei een van de kinderen van Front Street met heel weinig fantasie.

'Hij was de varkens gewoon zat,' zei ik. 'Hij is de stad uit, dat weet ik. Hij was het allemaal zat. Hij heeft dit waarschijnlijk al wekenlang zo gepland.'

Het was wonderbaarlijk, maar ze luisterden naar me. Ik geef toe, het was een lange nacht geweest. De vrijwilligers van Stratham zouden net zo makkelijk naar *wie dan ook* geluisterd hebben die maar *iets* te vertellen had. Maar ik voelde de sensatie van een aanstaande redding, mijn eerste.

'En er zijn geen varkens ook, wil ik wedden,' zei ik. 'Hij heeft binnen een paar dagen de helft opgegeten, wil ik wedden. Hij at zich te barsten! En toen verkocht hij de rest. Hij had uitgerekend voor deze gelegenheid wat geld opzij gelegd.'

'Voor *welke* gelegenheid?' vroeg een twijfelaar. 'Als Piggy daar niet is, waar is hij dan?'

'Als hij de hele nacht buiten is geweest,' zei iemand anders, 'dan is hij dood*gevroren*.'

'Hij zit in Florida,' zei ik. 'Hij is met pensioen gegaan.' Ik zei het heel natuurlijk, ik zei het alsof het een *feit* was. 'Kijk eens om je heen!' schreeuwde ik tegen hen. 'Waar gaf hij zijn geld aan uit? Hij heeft een smak geld gespaard. Hij heeft het zaakje zelf in de fik gestoken,' zei ik, 'alleen maar om het ons moeilijk te maken. Weet je nog hoe moeilijk wij het *hem* maakten,' zei ik en ik zag dat iedereen daarover nadacht; dat was tenminste de waarheid. Een beetje waarheid kan nooit kwaad in een verhaal. 'Nou,' besloot ik, 'hij heeft het ons betaald gezet, dat is duidelijk. Hij heeft ons de hele nacht op de been gehouden.'

Dat zette ons, de kinderen van Front Street, aan het denken en in die denkpauze begon ik aan mijn eerste herziening; ik probeerde het verhaal beter en geloofwaardiger te maken. Piggy Sneed moest natuurlijk gered worden, dat was van essentieel belang, maar wat moest een man die niet praten kon nou in *Florida*. Volgens mij hadden ze daar strengere bestemmingsplannen dan bij ons in New Hampshire, vooral wat varkens betreft.

'Hoor eens,' zei ik. 'Wedden dat hij *wel* kon praten, altijd al. Hij komt waarschijnlijk uit *Europa*,' besloot ik. 'Ik bedoel maar, wat is dat nou voor naam, *Sneed*? En hij kwam hier opdagen rond de oorlog, toch? Wat zijn moedertaal ook mag zijn, die spreekt hij heel aardig, wil ik wedden. Hij heeft alleen die van *ons* nooit geleerd. Varkens waren op de een of andere manier makkelijker. *Vriendelijker* misschien,' zei ik er nog bij, terwijl ik aan onszelf dacht. 'En nou heeft hij genoeg gespaard om naar huis te gaan. En daar is hij nou!' zei ik. 'Hij is niet in Florida, hij is teruggegaan naar *Europa*!'

'Goed gedaan, Piggy,' juichte iemand.

'Kijk maar uit, Europa,' zei iemand schertsend.

We stelden ons jaloers voor hoe Piggy Sneed 'weg'gekomen was, hoe hij was ontsnapt aan de kwellende kleinsteedse eenzaamheid (en de fantasieën) die ons allemaal bedreigden. Maar toen de mannen terugkwamen, kreeg ik te maken met de twijfelachtige waardering van het doorsneepubliek voor fictie.

'Irving denkt dat Piggy Sneed in Europa is,' zei een jongen van Front Street tegen de commandant.

'Hij is hier toch voor het eerst rond de oorlog opgedoken, meneer?' vroeg ik aan de commandant, die me stond aan te staren alsof ik het eerste lijk was dat geborgen werd uit deze brand.

'Piggy Sneed is *hier* geboren, Irving,' zei de commandant tegen mij. 'Zijn moeder was een halve gare, ze werd aangereden door een auto die aan de verkeerde kant om de muziektent heen reed. Piggy werd geboren op Water Street,' zei de commandant tegen ons. Water Street, dat wist ik heel goed, kwam uit op Front Street, heel dicht bij huis.

Dan was Piggy, bedacht ik, dus toch in Florida. In verhalen moet je het beste laten gebeuren wat *kan* gebeuren (of het ergste, als dat je doel is), maar het moet wel aannemelijk klinken.

Toen de verbrande resten zover afgekoeld waren dat je erover kon lopen, gingen de mannen naar hem op zoek; iets ontdekken was mannenwerk, omdat het interessanter was dan wachten en dat was jongenswerk.

Een poosje later riep de commandant mij bij zich. 'Irving,' zei hij. 'Jij denkt dat Piggy Sneed in Europa is, dus dan vind je het zeker niet erg om *dit*, wat het dan ook is, hier weg te halen.'

Het kostte niet veel inspanning om die geslonken sintel van een man te verwijderen; ik spoot een zeil nat en sleepte het lichaam dat verbazend licht was op het zeil, eerst met de lange haak en toen met de korte. Zijn achttien varkens vonden we ook allemaal. Maar zelfs nu heb ik nog een levendiger beeld van hem in Florida dan van hem als onbestaanbaar klein hoopje houtskool dat ik uit de as haalde.

Natuurlijk vertelde ik mijn grootmoeder de *simpele* waarheid, gewoon de vervelende feiten. 'Piggy Sneed is gestorven bij de brand van vannacht, Nana,' zei ik tegen haar.

'Arme meneer Sneed,' zei ze. Met groot ontzag en mededogen voegde ze er nog aan toe: 'Wat voor afschuwelijke omstandigheden hebben hem tot zo'n barbaars leven gedreven!'

Later zou ik erachter komen dat de taak van een schrijver is te verzinnen hoe je Piggy Sneed zou kunnen redden en tegelijk de brand aan te steken die hem de das zal omdoen. Pas *veel* later, maar nog voordat mijn grootmoeder naar het bejaardenhuis werd gebracht, toen ze nog wist wie

Piggy Sneed was, vroeg grootmoeder mij: 'Waarom ben je in 's hemelsnaam *schrijver* geworden?'

Ik was 'haar jongen', zoals ik al verteld heb, en ze maakte zich oprecht zorgen over mij. Het kan zijn dat ze als doctor in de Engelse letterkunde ervan overtuigd was dat het schrijverschap bandeloos en destructief was. Dus vertelde ik haar alles over de nacht van de brand, hoe ik me voorstelde dat ik, als ik iets echt goeds had kunnen verzinnen – als ik iets had bedacht dat waar genoeg was – Piggy Sneed (in zekere zin) had kunnen redden. Ik had hem op zijn minst kunnen redden voor een andere brand – van eigen makelij.

Nu is mijn grootmoeder een Yankee, *en* de oudste nog levende doctor in de Engelse letterkunde. Uit de lucht gegrepen antwoorden, vooral van esthetische aard, zijn niets voor haar. Wijlen haar man, mijn grootvader, zat in de schoenenhandel; hij maakte iets waar de mensen echt behoefte aan hadden: bruikbare bescherming voor hun voeten. Maar toch hield ik tegen mijn grootmoeder vol dat haar vriendelijkheid tegen Piggy Sneed mij niet was ontgaan, en dat die vriendelijkheid samen met de machteloosheid van Piggy Sneeds bestaan als mens plus de nacht van de brand die mij de potentiële macht van mijn verbeelding had leren kennen... enzovoort. Mijn grootmoeder onderbrak me.

Meer meewarig dan geërgerd gaf ze een klopje op mijn hand en schudde haar hoofd. 'Johnny, *schat*,' zei ze. 'Je had je toch zeker een heleboel *moeite* kunnen besparen, als je meneer Sneed toen hij nog leefde gewoon met een beetje menselijk fatsoen had behandeld.'

Omdat ik dat heb nagelaten, ben ik er nu achter dat de taak van een schrijver is Piggy Sneed telkens opnieuw, voor eeuwig, in brand te steken – *en* te proberen hem te redden.

RUIMTE BINNENSHUIS

George Ronkers was een jonge uroloog in een universi-
teitsstad – tegenwoordig een lucratieve betrekking; de niet
door kennis gehinderde ruimdenkendheid van zowel de
jonge als de oude universiteitsgemeenschap zorgde voor
een keur aan venerische variëteiten. Voor een uroloog was
er meer dan genoeg werk. Ronkers had een tedere bijnaam
gekregen van het overgrote deel van zijn clientèle op de
afdeling studentengezondheidszorg. 'Ranzige Ronk,' zeiden ze. Zijn vrouw noemde hem, met diepere genegenheid,
'Rans'.

Ze heette Kit. Ze wist de humoristische kant aan het
werk van George te waarderen en had aanleg voor fantasierijke huisvesting. Ze was doctoraalstudent aan de School
voor Architectuur, had een kandidaat-assistentschap en
gaf één vak – 'ruimte binnenshuis' – aan architectuurstu-
denten in de kandidaatsfase.

Het was echt haar terrein. Ze was volstrekt verantwoordelijk voor alle ruimte binnen huize Ronkers. Ze had muren omvergehaald, badkuipen tot zinken gebracht, deur-
openingen van bogen voorzien, kamers ronde hoeken gegeven, ramen ovaal gemaakt. Kortom, de ruimte binnenshuis was voor haar een illusie. 'Het gaat erom,' zei ze altijd,
'dat je niet laat zien waar de ene kamer ophoudt en de
andere begint; het concept *kamer* is strijdig met het concept *ruimte*; in de ruimte zie je geen begrenzingen…' Enzovoort; het was haar terrein.

George Ronkers liep door zijn huis alsof het een park
was in een vreemde maar intrigerende stad. Ruimtetheorie-
en lieten hem volkomen koud.

'Vandaag had ik een meisje met vijfenzeventig wratten,'

zei hij dan. 'Moest duidelijk geopereerd worden. Begrijp
niet waarom ze bij *mij* is gekomen. Had beslist eerst naar
een *gynaecoloog* moeten gaan.'

Het enige deel van het perceel dat Ronkers als *zijn* terrein
beschouwde was de grote, prachtige zwarte walnoteboom
naast het huis. Kit had het huis ontdekt; het behoorde aan
een oude Oostenrijker, Kesler genaamd, wiens vrouw net
was overleden. Kit zei tegen Ronkers dat het van binnen
wel te renoveren was, omdat de plafonds ten minste hoog
genoeg waren. Maar de boom had het hem bij Ronkers
gedaan. Het was een zwarte walnoot die in een hoge,
slanke v uit de grond verrees alsof hij uit twee bomen
bestond. De echte zwarte walnoot heeft iets langs, elegants
en snelgroeiends – de takken en bladeren beginnen ongeveer op de eerste woonlaag boven de grond, de bladeren
zijn klein en smal en zitten zeer dicht opeengepakt; ze
hebben een fijne groene kleur die in oktober geel wordt.
De walnoten groeien binnen in een taaie, rubberachtige,
bleekgroene schil; in de herfst zijn ze zo groot als perziken
geworden; de schil wordt donkerder – hier en daar zelfs
zwart – en dan gaan ze vallen. Eekhoorns zijn er dol op.

Kit vond de boom best aardig, maar ze raakte in extase
toen ze de oude Herr Kesler vertelde wat ze met zijn woning zou gaan doen als hij was verhuisd. Kesler staarde
haar alleen maar aan, en zei nu en dan iets als: 'Welke
muur? *Die* muur? U gaat *deze* muur nederstoten, ja? O, de
andere muur ook? O. En... wat zal dan de muur hooghou-
den? O...'

En Ronkers vertelde Kesler hoe *prachtig* hij de zwarte
walnoot vond. Dat was het moment waarop Kesler hem
waarschuwde voor de buurman.

'*Der Bardlong*,' zei Kesler. 'Hij wil de boom omslaan,
maar ik heb nimmer naar hem gehoord.' George Ronkers
probeerde nog wat meer van Kesler te weten te komen over
de beweegredenen van zijn toekomstige buurman Bard-

long, maar de Oostenrijker sloeg plotseling met de vlakke hand op de muur naast hem en riep tegen Kit: 'Toch niet ook *deze* muur, hoop ik! Ach, deze muur heb ik immer *geliefd*!'

Enfin, tact was geboden. Niet meer openlijk over plannen praten totdat Kesler was verhuisd. Hij verhuisde naar een appartement in een van de andere buitenwijken; om de een of andere reden had hij zich voor de gelegenheid gekleed – als een boer uit de Alpen, een vilten Tiroler hoed met een veer op zijn hoofd en zijn oude witte knieën knipogend onder zijn lederhose, stond hij in een mild voorjaarsregentje bij zijn ouderwetse houten kisten, toekijkend hoe George en Kit af en aan renden met zijn meubilair.

'Wilt u niet even schuilen, Mr. Kesler?' vroeg Kit hem, maar hij verliet het trottoir voor zijn oude huis geen moment tot al zijn meubilair in de vrachtwagen stond. Hij keek naar de zwarte walnoot.

Herr Kesler legde zijn hand vrijmoedig op Kits achterwerk, en zei tegen haar: 'Beloof me dat je *der pest Bardlong* de boom niet heronderhalen laat, oké?'

'Oké,' zei Kit.

George Ronkers vond het prettig om op lenteochtenden in bed te liggen kijken hoe het zonlicht door de nieuwe groene bladeren van zijn zwarte walnoot werd gefilterd. De patronen die de boom op het bed wierp leken soms mozaïeken te vormen. Kit had het raam vergroot om zo meer van de boom te kunnen genieten; ze noemde het: 'de boom binnenhalen'.

'O Rans,' fluisterde ze, 'prachtig, hè?'

'Het is een prachtige boom.'

'Nou, ik bedoel ook de *kamer*. En het raam, het verhoogde slaappodium...'

'*Podium*? Ik dacht dat het een bed was.'

Er was een eekhoorntje dat vlak bij het raam over een tak liep – vaak streek hij zelfs met zijn staart langs de hor; de

eekhoorn hield ervan om aan de nieuwe noten te trekken,
alsof hij de herfst vóór zou kunnen zijn.

'Rans?'

'Ja...'

'Herinner je je nog dat meisje met die vijfenzeventig
wratten?'

'Of ik me haar nog *herinner*?!'

'Nou, Rans... *waar* zaten die wratten?'

...en met *der pest Bardlong* ontstonden er geen problemen.
Dat hele voorjaar en die hele zomer waren werklieden muren aan het verwijderen en ramen aan het uithouwen, en
Mr. en Mrs. Bardlong glimlachten van een afstand om de
wanorde op hun maagdelijke terrein, wuifden zwakjes
vanaf hun terrassen, doken plotseling op achter een traliewerkje – maar steeds waren het goede buren die de jeug-
dige bedrijvigheid aanmoedigden zonder enige vorm van
bedilzucht.

Bardlong was gepensioneerd. Hij was *de* Bardlong, in-
dien de naam van de schokbreker- en remsysteemmagnaat
u althans iets zegt. In het Midwesten hebt u mogelijk de
grote vrachtwagens wel eens zien rijden.

MET BARDLONG STAAT U METEEN!

BARDLONG LACHT OM DIE SCHOK!

Zelfs nu hij rentenierde, bleek Bardlong opgewassen tegen
iedere schok die zijn nieuwe buren en hun renovaties hem
hadden kunnen bezorgen. Zijn eigen huis was een oud,
roodbakstenen herenhuis, smaakvol afgewerkt met don-
kergroene blinden en begroeid met klimop. Qua architectuur deed het 'Georgian' aan; de voorkant van het huis was
vierkant en had beneden hoge, smalle ramen. Het huis was
heel diep; het strekte zich ver naar achteren uit, en waai-
erde uit in terrassen, traliewerken, rotstuinen, strak ge-

knipte heggen, petieterige bloembedjes en een gazon zo glad als een golfbaan rond de hole.

Het huis besloeg een volle hoek van de schaduwrijke, voorstedelijke straat. Zijn enige buurman was het huis van de familie Ronkers, en het perceel van de Bardlongs was van dat van George en Kit gescheiden door een lage leistenen muur. Vanuit de ramen van hun bovenverdieping keken George en Kit neer op Bardlongs perfecte tuin; hun wirwar van struiken en onverzorgd, klittend gras stak zeker anderhalve meter uit boven deze leistenen barricade, die voorkwam dat al die troep van hen Bardlong verpletterde terwijl hij stond te harken en snoeien. De huizen zelf lagen merkwaardig dicht bij elkaar; het huis van de familie Ronkers had vroeger, lang voordat de grond was opgedeeld, als dienstbodenwoning van het huis van de Bardlongs gefungeerd.

Tussen hen in, geworteld in de hoger gelegen grond aan de Ronkers-zijde van de leistenen muur, stond de walnoteboom. Ronkers begreep niet hoe Herr Kesler erbij was gekomen dat Bardlong het verscheiden van de boom nastreefde. Misschien was het een taalprobleem geweest. Bardlong profiteerde net zo goed van de boom. Hij gaf ook schaduw aan *zijn* ramen; statig en hoog verhief hij zich boven zijn dak. Eén arm van de v boog zich over George en Kit; het andere deel van de v helde over naar Bardlong.

Had de man geen oog voor ongesnoeid schoon?

Mogelijk; maar die hele zomer lang klaagde Bardlong nooit. Hij was er met zijn vale strohoed op, tuinierend of gewoon wat rondscharrelend, vaak vergezeld door zijn vrouw. De twee leken eerder gasten van een sfeervol oud hotel in een vakantieoord dan werkelijke ingezetenen. Hun kleding was, voor het werk in de tuin, belachelijk vormelijk – alsof Bardlong aan al die jaren in de remsystemenindustrie uitsluitend nette pakken had overgehouden. Hij droeg net-niet-meer-modieuze kostuumbroeken met bretels en net-niet-meer-modieuze overhemden – de wit-

gerande strohoed beschutte zijn bleke, sproeterige voorhoofd tegen de zon. Het geheel werd gecompleteerd door
buitengewoon opvallende schoenen in twee kleuren.

Zijn vrouw – in barbecue-jurk, met een crèmekleurige
Panamahoed en een roodzijden lint om de knot achter op
haar muisgrijze haar – tikte met haar wandelstok op de
bakstenen in het terras die het lef zouden kunnen hebben
om los te zitten. Bardlong volgde haar met een piepklein,
speelgoedachtig trekkarretje vol specie en een troffel.

Ze lunchten iedere dag om drie uur op het achterterras
onder een groot zonnescherm; het verchroomde tuin-
ameublement glom van de talloze jachtontbijten en op de
bruiloft van een dochter volgende champagne-brunches.

Een bezoekje van zijn volwassen kinderen en zijn minder volwassen kleinkinderen scheen de enige onderbreking
te vormen in Bardlongs zomer. Drie dagen van hondege-
blaf en van ballen die door de biljarttafelsymmetrie van
hun tuin werden gegooid, leken de Bardlongs na afloop
nog een week lang uit hun evenwicht te brengen. Bezorgd
volgden ze de kinderen over hun grondgebied, trachtten
gebroken bloemstelen recht te zetten, spietsten een affron-
terend kauwgompapiertje aan het een of andere tuinge-
reedschap, legden graszoden terug die waren uitgegraven
door de wild rennende hond die zich als een rugbyspeler
door het zachte gazon kon vreten en dat ook inderdaad had
gedaan.

Nog een week na deze familie-invasie zaten de Bardlongs uitgeput onder het zonnescherm op hun terras, te
moe om ook maar tegen één baksteentje aan te tikken of
om het kleinste beschadigde takje klimop te repareren dat
door een langslopend kind van een traliewerkje was ge-
rukt.

'Hé, Rans,' fluisterde Kit. 'Bardlong lacht om die schok!'

'Met Bardlong staat u meteen!' las Ronkers op de vrachtwagens die hij in en om de stad zag. Maar nooit verscheen

een van die ruwe voertuigen ook maar in de buurt van de pas geschilderde stoeprand voor Bardlongs huis. Bardlong was werkelijk gepensioneerd. En Kit en George vonden de gedachte dat de man zijn leven ooit anders had doorgebracht absurd. Al zou hij vroeger dag in dag uit remsystemen en schokbrekers hebben vervoerd, ze konden zich niet voorstellen dat Bardlong er ooit iets mee te maken had gehad.

George had eens een dagdroom die perverse proporties had aangenomen. Hij vertelde Kit dat hij een enorme MET BARDLONG STAAT U METEEN!-truck zijn volledige lading in Bardlongs tuin had zien storten – de grote paneeldeuren aan de achterkant helemaal opengegooid, diepe voren trekkend door het gazon, rammelende onderdelen uitbrakend: remtrommels, remschoenen, grote, olieachtige klodders remvloeistof en taaie, verende schokbrekers die de bloembedden fijnstampten.

'Rans?' fluisterde Kit.

'Ja...'

'Zaten die wratten ook echt in haar vagina?'

'Erin, erop, eromheen, overal...'

'*Vijfenzeventig!* Oh Rans, ik kan het me haast niet voorstellen.'

Ze lagen in bed, bespikkeld door de nazomerzon die in de vroege ochtend ternauwernood het dikke bladerdek van de zwarte walnoot die voor hun raam heen en weer wiegde, kon doordringen.

'Weet je waarom ik hier nou zo graag lig?' vroeg Ronkers aan zijn vrouw. Ze schoof dicht tegen hem aan.

'O, nee, vertel eens...'

'Nou, het komt door die *boom*,' zei hij. 'Volgens mij heb ik mijn eerste seksuele ervaring in een boomhut gehad en doet deze boom me daaraan denken...'

'Jij met die verdomde boom van je,' zei Kit. 'Misschien komt het wel door mijn *architectuur* dat je zo gek op die boom bent. Of misschien zelfs door *mij*,' zei ze. 'En *dat* is

tenminste geloofwaardig – eerlijk gezegd kan ik me niet
voorstellen dat jij het ooit in een boomhut hebt gedaan –
het lijkt me eerder zo'n verhaal van een van die vieze
ouwe patiënten van je...'
'Nou, eigenlijk was het een vieze *jonge* patiënt.'
'Je bent vreselijk, Rans! Lieve God, vijfenzeventig
wratten...'
'En wat een snijwerk voor zo'n plek.'
'Je zei toch dat Tomlinson haar had geopereerd.'
'Nou ja, maar ik heb *geassisteerd*.'
'Maar *normaal* doe je dat toch niet, hè.'
'Nou nee, maar dit was niet *normaal*.'
'Je bent echt vreselijk, Rans...'
'Puur medische belangstelling, professionele leergierig-
heid. Je gebruikt veel paraffineolie en vijfentwintig pro-
cent podofylline. Het dichtschroeien is een delicate
zaak...'
'Misbaksels,' zei Kit.

Maar de zomer vloog voorbij en toen de studenten weer
terug waren in de stad kreeg Ronkers het te druk om
's ochtends lang in bed te liggen. In alle hoeken van de
aardbol vallen er duizelingwekkende massa's urinewegin-
fecties te ontdekken, emolumenten van de toeristenindus-
trie waar men maar weinig over hoort; het is mogelijk het
grootste onbekende zomerimportartikel van het land.
Elke morgen zat er een rij studenten in zijn wachtkamer, nu de zomervakantie voorbij was, het harde werk
weer begonnen, de plasproblemen steeds ernstiger.
'Dokter, ik denk dat ik dit in Izmir heb opgedaan.'
'Het gaat erom hoeveel schade het *daarna* nog heeft
aangericht!'
'Het probleem,' vertelde Ronkers Kit, 'is dat ze allemaal heel goed weten wat ze hebben, meteen al – en
meestal zelfs van *wie*. Maar bijna allemaal blijven ze een
poos wachten tot het over zal gaan – of ze besmetten ver-

domme anderen ermee! – en ze komen pas bij mij als ze de pijn niet meer kunnen *harden*.'

Maar Ronkers was heel vriendelijk voor zijn venerische patiënten en gaf hun niet het gevoel dat ze in zonde waren verzonken of hun gerechte straf hadden gekregen; hij zei dat ze zich absoluut nooit schuldig over hoefden te voelen over iets wat ze bij iemand anders hadden opgedaan. Hij stond er echter nadrukkelijk op dat ze de oorspronkelijke gastvrouw in kennis zouden stellen – wanneer ze die althans kenden. 'Misschien *weet* ze het niet,' zei Ronkers dan.

'We hebben geen contact meer met elkaar,' kreeg hij vervolgens te horen.

En Ronkers voerde aan: 'Maar dan geeft zij het weer door aan iemand anders, die dan weer...'

'Net goed!' werd er dan geroepen.

'Nee, *luister* nou eens,' pleitte Ronkers. 'Het kan echt ernstige consequenties voor *haar* hebben.'

'Vertel jij het haar dan maar,' zeiden ze. 'Ik geef je haar nummer wel.'

'Maar *Rans!*' gilde Kit dan. 'Waarom laat je ze het *zelf* niet doen?'

'Hoe dan?' vroeg Ronkers.

'Zeg tegen ze dat je ze niet *helpt*. Zeg tegen ze dat ze zichzelf dan maar *dood* moeten pissen!'

'Dan zouden ze gewoon naar iemand anders gaan,' zei Ronkers. 'Of ze zouden doodgemoedereerd tegen me zeggen dat ze het de persoon in kwestie al hebben verteld – terwijl ze dat niet hebben gedaan, en het ook beslist niet van plan zijn.'

'Nou, ik vind het verdomme gewoon absurd dat *jij* iedere vrouw in de stad maar moet opbellen.'

'Ik heb nog het meest de pest aan die interlokale gesprekken,' zei Ronkers dan.

'Je kunt ze toch op zijn minst voor die telefoontjes laten *betalen*, Rans!'

'Soms hebben die studenten geen geld.'

'Zeg dan tegen ze dat hun *ouders* ervoor moeten betalen!'

'Het is aftrekbaar, Kit. En het zijn ook niet allemaal studenten.'

'Het is afschuwelijk, Rans. Echt waar.'

'Hoeveel hoger ga je dat vervloekte slaappodium nog maken?'

'Ik laat je er graag voor werken, Rans.'

'Dat weet ik, maar een *ladder*, Jezus...'

'We zitten zo toch vlak bij je favoriete boom? Dat vond je immers zo leuk? En wie mij wil hebben moet atletisch zijn.'

'Ik kan onderweg wel kreupel raken.'

'Rans? Wie bel je *nu* weer op?'

'Hallo?' zei hij. 'Hallo, spreek ik met Miss Wentworth? O, *Mrs.* Wentworth, nou... Dan zou ik denk ik uw *dochter* graag even willen spreken, Mrs. Wentworth. O. U *hebt* geen dochter? O. Nou, dan zou ik denk ik *u* graag even willen spreken, Mrs. Wentworth...'

'Oh Rans, *afschuwelijk!*'

'Ja, u spreekt met dokter Ronkers. Ik ben uroloog aan het universiteitsziekenhuis. Ja, *George* Ronkers. Dokter George Ronkers. Ja... hallo. Ja, *George*. O, *Sarah* was de naam? Goed, Sarah...'

En met het einde van de zomer kwam er een eind aan de reconstructies in de ruimte binnen huize Ronkers. Kit was klaar met haar timmerwerk en al druk in de weer met het lesgeven en haar werk voor de school. Toen de werklui wegbleven, het gereedschap was meegenomen en de ontmantelde muren niet langer in hun tuin lagen opgehoopt, moet het Bardlong duidelijk zijn geworden dat de verbouwing – voor dit jaar althans – voorbij was.

De walnoteboom stond er nog steeds. Misschien had Bardlong gedacht dat de boom in de loop van de zomerrenovatie zou verdwijnen, om plaats te maken voor een nieuwe vleugel. Hij kon niet weten dat de familie Ronkers het huis verbouwde om 'de boom' juist 'binnen te halen'.

Toen het najaar zijn intrede deed, werd het duidelijk wat Bardlong tegen had op de zwarte walnoot. De oude Herr Kesler had zich niet vergist. George en Kit kregen er een voorgevoel van in de eerste koele, winderige herfstnacht. Ze lagen op het slaappodium terwijl de boom om hen heen wervelde en de geel wordende bladeren langs het raam vielen, toen ze iets hoorden dat leek op het geluid van een kleine golfbal, die op hun dak viel en langs de schuine rand naar beneden stuiterde om in de dakgoot te scoren.

'Rans?'

'Verdomme, dat was een *walnoot!*' zei Ronkers.

'Het leek wel of er een stuk schoorsteen naar beneden kwam,' zei Kit.

En in de loop van die nacht zaten ze nog een paar keer rechtop in bed: als de wind er eentje losrukte of een eekhoorn een succesvolle aanval deed, sloeg er *Bam!* weer een tegen het dak, die *bonk-bonk-bonk-bonk deng!* in de rammelende dakgoot rolde.

'Aan die laatste zat een eekhoorn vast,' zei Ronkers.

'Nou,' zei Kit, 'je zult in ieder geval niet snel denken dat het een inbreker is. Daar is het geluid te specifiek voor.'

'Een inbreker die zijn spullen laat vallen, misschien.'

Beng! Bonk-bonk-bonk-bonk deng!

'Of een inbreker die van het dak wordt geschoten,' kreunde Kit.

'Ach, we wennen er wel aan,' zei Ronkers.

'Nou, Rans, bij Bardlong is dat proces zeker niet zo snel op gang gekomen...'

De volgende ochtend stelde Ronkers vast dat Bardlongs huis een leiendak had dat veel sterker helde dan dat van hemzelf. Hij probeerde zich in te denken wat voor geluid de walnoten zouden maken op diens dak.

'Maar er zit vast een zolder op dat huis,' zei Kit. 'Het geluid wordt waarschijnlijk gedempt.' Ronkers kon zich niet voorstellen hoe het geluid van een walnoot die tegen een leiendak sloeg – en vervolgens afdaalde naar de regengoot – ooit kon worden 'gedempt'.

Omstreeks midden oktober begonnen de walnoten met angstwekkende regelmaat neer te komen. Ronkers stelde zich de eerste flinke novemberstorm voor als een potentiële blitzkrieg. Kit ging naar buiten om de gevallen noten bij elkaar te harken; ze hoorde hoe er boven haar eentje losraakte en door het dichte bladerdek ritste. Ze durfde niet op te kijken – ze zag de lelijke wond tussen haar ogen en de klap waarmee haar achterhoofd tegen de grond sloeg al voor zich. Ze dook in elkaar en bedekte haar hoofd met haar handen. De walnoot miste op een haar na haar onbeschermde ruggegraat en hij sloeg hard tegen een van haar nieren. *Tok!*

'Het deed *pijn*, Rans,' zei ze.

Een stralende Bardlong stond onder de gevaarlijke boom en keek toe hoe Ronkers zijn vrouw troostte. Tot op dat moment had Kit hem daar niet zien staan. Hij droeg een dikke Tiroler hoed met een morsige veer erin; het leek wel een afdankertje van Herr Kesler.

'Die heeft Kesler me gegeven,' zei Bardlong. 'Ik had hem om een *helm* gevraagd.' Hij stond hooghartig in zijn tuin, zijn hark als een honkbalknuppel vasthoudend, wachtend tot de boom hem een walnoot zou toewerpen. Hij had het perfecte ogenblik uitgekozen om over het onderwerp te beginnen – Kit was net getroffen en nog in tranen.

'Ooit gehoord hoe een van die dingen tegen een leiendak slaat?' vroeg Bardlong. 'De volgende keer dat er een hele klont van die dingen gaat vallen bel ik jullie op. 's Ochtends om een uur of drie.'

'Het is inderdaad een probleem,' gaf Ronkers toe.

'Maar het is een *prachtige* boom,' weerde Kit af.

'Tsja, het is *jullie* probleem natuurlijk,' zei Bardlong,

achteloos, opgewekt. 'Als ik van de herfst dezelfde toestand met mijn dakgoot krijg als vorig jaar, *zou* ik jullie
weleens kunnen gaan vragen om dát deel van de boom dat
boven *onze* grond hangt te verwijderen, maar met de rest
doen jullie maar wat je wilt.'

'Wat gebeurde er dan met uw dakgoot?' vroeg Ronkers.

'Met *jullie* dakgoot zal het wel net zo gaan...'

'*Wat* gaat er dan net zo?' vroeg Kit.

'Ze gaan volzitten met die verdomde walnoten,' zei
Bardlong. 'En dan gaat het regenen, en het regent maar
door, en de goten werken niet omdat ze verstopt raken
door die walnoten, en het water gaat langs de zijkant van je
huis lopen; je ramen lekken door en je kelder komt vol
water te staan. Dat is alles.'

'O.'

'Kesler heeft eens een zwabber voor me gekocht. Maar
die man was al oud, en daarbij ook nog een buitenlander,
hè,' zei Bardlong vertrouwelijk, 'en je schrok er altijd voor
terug om juridische *stappen* tegen hem te ondernemen, hè.'

'O,' zei Kit. Ze mocht Bardlong niet. De nonchalante
opgewektheid van zijn toon scheen even ver verwijderd
van hetgeen hij bedoelde als de schokbrekerhandel van de
delicaat gevlochten traliewerkjes in zijn tuin.

'O, ik vind het niet erg om een paar noten op te harken,'
zei Bardlong glimlachend, 'of om 's nachts een paar keer
wakker te schrikken met het idee dat er ooievaars noodlan-
dingen maken op mijn dak.' Hij pauzeerde even, stralend
onder de hoed van de oude Kesler. 'Of om een veiligheids-
uitrusting te dragen,' voegde hij eraan toe. Hij nam zijn
hoed af voor Kit die, zodra ze zijn licht besproete kale
knikker ontbloot zag, bad om dat onmiskenbare geluid van
bladeren die boven haar hoofd uiteen werden geritst. Maar
Bardlong zette de hoed weer op zijn hoofd. Er begon een
walnoot af te dalen. Kit en George doken ineen, de handen
om het hoofd geslagen; Bardlong vertrok geen spier. De
walnoot ketste met flinke kracht op de leistenen muur tus-

sen hen in, en spleet uiteen met een dramatisch *tak!*. Hij was even hard en groot als een honkbal.

'Ja, in de herfst wordt het echt een *opwindende* boom,' zei Bardlong. 'Natuurlijk loopt mijn vrouw er in deze tijd van het jaar met een grote boog omheen – een soort gevangene in haar eigen tuin, zou je kunnen zeggen.' Hij lachte; in zijn mond glinsterden enige uit de bloeiende remsystemenindustrie voortgekomen gouden vullingen. 'Maar dat geeft niet. Voor schoonheid moet je wat overhebben, en het *is* een prachtige boom. Maar *waterschade*,' zei hij, plotseling veranderend van toon, 'dat is pas *echte* schade.'

Bardlong wist het woord 'echte' te laten klinken als een juridische term, dacht Ronkers.

'En als je dan toch geld uitgeeft om die boom voor de helft neer te halen, kun je hem maar beter meteen helemaal neerhalen. Als *jullie* kelder vol water staat, lachen jullie niet meer.' Bardlong sprak het woord 'lachen' uit alsof het een obscene term was; hij leek te willen impliceren dat hij de zin van het lachen *als zodanig* in twijfel trok.

Kit zei: 'Nou, Rans, dan ga je toch gewoon het dak op om de walnoten uit de goot te vegen.'

'*Ik* ben daar natuurlijk te oud voor,' zuchtte Bardlong, alsof hij niets liever zou doen dan zijn dak opklimmen.

'Rans, je zou toch ook de dakgoot van Mr. Bardlong kunnen schoonvegen? Het hoeft alleen maar in deze tijd van het jaar – iets van één keer in de week of zo.'

Ronkers keek naar het torenhoge dak van Bardlong, naar het gladde leien oppervlak en de steile helling. De koppen verdrongen zich in zijn hoofd: ARTS MAAKT VAL VAN TIEN METER! UROLOOG KRIJGT NOOT OP KERSEPIT! CARRIÈRE AFGEBROKEN DOOR NOODLOTTIGE BOOM!

Nee, Ronkers begreep wat hem te doen stond; hij moest eieren voor zijn geld kiezen; deze zaak kon hij maar voor de helft winnen. Bardlong draaide eromheen, maar had zijn conclusies duidelijk al getrokken.

'Kent u een goeie boomchirurg?' vroeg Ronkers.

'O, *Rans!*' zei Kit.

'We zagen de boom voor de helft af,' zei Ronkers, terwijl hij stoutmoedig op de gevorkte stam afbeende en de
wrakstukken van het walnotenbombardement aan de kant
schopte.

'Hier ongeveer, *denk ik*,' zei Bardlong gretig, die zonder twijfel de plaats jaren geleden al had bepaald. 'Het
duurst,' voegde hij eraan toe met een stem waarin de oude
schokbreker-ernst weer was teruggekeerd, 'is natuurlijk
het opbinden van de overhangende takken, zodat die niet
op mijn dak kunnen vallen. (*Ik hoop dat ze dwars door je
dak* heen *vallen, dacht Kit*.) Terwijl je, als je de hele boom
omhakt, tijd en bovendien geld zou kunnen uitsparen
door het hele ding langs de rand van de muur te laten
vallen; tussen hier en de straat is er ruimte genoeg, zien
jullie wel...' Boven hen verhief zich de boom, duidelijk
een *opgemeten* boom, al tijden onderworpen aan Bardlongs berekeningen. Een terminale patiënt, dacht Ronkers, misschien al van het begin af aan.

'Ik zou graag dat deel van de boom willen behouden
dat geen schade toebrengt aan uw eigendommen, Mr.
Bardlong,' zei Ronkers; zijn waardigheid was gepast; zijn
afstand koel. Bardlong respecteerde de zakelijkheid in
zijn stem.

'Ik zou het wel voor u kunnen regelen,' zei Bardlong.
'Ik bedoel, ik ken een goede boomploeg.' Het woord
'ploeg' riekte op de een of andere manier naar al dat volk
dat in de vrachtwagens van Bardlong rondreed. 'U zou
wat minder duur uit zijn,' voegde hij eraan toe, op zijn
irritant vertrouwelijke toon, 'als u mij dit laat regelen...'

Kit stond op het punt iets te zeggen, maar Ronkers was
haar voor: 'Dat zou erg prettig zijn, Mr. Bardlong. En
met *onze* dakgoot moeten we ons dan zelf maar zien te
redden.'

'Het zijn allemaal nieuwe ramen,' zei Kit. 'Die lekken
niet door. En wat maakt dat beetje water in die ouwe rot-

kelder nou uit? Hemel, daar zit *ik* niet mee, hoor, dat kan
ik u wel vertellen...'

Ronkers probeerde Bardlongs geduldige en hemelter-
gend *begripvolle* glimlach te retourneren. Het was een ja-
ik-tolereer-mijn-vrouw-ook-glimlach. Kit hoopte op een
grootse ontlading uit de walnoteboom, een lawine die hen
evenveel pijn zou doen als ze voelde dat ze schuldig waren.

'Rans,' zei ze later. 'Wat doen we als die arme oude Mr.
Kesler het ziet? En hij zal het zeker zien, Rans. Hij komt
hier van tijd tot tijd langs namelijk. Hoe wil je hem vertellen dat je zijn boom hebt verkwanseld?'

'Ik heb hem niet verkwanseld!' zei Ronkers. 'Ik heb van
de boom gered wat ik kon door de helft ervan aan hem af te
staan. Juridisch had ik niets tegen hem kunnen beginnen.
Dat moet je toch duidelijk zijn geweest.'

'En die arme Mr. Kesler dan?' zei Kit. 'We hebben het
hem *beloofd*.'

'Nou, de boom blijft nog altijd staan.'

'De helft van de boom...'

'Beter dan niets.'

'Wat zal hij wel niet van ons denken?' vroeg Kit. 'Hij
denkt vast dat we het met Bardlong eens zijn dat die boom
hinderlijk is. Dat we binnen de kortste keren de rest ook
neerhalen.'

'Nou, die boom *is* ook hinderlijk, Kit.'

'Ik wil alleen maar weten wat je tegen Mr. Kesler gaat
zeggen, Rans.'

'Ik hoef niets tegen hem te zeggen,' verklaarde Ronkers.
'Kesler ligt in het ziekenhuis.'

Ze reageerde geschokt, omdat die oude Kesler op haar
altijd iets van de kracht van een plattelander had uitge-
straald. Dat soort mensen ging toch niet dood? 'Rans?'
vroeg ze, dit keer minder zeker van zichzelf. 'Hij komt
toch weer *uit* het ziekenhuis? Wat ga je hem dan vertellen
als hij eruit is en langskomt om naar zijn boom te kijken?'

'Hij komt er niet uit,' zei Ronkers.

'O *nee*, Rans...'

De telefoon ging. Meestal liet hij Kit opnemen; zij kon de telefoontjes afwimpelen die niet dringend waren. Maar Kit werd overmand door een visioen van de oude Kesler, met zijn magere, haarloze benen in de versleten lederhose.

Ronkers nam op: 'Ja hallo.'

'Dokter Ronkers?'

'Ja,' zei hij.

'U spreekt met Margaret Brant.' Ronkers deed zijn best om die naam te plaatsen. De stem van een jong meisje?

'Eh...'

'U had een boodschap voor me achtergelaten in het studentenhuis; ik moest dit nummer bellen,' zei Margaret Brant. En toen herinnerde Ronkers het zich weer; hij keek de lijst met vrouwen door die hij deze week moest bellen. Hun namen stonden naast de namen van hun geïnfecteerde metgezellen-in-de-sponde.

'Miss Brant?' vroeg hij. Kit bewoog haar lippen geluidloos, als een stomme: *Waarom* komt die arme meneer Kesler het ziekenhuis niet meer uit? 'Miss Brant, kent u een jongeman die Harlan Booth heet?'

Miss Brant scheen nu zelf stom te zijn geworden, en Kit fluisterde hard: '*Waarom niet?* Wat heeft hij?'

'Kanker,' fluisterde hij terug.

'Ja. *Wat zegt u?*' zei Margaret Brant. 'Ja, ik ken Harlan Booth. Wat is er dan?'

'Harlan Booth is bij mij in behandeling voor gonorroe, Miss Brant,' zei Ronkers. Het bleef stil aan de andere kant van de lijn. 'Een druiper,' zei Ronkers. 'Gonorroe. Harlan Booth heeft een druiper.'

'Ik begrijp wel wat u bedoelt,' zei het meisje. Haar stem had een harde klank gekregen; ze was achterdochtig. Kit was met haar rug naar hem toe gaan zitten, zodat hij haar gezicht niet meer kon zien.

'Als u hier in de stad een gynaecoloog heeft, Miss Brant, raad ik u aan om een afspraak met hem te maken. Ik kan u

dokter Caroline Gilmore aanbevelen; zij heeft haar prak-
tijk in het universiteitsziekenhuis. U kunt natuurlijk ook
naar mij toe komen...'

'Hoor eens, wie *bent* u eigenlijk?' zei Margaret Brant.
'Hoe kan ik weten of u dokter bent? Er heeft alleen maar
iemand een nummer voor me achtergelaten dat ik moest
bellen. Ik heb nooit iets te maken gehad met die Harlan
Booth. Wat is dit voor een rotgrap?'

Mogelijk, dacht Ronkers. Harlan Booth was een zelfingenomen, dwars jongetje geweest dat zeer arrogant non-
chalance had voorgewend toen hem werd gevraagd wie er
nog meer kon zijn geïnfecteerd. 'Dat kunnen een heleboel
mensen zijn,' had hij gesnoefd. En Ronkers had na zeer
lang aandringen slechts één naam van hem losgekregen.
Een preuts meisje aan wie Harlan Booth een hekel had
misschien?

'Ik wil wel ophangen, zodat u me straks opnieuw kunt
bellen,' zei Ronkers. 'Mijn nummer staat in het telefoon-
boek: dokter George Ronkers... kijk maar of het hetzelfde
is als dat wat u nu heeft gebeld. En anders kan ik me gewoon verontschuldigen voor de vergissing; ik kan Harlan
Booth bellen en hem een uitbrander geven. En,' specu-
leerde Ronkers, 'u kunt natuurlijk ook bij uzelf onderzoeken of u vocht afscheidt, vooral 's ochtends, en kijken of er
sprake is van een ontsteking. En als u denkt dat er misschien iets aan de hand is, kunt u natuurlijk altijd naar een
andere dokter gaan – dan zou ik het nooit te weten komen.
Maar als u contact hebt gehad met Harlan Booth, Miss
Brant, dan...'

Ze hing op.

'Kanker?' vroeg Kit, die nog steeds met haar rug naar
hem toe zat. 'Wat voor soort kanker?'

'Longkanker,' zei Ronkers. 'De bronchoscopie was positief; ze hoefden hem niet eens meer open te maken.'

De telefoon ging opnieuw. Toen Ronkers opnam, werd
er opgehangen. Ronkers had de betreurenswaardige ge-

woonte dat hij zich een visuele voorstelling maakte van de
mensen die hij telefonisch sprak. Hij zag Margaret Brant
voor zich in het meisjesstudentenhuis. Eerst zou ze het
woordenboek pakken. Dan zou ze lampen en spiegels ver-
plaatsen om zichzelf te *bekijken*. Hoe zou het er *moeten*
uitzien? zou ze zich afvragen. Misschien ging ze ook nog
naar de bibliotheek, naar de kast met medische encyclope-
dieën. En ten slotte zou ze er misschien met een vriendin
over spreken. Een gênant telefoontje met Harlan Booth?
Nee, zoiets kon Ronkers niet ontwaren.

Hij kon zien hoe Kit haar walnootkneuzing bestudeerde
in de meerzijdige spiegel die was opgehangen naast de om-
gekeerde kegel – eveneens opgehangen – die fungeerde als
schoorsteenpijp voor de open haard in hun slaapkamer.
Op een dag, dacht Ronkers, val ik van het slaappodium in
de open haard, en terwijl ik dan schreeuwend en brandend
door de kamer ren zie ik mezelf vijf keer in die meerzijdige
spiegel. Christus.

'Een hoop blauwe plekken voor één walnoot,' zei Ronkers slaperig.

'Kom er alsjeblieft niet aan,' zei Kit. Ze had vanavond
eigenlijk over iets anders willen beginnen, maar de lust was
haar vergaan.

Buiten streek de ten dode opgeschreven boom – de ge-
amputeerde in spe – tegen hun raam zoals een kat tegen je
benen strijkt. Door de manier waarop de wind van onderen
rukjes tegen de dakrand gaf leek het iets hachelijks te hebben om in die hoge kamer te slapen – alsof het dak plotseling van het huis kon worden getild, zodat ze open en bloot
in de buitenlucht zouden liggen. De kroon op het streven
naar de perfecte ruimte binnenshuis.

Het was al na middernacht toen Ronkers naar het
ziekenhuis werd geroepen voor een spoedgeval. Een oude
vrouw, bij wie Ronkers het volledige urinesysteem door
zakken en slangetjes had vervangen, had mogelijk haar
laatste defect opgelopen. Vijf minuten nadat hij was weg-

gegaan, nam Kit de telefoon op. Het was het ziekenhuis: de vrouw was gestorven en Ronkers hoefde zich niet te haasten.

George bleef twee uur weg; Kit lag wakker. Toen George terugkwam was er zo veel dat ze tegen hem wilde zeggen dat ze niet wist waar ze moest beginnen; ze liet hem in slaap vallen. Ze was van plan geweest om nog eens met hem te bespreken of ze kinderen wilden hebben en wanneer. Maar de nacht scheen zo door opschudding geteisterd dat het praten over kinderen haar nu als absurd optimisme voorkwam. In plaats daarvan dacht ze aan de koele esthetica, de fijne doelmatigheid, die haar verkenningen op het terrein van de architectuur kenmerkten.

Nog lang nadat George in slaap was gevallen lag ze wakker, luisterend naar het rusteloze ruisen van de boom, en naar het ordeloze, plotselinge vallen van de walnoten die boven hen neerkletterden – die hun leven even onverwacht binnenvielen als de kanker van de oude Herr Kesler, als het mogelijke gonorroe-geval van Margaret Brant.

In Ronkers' spreekkamer zat een zeer tenger gebouwd meisje met een yoghurt-met-tarwekiemen-teint dat niet ouder dan achttien jaar kon zijn op hem te wachten, nog voor zijn assistente was gearriveerd. Haar kleding leek duur en ouderwets – een staalkleurig pakje dat van haar moeder had kunnen zijn. Om haar hals droeg ze een crème sjaaltje, mild geparfumeerd. Ronkers vond haar mooi; ze zag eruit of ze zojuist van een jacht was gestapt. Maar hij wist natuurlijk wie ze was.

'Margaret Brant?' vroeg hij, terwijl hij haar een hand gaf. Haar ogen pasten precies bij haar pakje met hun mysterieuze lichtgrijze kleur. Ze had een volmaakte neus met wijde neusgaten, waarin, dacht Ronkers, haar niet zou durven groeien.

'Dokter Ronkers?'

'Ja. Margaret Brant?'

'Natuurlijk,' zuchtte ze. Ze wierp een blik vol ontzetting op de beensteunen aan de onderzoektafel.

'Het spijt me vreselijk, Miss Brant, dat ik u heb gebeld, maar Harlan Booth was nou niet de meest behulpzame patiënt die ik ooit heb gehad, en ik dacht toen – voor uw bestwil en aangezien *hij* het niet wilde doen – dat *ik* het maar moest doen.' Het meisje knikte, en beet op haar onderlip. Afwezig ontdeed ze zich van haar jasje en haar Engelse gespschoenen; ze liep in de richting van de onderzoektafel en die glimmende metalen beensteunen alsof de hele toestand een paard was waarvan ze niet wist hoe het moest worden bestegen.

'U wilt me *onderzoeken*?' vroeg ze, met haar rug naar Ronkers toe.

'U hoeft nergens bang voor te zijn,' zei Ronkers tegen haar. 'Zo vreselijk is het echt niet allemaal. Is er sprake geweest van afscheiding? Hebt u last gehad van een branderig gevoel of van een ontsteking?'

'Ik heb *nergens* last van gehad,' zei het meisje, en Ronkers zag dat ze bijna in huilen uitbarstte. 'Het is gemeen!' riep ze plotseling. 'Ik ben altijd zo voorzichtig geweest met... seks, en ik liet *echt* niet zo veel toe bij Harlan Booth. Ik *haat* Harlan Booth!' gilde ze. 'Ik wist niet dat hij iets *verkeerds* bij zich had, natuurlijk, anders had hij me *nooit* mogen aanraken!'

'Maar dat heeft hij wel gedaan?' vroeg Ronkers beduusd.

'... me *aanraken*?' zei ze. 'Ja, hij heeft me aangeraakt... *daar*, nu weet u het. En hij heeft me gezoend, *vaak* gezoend. Maar *verder* heb ik hem niet laten gaan!' riep ze uit. 'En hij was vreselijk in die dingen en hij *wist* vast dat ik dit van hem kreeg!'

'U bedoelt dat hij u alleen maar heeft *gezoend*?' vroeg Ronkers ongelovig.

'Eh, ja. En ook *aangeraakt*,' zei ze, blozend. 'Hij deed zijn hand in mijn broek!' riep ze. 'En *ik* heb hem laten begaan!' Ze zakte in elkaar tegen het kniegewrichtdeel van een van de beensteunen; Ronkers liep naar haar toe en leidde haar met zachte hand naar een stoel naast zijn bureau. Ze begon te snikken, waarbij ze haar spichtige vuistjes stijf tegen haar ogen drukte.

'Miss Brant,' zei Ronkers. 'Miss Brant, wilt u zeggen dat Harlan Booth u alleen maar met zijn *hand* heeft aangeraakt? U hebt niet echt geslachtsgemeenschap met hem gehad... Miss Brant?'

Ze keek geschokt op. 'Oh God, *nee!*' zei ze. Ze beet in de rug van haar hand en bleef Ronkers met felle blik aankijken.

'Hij heeft u alleen maar met zijn *hand... daar* aangeraakt?' vroeg Ronkers, terwijl hij bij het woord 'daar' even haar rokje aanraakte.

'Ja,' zei ze.

Ronkers nam haar smalle gezichtje in zijn handen en lachte tegen haar. Hij kon niet zo heel goed troosten of geruststellen. De mensen schenen hem dikwijls verkeerd te begrijpen. Margaret Brant keek alsof ze dacht dat hij haar harstochtelijk op de mond ging zoenen, want ze sperde haar ogen wijd open, rechtte haar rug en was al met haar snelle vingers bij zijn polsen die ze probeerde weg te duwen.

'Margaret!' zei Ronkers. 'Je *kunt* geen gonorroe hebben als er verder niets is gebeurd. Je krijgt niet zomaar een venerische ziekte van iemands *hand.*'

Nu hield ze zijn polsen vast alsof die belangrijk voor haar waren. 'Maar hij heeft me ook *gezoend*,' zei ze bezorgd. 'Met zijn *mond*,' voegde ze eraan toe, voor de duidelijkheid.

Ronkers schudde zijn hoofd. Hij liep naar zijn bureau en zocht een stapeltje medische brochures over venerische ziektes bij elkaar. De brochures hadden veel weg van reclamefolders van reisbureaus; ze stonden vol met foto's van vriendelijk lachende mensen.

'Harlan Booth wilde zeker dat ik je in verlegenheid

bracht,' zei Ronkers. 'Hij was zeker kwaad omdat je hem niet liet... je begrijpt wel wat ik bedoel.'

'Dus u hoeft me niet eens te *onderzoeken*?' vroeg ze.

'Nee,' zei Ronkers. 'Daar is geen enkele reden voor.'

'Ik ben namelijk nog *nooit* onderzocht,' zei Margaret Brant. Ronkers wist niet wat hij moest zeggen. 'Ik bedoel, zou ik me misschien eens moeten laten onderzoeken? – gewoon om te zien of alles in orde is?'

'Nou, je zou een standaardonderzoek kunnen laten doen bij een gynaecoloog. Ik kan je dokter Caroline Gilmore van het universiteitsziekenhuis aanbevelen; de studentes vinden haar meestal erg aardig.'

'Maar *u* wilt me niet onderzoeken?' vroeg ze.

'Eh, nee,' zei Ronkers. 'Dat is niet nodig. En voor een standaardonderzoek moet je naar een gynaecoloog. Ik ben uroloog.'

'O.'

Ze keek afwezig naar de onderzoektafel en de wachtende beensteunen; zeer elegant trok ze haar jasje aan; ze had wat meer problemen met haar schoenen.

'O, die Harlan Booth, die *krijgt* toch...' zei ze plotseling, met een verrassende zelfverzekerdheid met in haar hoge, scherpe stem.

'Harlan Booth *heeft* het al,' zei Ronkers, om het ijs wat te breken. Maar de kleine Margaret Brant keek hem aan met ongekend gevaarlijke blik. 'Doe alsjeblieft geen dingen waar je later spijt van zult hebben,' begon Ronkers zwakjes. Maar de schone, wijde neusgaten van het meisje trilden, haar geweergrijze ogen schoten vuur.

'Bedankt, dokter Ronkers,' zei Margaret Brant met ijzige waardigheid. 'Ik stel het zeer op prijs dat u de moeite en de last op u hebt genomen om me te bellen.' Ze schudde hem de hand. 'U bent een dapper en een *goed* mens,' zei ze, alsof ze Ronkers een militaire orde verleende.

Kijk uit, Harlan Booth, dacht hij. Margaret Brant liep de spreekkamer van Ronkers uit als een vrouw die zich de

beensteunen had aangegespt voor een manche op de onderzoektafel – en had gezegevierd.

Ronkers belde Harlan Booth op. Hij peinsde er hoegenaamd niet over om hem te waarschuwen; hij wilde de
juiste namen horen. Het duurde zo lang voor Harlan
Booth had opgenomen dat Ronkers flink geïrriteerd was
toen Booth eindelijk een slaperig 'hallo' liet horen.

'Booth, jij vuile leugenaar,' zei Ronkers. 'Ik wil de namen horen van mensen met wie je werkelijk naar bed bent
geweest – mensen die je echt kan hebben geïnfecteerd, of
van wie je het misschien zelfs hebt *gekregen*.'

'Ach, sodemieter toch op, man,' zei Booth verveeld.
'Wat vond je van die kleine Maggie Brant?'

'Dat was smerig, Booth,' zei Ronkers. 'Zo'n jong en
onschuldig kind. Dat was echt een rotstreek van je.'

'Een klein fatsoensrakkertje, een bekakte, rijke rottrut,'
zei Harlan Booth. 'En, heb jij nog wat met haar kunnen
uithalen?'

'Hou alsjeblieft op,' zei Ronkers. 'Geef me nou eens wat
namen. Booth, probeer nou aardig te zijn, gewoon aardig.'

'Koningin Elizabeth,' zei Booth. 'Tuesday Weld, Pearl
Buck...'

'Smakeloos, Booth,' zei Ronkers. 'Gedraag je niet zo
hufterig.'

'Bella Abzug,' zei Booth. 'Gloria Steinem, Raquel
Welch, Mamie Eisenhower...'

Ronkers hing op. *Geef hem zijn vet maar, Maggie
Brant; ik wens je veel succes!*

In de wachtkamer naast zijn spreekkamer zaten een heleboel mensen; Ronkers gluurde naar hen door het letterslot. Zijn assistente ving het geheime signaal op en liet
onmiddellijk zijn telefoonlampje opflitsen.

'Ja?'

'Of u uw vrouw wilde bellen. Zal ik de menigte hier nog
even ophouden?'

'Graag, bedankt.'

Kit moest, toen ze de telefoon had opgenomen, de hoorn onmiddellijk voor het open raam hebben gehouden, want Ronkers hoorde het onmiskenbare en vlijmscherpe *gejank* van een kettingzaag (misschien zelfs *twee* kettingzagen).

'Nou,' zei Kit, 'een mooie boomploeg is dat. Zei Bardlong niet dat hij voor een goeie *boom*ploeg zou zorgen?'

'Ja,' zei Ronkers. 'Wat is er dan aan de hand?'

'Nou, er zijn hier drie mannen met kettingzagen en helmen met hun namen erop. Ze heten Mike, Joe en Dougie. Dougie zit op dit moment het hoogst in de boom; ik hoop dat hij zijn dikke nek breekt...'

'Kit, wat is er in godsnaam aan de hand?'

'Oh, Rans, het is *helemaal* geen boomploeg. Het zijn mannen van Bardlong – ze kwamen verdomme gewoon in zo'n MET BARDLONG STAAT U METEEN!-truck. Waarschijnlijk helpen ze die hele boom naar de bliksem,' zei Kit. 'Je kunt toch niet zomaar takken gaan afhakken zonder dat je dat *spul* erop doet?'

'Spul?'

'Pasta? Smurrie?' zei Kit. 'Je weet wel, dat kleverige zwarte spul. Om de boom te *genezen*. Jezus, Rans, jij bent *arts*, ik dacht dat jij er wel iets vanaf zou weten.'

'Ik ben geen *boom*chirurg,' zei Ronkers.

'Ze zien eruit alsof ze niet eens weten wat ze aan het doen zijn,' zei Kit. 'Overal in de boom hebben ze touwen vastgemaakt, en daar gaan ze aan hangen en trekken, en af en toe ronken ze er iets af met die verdomde zagen.'

'Ik zal Bardlong wel bellen,' zei Ronkers.

Maar zijn lampje flitste opnieuw aan. Hij behandelde snel na elkaar drie patiënten, zodat hij vier minuten voorlag op zijn schema, tuurde door het letterslot, onderhandelde met zijn assistente en nam ten slotte drie minuten de tijd om Bardlong te bellen.

'Ik dacht dat u *vakmensen* zou inhuren,' zei Ronkers.

'Dit zijn *absoluut* vakmensen,' antwoordde Bardlong.

'Ja, opgeleid voor het *schokbrekerwerk*,' zei Ronkers.

'Nee nee,' zei Bradlong. 'Dougie heeft in de boombran-
che gezeten.'

'En hij was zeker gespecialiseerd in walnotebomen, hè?'

'Het komt allemaal dik in orde,' zei Bardlong.

'Nu begrijp ik waarom ik minder duur uit ben,' zei Ronkers. 'Mijn geld komt bij *u* terecht.'

'Ik ben gepensioneerd,' zei Bardlong.

Ronkers' telefoonlampje flitste weer aan; zo meteen
moest hij ophangen.

'Maakt u zich nou maar geen zorgen,' zei Bardlong. 'Het
is allemaal in goeie handen.' En op dat moment hoorde
Ronkers zo'n oorverdovend lawaai dat hij van schrik de
asbak op zijn bureau in de prullenmand veegde. Van Bardlongs kant van de lijn kwam een scheurend geluid – iets van
glas, rococo kroonluchters die op de vloer van een balzaal
kletterden? Mrs. Bardlong, of een vrouw, die even schril en
bejaard was, kraste en krijste.

'Jezus *Christus!*' zei Bardlong door de telefoon. En hij
liet er tegen Ronkers haastig op volgen: 'Het spijt me.' Hij
hing op, maar Ronkers had het heel goed gehoord: hout
dat versplinterde, glas dat aan scherven sloeg en het jamme-
ren van een kettingzaag die het huis 'binnengehaald' werd.
Hij probeerde zich voor te stellen hoe de boomdeskun-
dige, Dougie, met een grote tak waaraan een touw was
bevestigd door de erkerramen van de Bardlongs viel, terwijl zijn kettingzaag nog steeds zaagde en zich een weg
snauwde door de velours gordijnen en de chaise-longue.
Mrs. Bardlong had, met een stokoude kat op haar schoot,
net de krant zitten lezen, toen…

Maar de assistente liet zijn lampje nu onophoudelijk flit-
sen, en Ronkers gaf zich gewonnen. Er kwam een vierjarig
meisje bij hem met een infectie aan de urinewegen (kleine
meisjes zijn daar vatbaarder voor dan kleine jongetjes);
daarna een man van veertig met een grote en uiterst teerge-
voelige prostaat; vervolgens een vrouw van vijfentwintig
die haar eerste blaasproblemen had. Hij schreef haar Azo

Gantrisin voor; hij vond nog een monster van de beestach-
tig grote rode pillen en overhandigde het haar. Geschrokken door de grootte van de pillen staarde ze hem aan.

'Zit er ook een, een eh... *applicator* bij?' vroeg ze.

'Nee, nee,' zei Ronkers. 'Ze zijn voor *oraal* gebruik. U
moet ze *doorslikken.*'

Het telefoonlampje flitste aan. Ronkers wist dat het Kit
was.

'Wat was dat?' vroeg hij haar. 'Ik heb het *gehoord!*'

'Dougie heeft mét de tak óók het touw doorgezaagd dat
de tak van het huis moest weghouden,' zei Kit.

'Fantastisch!'

'Hij boorde de tak door Bardlongs badkamerraam heen
alsof het een grote biljartkeu was...'

'O,' zei Ronkers teleurgesteld. Hij had gehoopt dat het
de erkerramen waren.

'Ik geloof dat Mrs. Bardlong in de badkamer was,' zei
Kit.

'Zijn er mensen gewond geraakt?' vroeg Ronkers, geschokt door zijn eigen vrolijkheid.

'Dougie heeft Mike in zijn arm gezaagd,' zei Kit, 'en ik
geloof dat Joe zijn enkel heeft gebroken toen hij uit de
boom sprong.'

'Jezus!'

'Er is niemand ernstig gewond,' zei Kit. 'Maar de boom
ziet er *vreselijk* uit; ze hebben hun werk niet eens afge-
maakt.'

'Bardlong zorgt maar dat het in orde komt,' zei Ronkers.

'Rans,' zei Kit. 'De fotograaf van de krant was hier; hij is
er altijd bij als er een ziekenwagen uitrijdt. Hij heeft een
foto gemaakt van de boom en Bardlongs raam. Rans, luister, dit is *ernstig*: krijgt Kesler een krant bij zijn ontbijt? Je
moet met zijn afdelingshoofd spreken; hij mag de foto niet
zien, Rans. Oké?'

'Oké,' zei hij.

In de wachtkamer liet de vrouw de Azo Gantrisinpillen

aan de assistente van Ronkers zien. 'Hij zegt dat ik ze moet *doorslikken...*' Ronkers liet het letterslot langzaam dichtglijden. Hij belde zijn assistente.

'Hou ze alsjeblieft even bezig,' zei hij. 'Ik neem een kleine pauze.'

Hij glipte zijn spreekkamer uit door de ziekenhuisingang en passeerde net de eerste-hulpafdeling toen het ambulancepersoneel een man op een brancard binnenbracht; hij steunde op zijn ellebogen, zijn ene enkel was ontbloot en omwikkeld met ijs. Op zijn helm stond 'Joe'. De man die naast de brancard liep had zijn helm in zijn goede hand. Hij was 'Mike'. Hij hield zijn andere hand omhoog tegen zijn borst; zijn onderarm was met bloed doordrenkt; er liep een ambulance-verpleegkundige naast hem, met zijn duim diep in Mikes elleboogholte gepropt. Ronkers hield hen staande en bekeek de wond. Die was niet ernstig, maar wel vuil en rauw, met een boel zwarte olie en zaagsel erin. Een hechting of dertig, schatte Ronkers, maar de man bloedde niet al te erg. Een langdurig wondtoilet, een hoop antiseptica... maar Fowler deed de eerste hulp vanochtend, en Ronkers had zich er niet mee te bemoeien.

Hij vervolgde zijn weg naar de tweede verdieping. Kesler lag op 339, een eenpersoonskamer; hij kreeg in ieder geval een privé-dood. Ronkers vond het afdelingshoofd, maar de deur naar Keslers kamer was open en toen Ronkers op de gang met haar stond te praten kon de oude man hem zien; Kesler herkende Ronkers, maar scheen niet te weten *waarvan* hij Ronkers herkende.

'*Kommen Sie hinein, bitte!*' riep Kesler. De woorden leken met een vijl te zijn bijeengeschraapt, afgeschuurd tot iets dat krasseriger was dan een oude plaat. '*Grüss Gott!*' riep hij.

'Ik wilde dat ik een beetje Duits kende,' zei de verpleegster tegen Ronkers.

Ronkers kende wel een beetje Duits. Hij liep Keslers kamer in, wierp een vluchtige blik op de mobilia die hem

RUIMTE BINNENSHUIS

nu in leven hielden. Het raspende geluid van Keslers stem
was te wijten aan de neussonde die door zijn slokdarm naar
zijn maag liep.

'Dag meneer Kesler,' zei Ronkers. 'Weet u nog wie ik
ben?' Kesler staarde Ronkers verbaasd aan; zijn kunstgebit
was verwijderd en zijn gezicht had op een merkwaardige
manier iets schildpadachtigs, iets leerachtigs – iets slaps en
kouds. Hij was zo'n zestig pond afgevallen, zoals te verwachten viel.

'*Ach!*' zei Kesler plotseling. 'Dat hois gekauft? U... *ja!*
Hoe gaat het? Uw vrouw de muren nedergestoten?'

'Ja,' zei Ronkers, 'maar u zou het echt mooi vinden. Het
is prachtig geworden. Er komt nu meer licht door de ramen.'

'*Und der Bardlong?*' fluisterde Kesler. 'Hij heeft de
boom niet nedergeslagen?'

'Nee.'

'*Sehr schön!*' zei Herr Kesler. '*Guter Junge!*' zei Kesler
tegen Ronkers. Kesler deed zijn doffe, droge ogen heel
even dicht, en toen hij ze weer opende was het alsof ze een
andere scène voor zich hadden – ergens in een andere tijd.
'*Frühstück?*' vroeg hij beleefd.

'Dat betekent ontbijt,' liet Ronkers de verpleegster weten. Ze gaven Kesler om de vier uur honderd milligram
Demerol; dat tast je reactievermogen aan.

Ronkers stapte net de lift uit op de begane grond toen via
de intercom 'dr. Heart' werd opgeroepen. Er was geen dr.
Heart in het universiteitsziekenhuis. 'Dr. Heart' wilde
zeggen dat er iemand een hartstilstand had.

'Dokter Heart?' vroeg de intercom liefjes. 'Kunt u naar
kamer 304 komen, alstublieft...'

Iedere arts in het ziekenhuis werd geacht zich zo snel hij
kon naar die kamer begeven. Maar er bestond een onge-
schreven regel dat je in zo'n geval om je heen keek en
langzaam in de richting van de dichtstbijzijnde lift liep, in
de hoop dat een andere arts eerder dan jij bij de patiënt zou

zijn. Ronkers aarzelde, liet de liftdeur dichtgaan. Hij drukte opnieuw op de knop, maar de lift steeg alweer.

'Dokter Heart, kamer 304,' klonk het kalm via de intercom. Het was beter dan gejaagd roepen: 'Een dokter! Een dokter naar kamer 304! O, mijn God, *schiet toch op!*' Daar zouden de andere patiënten en de bezoekers van kunnen schrikken.

Dr. Hampton liep de gang door naar de lift.

'Zitten er nog patiënten op je te wachten?' vroeg Hampton Ronkers.

'Ja,' zei Ronkers.

'Ga dan maar naar je spreekkamer,' zei Hampton. 'Ik neem deze wel.'

De lift was op de tweede verdieping blijven staan; 'dr. Heart' zou nu wel op kamer 304 zijn aangekomen. Ronkers liep terug naar zijn spreekkamer. Het zou leuk zijn om vanavond met Kit uit eten te gaan, dacht hij.

In de Ming Dynastie Wijk Zes bestelde Kit zoetzure zeebaars; Ronkers nam rundvlees met kreeftesaus. Hij had zijn hoofd er niet bij. Toen ze naar binnen liepen had hij in het raam van de Ming Dynastie Wijk Zes een bord zien staan. Het mat ongeveer zestig bij dertig centimeter – zwarte letters op wit karton, dacht hij. Het zag er volkomen normaal uit, daar in het raam, want het had zo'n beetje de gewone afmetingen – en Ronkers ging er abusievelijk van uit dat het ook zo'n beetje de gewone tekst van zo'n bord zou bevatten: TWEE SERVEERSTERS GEVRAAGD, of iets dergelijks.

Ronkers werd nu pas in verwarring gebracht, terwijl hij met Kit aan het aperitiefje zat, want nu pas drong de *werkelijke* tekst op dat bord tot hem door. Hij dacht dat hij het zich verbeeldde, dus hij verontschuldigde zich even en glipte de Ming Dynastie Wijk Zes uit om het bord nog eens te bekijken.

Tot zijn ontsteltenis had hij het zich *niet* verbeeld. Daar

stond, in een benedenhoek van het raam, helder en duidelijk zichtbaar voor iedere klant die naar de deur liep, een
bord waarop met keurige letters was vermeld: HARLAN
BOOTH HEEFT EEN DRUIPER.

'Nou, het is toch *waar*?' zei Kit.

'Jawel, maar daar gaat het niet om,' zei Ronkers. 'Het is
toch eigenlijk immoreel. Ik bedoel, dit kan alleen Margaret
Brant maar hebben gedaan, en zij heeft haar informatie van
mij gekregen. Dat soort dingen is toch vertrouwelijk...'

'Belachelijk,' zei Kit. 'Prima werk, Margaret Brant! Je
zult moeten toegeven, Rans, dat dit allemaal niet was gebeurd als Harlan Booth eerlijk tegen je was geweest. Ik
vind dat hij het verdient.'

'Tsja, natuurlijk *verdient* hij het,' zei Ronkers, 'maar ik
vraag me af waar ze nog *meer* borden heeft neergezet.'

'Ach, Rans, maak er nou niet zo'n punt van...'

Maar Ronkers wilde zelf gaan kijken. Ze reden naar de
studentensociëteit. In de foyer bij de hoofdingang zocht
Ronkers het gigantische mededelingenbord af.

BMW 1970, ALS NIEUW...

PASSAGIERS GEZOCHT VOOR NEW YORK CITY DIE KUNNEN
RIJDEN EN DE KOSTEN WILLEN DELEN, VERTR. DOND.,
AANK. MAAND. AV., BEL 'LARRY', 351-4306...

HARLAN BOOTH HEEFT EEN DRUIPER...

'Mijn God.'

Ze begaven zich naar de schouwburgzaal; er was een
toneelstuk bezig. Ze hoefden de auto niet eens uit om het te
zien: een NIET PARKEREN-bord was netjes weggewerkt en
voorzien van de nieuwe boodschap. Kit was dolenthousi-
ast.

De Whale Room was een zaal waar veel studenten wat
kwamen drinken en poolbiljart speelden en dansten op de

muziek van lokaal talent. Het was een rumoerige, rokerige plek; Ronkers kreeg verscheidene malen per maand spoedgevallen binnen die hun spoedgeval hadden opgedaan in de Whale Room.

Margaret Brant had de barman op de een of andere manier voor zich weten te winnen. Boven de barspiegel, boven de glimmende flessen, boven het bord met CHEQUES ALLEEN MET HET TE BETALEN BEDRAG, stonden de nette en veroordelende letters die Ronkers en Kit nu al vertrouwd voorkwamen. De Whale Room werd in kennis gesteld van het feit dat Harlan Booth besmettelijk was.

Daar Ronkers het ergste vreesde, stond hij erop dat ze nu langs Margaret Brants studentenhuis zouden rijden – een enorm gebouw, een meisjesstudentenhuis met de afmetingen en het uiterlijk van een gevangenis. Klimop groeide er niet.

In het volle licht van de straatlantaarns – vastgemaakt, naar het scheen, aan iedere vensterbank van ieder raam van de tweede verdieping – strekte zich een enorm doek van aan elkaar genaaide beddelakens uit, over de hele voorzijde van het Catherine Cascomb Meisjesstudentenhuis. Margaret Brant had vriendinnen. En haar vriendinnen waren ook boos. Ieder meisje op iedere kamer op de tweede verdieping met een raam aan de voorkant had bijgedragen aan de imposante offerande van linnen en arbeid. Elke letter was een meter of twee lang en een eenpersoonsbed breed.

HARLAN BOOTH HEEFT EEN DRUIPER

'Fantastisch!' riep Kit. 'Goed zo! Fraai werk! Geef hem ervan langs!'

'Knap werk, Maggie Brant,' fluisterde Ronkers eerbiedig. Maar hij wist dat dit muisje nog wel een staartje zou krijgen.

Het was twee uur in de morgen toen de telefoon ging en Ronkers het vermoeden had dat dit niet het ziekenhuis was.

'Ja?' zei hij.

'Heb ik u wakker gemaakt, Doc?' zei Harlan Booth. 'Ik *hoop* van wel.'

'Hallo, Booth,' zei Ronkers. Naast hem ging Kit rechtop in bed zitten; ze zag er sterk en fit uit.

'Laat die huurlingen van u inrukken, Doc. Ik hoef dit niet te nemen. Dit is intimidatie. Jullie horen *ethisch* te zijn, vuile pillendraaiers dat jullie zijn...'

'Je bedoelt dat je de borden hebt gezien?' vroeg Ronkers.

'*Borden?*' vroeg Booth. '*Welke* borden? Waar hebt u het over?'

'Waar heb *jij* het over?' zei Ronkers, oprecht verbouwereerd.

'U weet godverdomme heel goed waar ik het over heb!' tierde Harlan Booth. 'Om het half uur word ik door een mokkel opgebeld. Het is nu twee uur in de ochtend, Doc, en om het half uur word ik door zo'n mokkel gebeld. Ieder half uur een *ander* mokkel, u weet donders goed...'

'Wat zeggen ze dan tegen je?' vroeg Ronkers.

'Houd u niet van de domme!' schreeuwde Booth. 'U weet verdomme heel goed wat ze tegen me zeggen, Doc. Ze zeggen bijvoorbeeld: "Hoe gaat het met uw druiper, Mr. Booth?" of: "Harlan, schatje, wie ga je nog meer een druiper geven?" U weet heel *goed* wat ze tegen me zeggen, Doc!'

'Kop op, Booth,' zei Ronkers. 'Ga even naar buiten voor wat frisse lucht. Even een stukje rijden – langs het Catherine Cascomb Meisjesstudentenhuis bijvoorbeeld. Daar is ter ere van jou een schitterend spandoek aangebracht; moet je echt gaan zien.'

'Een *spandoek?*' zei Booth.

'Ga anders even een borreltje pakken in de Whale Room, Booth,' zei Ronkers tegen hem. 'Dan kom je een beetje tot rust.'

'*Verdomme*, Doc!' raasde Booth. 'Laat die lui van u inrukken!'

'Ik heb ze niet ingehuurd, Booth.'

'Het is dat sletje van een Maggie Brant zeker, hè Doc?'

'Ik heb niet het idee dat ze alleen opereert, Booth.'

'Luister, Doc,' zei Booth. 'Ik kan u hiervoor een proces aandoen. Inbreuk op de persoonlijke levenssfeer. Ik kan naar de kranten gaan, of ik ga naar de *universiteit* – om een boekje open te doen over de studentengezondheidszorg. U hebt het recht niet om zo onethisch te handelen.'

'Waarom bel je Margaret Brant niet gewoon?' opperde Ronkers.

'Margaret Brant *bellen*?'

'Om je excuses aan te bieden,' zei Ronkers. 'Om te zeggen dat het je spijt.'

'Dat het me *spijt*?!' brulde Booth.

'En dan kom je me daarna wat namen geven,' zei Ronkers.

'Ik ga naar elke krant die er in deze staat wordt uitgegeven, Doc.'

'Hoe eerder hoe beter, Booth. Ze zouden je afmaken...'

'Doc...'

'Neem het er maar eens lekker van, Booth. Rijd even langs het Catherine Cascomb Meisjesstudentenhuis....'

'Loop naar de hel, Doc.'

'Ik zou maar opschieten, Booth. Morgen beginnen ze misschien met de bumperstickercampagne.'

'Bumperstickers?'

'Bumperstickers met "Harlan Booth heeft een druiper" erop,' zei Ronkers

Booth hing op. De manier waarop hij ophing, trilde nog lange tijd na in de oren van Ronkers. De walnoten die op het dak vielen deden haast prettig aan na het lawaai dat Booth had geproduceerd.

'Ik denk dat we hem hebben,' zei Ronkers tegen Kit.

' "We," zei je? Klinkt alsof je je bij de club hebt aangesloten.'

'*Is* ook zo,' zei Ronkers. 'Het eerste wat ik morgen-

ochtend ga doen is Margaret Brant bellen en haar dat idee
van die bumperstickers vertellen.'

Maar Margaret Brant had geen begeleiding nodig. Toen
Ronkers 's ochtends naar zijn auto liep, zat er zowel op de
voor- als op de achterbumper een gloednieuwe sticker. De
stickers hadden donkerblauwe letters op een felgele achtergrond en liepen over de helft van de bumperlengte.

HARLAN BOOTH HEEFT EEN DRUIPER

Onderweg naar het ziekenhuis zag Ronkers nog meer ge-
decoreerde auto's. Sommige bestuurders hadden hun auto
bij een benzinestation neergezet en werkten daar als galei-
slaven om de stickers te verwijderen. Maar dat was een
lastig en smerig karweitje. De meeste mensen leken geen
tijd te hebben om meteen iets aan de stickers te doen.

'Alleen al terwijl ik door de stad reed heb ik er vierender-
tig geteld,' belde Ronkers aan Kit door. 'En het is nog
vroeg op de dag.'

'Bardlong is vandaag ook vroeg aan het werk gegaan,' zei
Kit.

'Wat is er dan?'

'Dit keer heeft hij een *echte* boomploeg ingehuurd. Je
was nog maar net vertrokken of daar stonden de boomchirurgen al.'

'Ah, echte boomchirurgen...'

'Deze hebben ook helmen op, en ze heten Mickey, Max
en Harv,' zei Kit. 'En ze hebben een hele kuip vol met dat
zwarte smeerspul bij zich.'

'*Dokter Heart*,' onderbrak Ronkers' assistente. '*Dokter
Heart, alstublieft, kamer 339.*'

'Rans?'

Maar de assistente had hen onderbroken omdat het nog
zo vroeg was; best mogelijk dat er nog geen andere dokter
aanwezig was. Ronkers arriveerde altijd vroeg, dikwijls al
uren voor zijn eerste afspraak – goed, ook om zijn rondes

in het ziekenhuis te doen, maar toch voornamelijk om nog een tijdlang alleen in zijn spreekkamer te kunnen zitten.

'Ik moet nu ophangen,' zei hij tegen Kit. 'Ik bel je wel terug.'

'Wie is dokter Heart?' vroeg Kit. 'Een nieuwe?'

'Ja,' zei Ronkers, maar hij dacht: nee, waarschijnlijk een *oude*.

Hij was zijn spreekkamer al uit, en de helft van de tunnel door die het ziekenhuis zelf verbond met een aantal spreekkamers, toen hij opnieuw dr. Heart via de intercom hoorde afroepen en het kamernummer herkende: 339. Dat was de kamer van de oude Herr Kesler, herinnerde Ronkers zich. Verpleegsters die hem aan zagen komen, openden deuren voor hem; ze openden deuren in alle richtingen, in alle gangen, en ze keken hem altijd een beetje teleurgesteld na wanneer hij niet door *hun* deur ging, wanneer hij linksaf sloeg in plaats van rechtsaf. Toen hij bij de kamer van Kesler arriveerde, stond de crash-kar naast het bed en was dr. Heart al aanwezig. Het was Danfors – een betere dr. Heart dan hijzelf zou zijn geweest, wist Ronkers; Danfors was hartspecialist.

Kesler was dood. Dat wil zeggen, technisch gezien ben je, wanneer je hart ermee uitscheidt, dood. Maar Danfors hield de elektroden al tegen Keslers borst; de oude man kreeg zo dadelijk een geweldige schok toegediend. Ah, de nieuwe machines, dacht Ronkers bewonderend. Ronkers had eens een man teruggehaald uit de dood met vijfhonderd volt uit de defibrillator, waarbij diens lichaam uit het bed werd geslingerd, met schokkende ledematen – alsof je het ruggemerg van een kikker doorsneed in de biologielessen uit het eerste jaar.

'Hoe is het met Kit, George?' vroeg Danford.

'Prima,' zei Ronkers. Danfors controleerde Keslers natriumbicarbonaatinfuus. 'Je moet maar eens komen kijken wat ze allemaal met het huis heeft gedaan. Samen met Lily.'

'Doen we,' zei Danfors, terwijl hij Kesler vijfhonderd volt toediende.

Keslers kaak zat stijf tegen zijn borst gedrukt en zijn tanden waren op elkaar geperst, maar desondanks wist hij een spookachtig half maantje van een glimlach naar buiten te wringen en een krachtige, duidelijke zin uit te stoten. Het was Duits, natuurlijk, iets wat Danfors verraste; het was hem vermoedelijk niet bekend dat Kesler een Oostenrijker was.

'*Noch ein Bier!*' verzocht Kesler.

'Wat zei hij nou?' vroeg Danfors aan Ronkers.

' "Nog een bier",' vertaalde Ronkers.

Maar de stroom was afgesneden, uiteraard. Kesler was opnieuw dood. De vijfhonderd volt hadden hem doen ontwaken, maar zijn eigen voltage was niet toereikend om wakker te blijven.

'Verdomme,' zei Danfors. 'Toen dit ding voor het eerst in het ziekenhuis werd gebruikt, haalde ik er drie achter elkaar; dat is nog eens een machine, dacht ik. Maar van de volgende vijf verloor ik er vier. Dus het was vier-vier met dat ding; nou ja, niets is onfeilbaar, natuurlijk. En nu is de stand uit zijn evenwicht.' Danfors wist zijn prestaties met de defibrillator te doen klinken als een verloren sportseizoen.

Nu was Ronkers niet van plan geweest om Kit terug te bellen; hij wist dat ze van streek zou raken door Keslers dood. Maar ze belde hem nog voordat hij een strategie kon verzinnen.

'Prima, hoor,' zei Ronkers.

'Zeg Rans,' vroeg Kit, 'Kesler heeft de krant toch niet gezien, hè? Ze hebben die foto namelijk breeduit op de voorpagina afgedrukt. Hij heeft hem toch niet gezien, hè.'

'Hij heeft hem niet gezien, ik weet het zeker,' zei Ronkers.

'O, gelukkig,' zei ze. Het leek wel of ze aan de lijn wilde blijven, dacht Ronkers, hoewel ze niet meer praatte. Hij zei tegen haar dat hij het vreselijk druk had en moest ophangen.

Ronkers was in een boosaardige bui toen hij met Danfors zat te lunchen in de ziekenhuiskantine. Ze waren nog
aan de soep toen er via de intercom vriendelijk werd gevraagd naar 'dr. Heart'. Aangezien Danfors hartspecialist
was, reageerde hij meestal op de dr. Heart-oproepen als hij
dienst had, zelfs al was er iemand sneller dan hij bij de lift.
Hij stond op en dronk zijn glas melk met een paar snelle
teugen leeg.

'*Noch ein Bier!*' zei Ronkers.

Thuis had Kit – de ontvangster van boodschappen, de ka-
merarrangeur – nieuws voor hem. Ten eerste had Margaret
Brant de boodschap achtergelaten dat ze de strijd tegen
Harlan Booth staakte, omdat Booth haar had gebeld en om
vergeving had gesmeekt. Ten tweede had Booth gebeld en
Kit een serie namen gegeven. 'Echte namen,' had hij gezegd. Ten derde was er iets aan de hand met Bardlong en
die vervloekte boom. De boomchirurgen hadden hem ergens voor gewaarschuwd, en de heer en mevrouw Bardlong waren onder de boom gaan porren, aan hun kant van
de leistenen muur, alsof ze nieuwe averij inspecteerden –
alsof ze een nieuw offensief beraamden.

Vermoeid wandelde Ronkers de tuin in om dit nieuwe
probleem onder ogen te zien. Bardlong zat op handen en
knieën op de grond en tuurde diep in de spelonken van zijn
leistenen muur. Op zoek naar eekhoorns?

'Toen die mannen de klus zo keurig hadden geklaard,'
verkondigde Bardlong, 'realiseerden ze zich ineens dat ze
het hele ding hadden moeten neerhalen. En zij hebben er
verstand van natuurlijk. Ik vrees dat ze gelijk hebben. Het
hele ding moet weg.'

'Waarom?' vroeg Ronkers. Hij probeerde zijn weer-
stand te mobiliseren, maar ontdekte dat het hem aan inspi-
ratie ontbrak.

'De wortels,' zei Bardlong. 'De wortels ondermijnen de
muur. De *wortels*,' zei hij nog eens, alsof hij zei: *De troe-*

pen! De tanks! De kanonnen! 'De wortels kruipen dwars door mijn muur heen.' Hij liet het klinken als een samenzwering, waarbij de wortels sommige stenen zouden wurgen en andere omkopen. Al kruipend zouden ze revolutionaire stellingen tussen het leisteen betrekken. Op een afgesproken teken zouden ze het geheel zonder pardon omhoogtillen.

'Dat zal toch nog wel even duren,' zei Ronkers, terwijl hij dacht, met een wreedheid die hem zelf verbaasde: Die muur zal *jou* wel overleven, Bardlong!

'Het is al begonnen,' zei Bardlong. 'Ik stel u deze vraag natuurlijk niet graag, maar als die muur instort, dan...'

'Dan bouwen we hem weer op,' zei Ronkers. Ah, de *arts* in hem!

Bardlong schudde zijn hoofd, onredelijk als een kankergezwel. Het zou niet lang meer duren, zag Ronkers, of de zin waarin Bardlong zei te hopen dat hij geen 'juridische stappen' zou hoeven ondernemen diende zich weer aan. Ronkers voelde zich te moe om zich tegen *wat dan ook* te verzetten.

'Het is heel simpel,' zei Bardlong. 'Ik wil de muur behouden, en u de boom.'

'Muren kunnen weer worden opgebouwd,' zei Ronkers, zonder de geringste overtuiging.

'Tsja,' zei Bardlong. Wat bedoelde hij daarmee? Het was net als met die vijfhonderd volt die Kesler werden toegediend. Er was sprake van een effect – dat kon je zien – maar het was volstrekt niet effectief. Op zijn sombere terugtocht naar binnen overdacht Ronkers het effect van vijfhonderd volt op Bardlong. Met de spanning een minuut of vijf aan.

Ook fantaseerde hij nog over deze bizarre scène: Bardlong die plotseling bij hem in de spreekkamer stond, naar de vloer keek en zei: 'Ik heb bepaalde... contacten, eh, gehad met een dame die, eh, kennelijk niet helemaal... in orde was.'

'Mr. Bardlong, als u dat prettig zou vinden,' zo vroeg

Ronkers Bardlong in gedachten, 'dan zou ik de, eh, dame natuurlijk kunnen laten weten dat ze een arts moet consulteren.'

'Zou u dat voor me willen doen?' zou Bardlong vervolgens ontroerd uitroepen. 'Ach, ik bedoel, ik wil, eh... u ervoor betalen, alles wat u vraagt.'

En dan had Ronkers hem te pakken natuurlijk. Met de behendigheid van een jachtluipaard zou hij hem ineens de prijs voor zijn voeten werpen. 'Wat dacht u van een halve walnoteboom?'

Maar dergelijke dingen gebeurden niet, wist Ronkers. Dergelijke dingen hoorden thuis bij die verhalen over aan hun lot overgelaten huisdieren die van Vermont naar Californië strompelden en maanden later kwispelstaartend en met bloedende pootjes bij de familie arriveerden. De reden dat zulke verhalen zo populair waren was dat ze zo prettig in strijd waren met de waarheid die iedereen kende. Het beest werd in Massachusetts vermorzeld door een Buick – of het was, erger nog, volmaakt tevreden met het lot waaraan het in Vermont was overgelaten.

En als Bardlong bij Ronkers in de spreekkamer kwam, dan zou dat voor een of ander volstrekt welvoeglijk leeftijdsverschijnsel zijn dat ten lange leste in zijn prostaat had postgevat.

'Kesler is dood, Kit,' vertelde Ronkers haar. 'Hartstilstand – eigenlijk maar beter ook; het zou erg onaangenaam voor hem zijn geworden.'

Hij hield haar in zijn armen op de fantastische slaapplek die ze had ontworpen. Aan hun raam tikte de schriele, uitgedunde boom als met lichte knoken tegen de dakgoot. De bladeren waren nu allemaal gevallen; de paar walnoten die er nog hingen waren klein en verschrompeld – zelfs door de eekhoorns werden ze genegeerd en als er een op het dak zou zijn gevallen dan zou niemand het hebben gemerkt. Nu hij kaal was en alleen maar enge schaduwen op hun bed wierp en 's nachts verontrustende geluiden maakte, scheen de boom hun strijd amper waard. Kesler was tenslotte dood. En Bardlong was *dermate* gepensioneerd dat hij meer tijd en energie voor futiliteiten had dan iedereen die hem zou kunnen weerstreven. De muur tussen Ronkers en Bardlong leek inderdaad broos.

Op dat moment realiseerde Ronkers zich dat hij al heel lang niet meer met zijn vrouw had gevrijd, en hij vrijde met Kit op een manier die een beetje therapeut 'bevestigend', en die een beetje minnaar 'mat' had kunnen noemen, dacht Ronkers later.

Hij keek naar haar terwijl ze sliep. Een pracht van een vrouw; haar studenten waren geïnteresseerd in meer dan alleen haar architectuur, vermoedde hij. En op een dag zou zij zich misschien meer voor hen gaan interesseren – of voor *één* van hen. Hoe kwam hij *daar* nu bij? vroeg hij zich af, en meteen daarop dacht hij aan de gevoelens die hijzelf de laatste tijd voor de röntgenologe koesterde.

Maar dergelijke problemen schenen voor Kit en hem nog jaren verwijderd – nou ja, nog *maanden* verwijderd, in ieder geval.

Hij dacht aan Margaret Brants zoete wraakneming; haar volwassen vergevensgezindheid verraste en bemoedigde hem. En het toegeven van Harlan Booth? Of hij nu berouw had gekregen – of alleen maar in de val gelopen was en volstrekt niet deugde – dat kon op dit moment niemand zeggen. Maar gold dat niet voor iedereen...? vroeg Ronkers zich af.

Met Danfors en zijn defibrillator stond het dit jaar vier-zes. Hoe stond het met de kansen voor de menselijke voortplanting? – in het bijzonder met die van Ronkers en Kit... En zelfs al zouden alle directeuren van middelbare scholen en ouders in de wereld even ruimdenkend, humoristisch en toegankelijk zijn bij venerische ziektes als ze welwillend stonden tegenover een rugbyblessure, dan zouden de druipers *nog* overal ter wereld welig tieren – evenals syfilis en de rest.

Kit sliep.

De schrale boom tikte tegen het huis als de snavel van een papegaai die hij eens in een dierentuin had gehoord. Waar was dat? *Welke* dierentuin?

In een impuls, die hij als berusting onderging, schoof Ronkers naar het raam om uit te kijken over de door de maan beschenen daken van de buitenwijken – veel ervan zag hij nu voor het eerst, nu de bladeren waren verdwenen en het winteruitzicht mogelijk werd. En tegen alle mensen onder die daken, en niet alleen tegen hen, fluisterde hij ondeugend: 'Veel plezier!' Voor Ronkers was dit een soort zegening met verborgen valstrik.

'Waarom *geen* kinderen?' zei hij hardop. Kit bewoog zich even, maar echt gehoord had ze hem niet.

Putney, Vermont
1974

BIJNA IN IOWA

De ontdekking van de weg naar een staat van genade

De bestuurder vertrouwde op reizen als een vorm van reflectie, maar de Volvo was nooit buiten Vermont geweest. De bestuurder was een nauwgezet reiziger: hij hield de olie op peil en zijn voorruit schoon en hij had zijn eigen bandenspanningsmeter bij zich in zijn linker borstzak, naast een ballpoint. Die was voor het maken van aantekeningen op de Grote Reislijst, punten als benzineverbruik, tolheffingen en rijtijd.

De Volvo waardeerde de zorg van de bestuurder; de u.s. 9 dwars door Vermont, van Brattleboro naar Bennington, was een zorgeloze rit. Toen de grens met de staat New York zich aankondigde, zei de bestuurder: 'Het gaat goed.' De Volvo geloofde hem.

Het was een stoffige tomaatrode tweedeurssedan uit 1969, met gitzwarte Semperit-radiaalbanden, standaard uitgevoerd met vier versnellingen, vier cilinders, een dubbele carburator en een ervaring van 72.788 km zonder radio. De bestuurder dacht dat een radio hen allebei zou afleiden.

Ze waren om middernacht uit Vermont vertrokken. 'Zonsopkomst in Pennsylvania!' zei de bestuurder tegen de bezorgde Volvo.

In Troy in New York probeerde de bestuurder de Volvo met gestaag schakelen en een sussende stem te verzekeren dat het allemaal gauw voorbij zou zijn. 'Het duurt niet lang meer,' zei hij. De Volvo geloofde hem op zijn woord. Soms is het noodzakelijk illusies te bevorderen.

Op de vrijwel lege oprit naar de New York State Thruway in westelijke richting gaf een onschuldige Volkswagen blijk van twijfel over de te kiezen baan. De bestuurder ging

vlak achter de Volkswagen rijden en liet de claxon van de
Volvo blèren; de Volkswagen zwenkte bijna panisch naar
rechts; de Volvo vloog vooruit op de linkerbaan, passeerde, sneed agressief, knipperde met zijn achterlichten.
De Volvo voelde zich een stuk beter.

De New York State Thruway duurt uren; de bestuurder
wist dat eentonigheid gevaarlijk is. Daarom verliet hij bij
Syracuse de Thruway en maakte hij een lange omweg naar
Ithaca met een bocht rond het Cayuga-meer om bij Rochester weer op de Thruway te komen. Het landschap
vertoonde een geruststellende gelijkenis met Vermont.
Appels geurden alsof ze gedijden; ahornbladeren vielen in
het schijnsel van de koplampen. Slechts eenmaal was er een
ontmoeting met een schokkend, in de nacht verlicht bord
dat het zelfvertrouwen van de Volvo leek te ondermijnen.
LEVEND AAS! stond erop. De bestuurder had er zelf ook
onprettige visioenen bij, maar hij wist dat een te levendige
beschrijving van zijn fantasie aanstekelijk kon werken. 'Alleen maar wormpjes en zo,' zei hij tegen de Volvo, die
voortsnorde. Maar in de gedachten van de bestuurder slui-
merde de mogelijkheid van andere soorten 'levend aas' –
een soort omgekeerd werkend aas, dat de vissen niet uitnodigde eraan te knabbelen, maar ze in doodsangst het water
uit joeg. Gooi wat van dit speciale aas in het water en
verzamel de bange, naar lucht happende vissen die op het
land terecht zijn gekomen. Of misschien was LEVEND AAS!
de naam van een nachtclub.

Bepaald opgelucht keerde de bestuurder terug op de
Thruway. Je komt niet altijd terug als je van de hoofdweg
afdwaalt. Maar de bestuurder klopte even op het dashbord
en zei: 'Straks zijn we in Buffalo.'

Er was een soort licht in de hemel – een stadium dat
alleen eendejagers en marathonliefhebbers zien. De bestuurder had dat licht zelden gezien.

Het Erie-meer lag er stil en grijs bij, als een dode zee; op de Pennsylvania Interstate reden alleen de auto's van de weinige vroege forenzen die naar Ohio moesten. 'Laat je niet kisten door Cleveland,' waarschuwde de bestuurder.

De Volvo leek in prima conditie – goede banden, benzineverbruik bijna 1 op 8, voldoende olie, accuniveau onverminderd, ruimschoots voldoende. Het enige bewijs dat ze de hele bange nacht hadden doorgereden, was de griezelige vleugelpap en het waas van insektenvlekken dat een laagje vormde op de voorruit en een web op de grille.

De pompbediende moest hard op zijn wisser drukken. 'Moet u ver?' vroeg hij aan de bestuurder, maar de bestuurder haalde slechts zijn schouders op. Ik ga tot het bittere einde! had hij wel willen roepen, maar de Volvo stond erbij.

Je moet uitkijken wie je kwetst met wat je zegt. De bestuurder had ook niemand verteld dat hij wegging.

Ze vermeden het vrachtverkeer rond Cleveland voordat Cleveland hen in zijn smerige greep kon krijgen; ze lieten het gevoel achter zich dat de ochtendspits kwaad was omdat ze hen net was misgelopen. Columbus, zuidelijke richting, stond op het bord, maar de bestuurder snoof verachtelijk en stoof de westelijke oprit van de Ohio-tolweg op.

'Je kunt de klere krijgen, Columbus,' zei hij.

Wanneer je een spannende nacht beheerst bent doorgekomen en je bent 's morgens op weg met dat gevoel dat je een voorsprong hebt op de rest van de wereld, lijkt zelfs Ohio mogelijk – zelfs Toledo lijkt maar een snel ritje verder.

'Lunch in Toledo!' kondigde de bestuurder vol bravoure aan. Bij 120 km per uur ging er een lichte siddering door de Volvo, hij sprong naar 130 en kwam over het legendarische 'dode punt' heen; de zon stond achter hen en ze genoten beiden van de voor hen uit vluchtende platte schaduw van de Volvo. Ze hadden het gevoel dat ze dat beeld tot in Indiana konden volgen.

De doelstellingen van de vroege ochtend behoren tot de

illusies die we moeten bevorderen als we ergens willen
komen.

Ohio is meer dan je verwacht; er lijken onredelijk veel
afslagen naar Sandusky te zijn. Bij een van de vele ano-
nieme wegrestaurants langs de tolweg kreeg de Volvo een
ernstige aanval van te veel voorontsteking en de bestuurder
moest het gierende gehoest van de auto smoren door abrupt de koppeling in te trappen. Dat irriteerde hen beiden.
En toen hij het benzineverbruik met de nieuwe volle tank
berekende, liet de bestuurder zich overhaast en gedachte-
loos zijn teleurstelling over de tegenvallende prestatie ont-
vallen: 'Iets meer dan 1 op 5!' Toen probeerde hij de Volvo
vlug duidelijk te maken dat dit niet als kritiek was bedoeld.
'Het was die laatste benzine,' zei hij. 'Ze hebben je slechte
benzine gegeven.'

Maar de Volvo kwam langzaam en puffend op gang; hij
bleef op een laag toerental en reed haperend weg van de
pomp, en de bestuurder meende er goed aan te doen te
zeggen: 'De olie is nog perfect op peil, geen druppel ver-
brand.' Dat was een leugen; de Volvo was bijna een halve
liter kwijtgeraakt – niet genoeg om bij te vullen maar onder
de maat. Eén ellendig moment lang, bij een van de talloze
afslagen naar Sandusky, vroeg de bestuurder zich af of de
Volvo het wist. Op lange afstanden is vertrouwen essentieel. Kan een auto voelen dat zijn oliepeil daalt?

'Lunch in Toledo,' spookte het tergend door het hoofd
van de bestuurder; de verflauwende honger zei hem dat hij
ontspannen had kunnen lunchen bij elk van de veertien
afritten die naar Sandusky zeiden te voeren. God, wat was
Sandusky eigenlijk?

De Volvo was weliswaar gelaafd en gewassen, maar had
zonder behoorlijke rust sinds het ontbijt in Buffalo doorgereden. De bestuurder besloot zijn eigen lunch over te
slaan. 'Ik heb geen honger,' zei hij opgewekt, maar hij
voelde de last van zijn tweede leugen. De bestuurder wist

dat bepaalde offers symbolisch zijn. Als je samen iets onderneemt moet een eerlijke verdeling van het lijden voorop staan. Het gebied dat werd aangeduid met 'Toledo', werd in de loop van de middag stilzwijgend gepasseerd als een onuitsprekelijke anticlimax. En wat het dalende oliepeil betrof wist de bestuurder dat hijzelf ook een halve liter kwijt was. O, Ohio.

Fort Wayne, Elkhart, Muncie, Gary, Terre Haute en Michigan City – *ha, Indiana!* Een andere staat, niet volgestort met beton. 'Zo groen als Vermont,' fluisterde de bestuurder. *Vermont!* Een toverwoord. 'Vleierij natuurlijk,' voegde hij eraan toe, maar toen vreesde hij dat hij te veel had gezegd.

In Lagrange brak er boven de Volvo een drenkende, louterende onweersbui los; bij Goshen bleek het benzineverbruik 1 op 7,2, een cijfer dat de bestuurder als een litanie voor de Volvo declameerde – Ligonier voorbij, Nappanee voorbij. Toen ze het hart van Indiana binnendrongen, voelde de bestuurder dat ze alweer over een 'dood punt' heenkwamen, een ongekend verschijnsel.

Koeien schenen van Indiana te houden. Maar wat was een 'Hoosier'?

Zullen we in South Bend eten? Op een balworp van Notre Dame. Onzin! Benzineverbruik 1 op 8,3! Doorgaan!

Zelfs de motels waren aantrekkelijk met uitnodigende zwembaden ernaast. Hier slaap je lekker! leek Indiana te zingen.

'Nog niet,' zei de bestuurder. Hij had de borden met Chicago gezien. 's Morgens wakker worden terwijl Chicago al achter je ligt, met succes vermeden, verschalkt – wat zou dat een voorsprong geven!

Bij de grens met Illinois berekende hij de tijd, de afstand tot Chicago, het samenvallen van zijn aankomst met het spitsuur enzovoort. De aanval van voorontsteking van de

Volvo was over; hij sloot rustig af; hij leek de befaamde 'kusstart' meester te zijn geworden. Kon Illinois nog tegenvallen na de stimulans van Indiana?

'We komen om half zeven langs Chicago,' zei de bestuurder. 'Het ergste deel van het spitsuur is dan voorbij. Na Chicago rijden we nog een uur door, Illinois in – om weer buiten de stad te komen – en dan stoppen we echt om acht uur. Jij krijgt een wasbeurt, ik neem een duik! Mississippi-meerval gepocheerd in witte wijn, een Illinois banenbootje, een halve liter motorolie, een cognac in de Rode Satijn-bar, wat lucht uit je banden laten lopen, om tien uur naar bed, bij het ochtendkrieken de Mississippi over, ontbijt in Iowa, worst van eigen varkens, Nebraska rond het middaguur, lunch met maïsbeignets...'

Hij haalde de Volvo over. Ze reden 'het land van Lincoln' binnen, zoals op de kentekens stond.

'Aju, Indiana! Bedankt, Indiana!' zong de bestuurder op het oude wijsje van *I Wish I was a Hoosier* van M. Lampert. We zijn vaak tot alles in staat om te doen of we ons nergens zorgen over maken.

Smog verduisterde de hemel voor hen, de zon was niet onder maar versluierd. De snelweg veranderde van glad asfalt in betonplaten met om de seconde een spleet, die zei: 'Kinkerdekinkerdekinker...' Afschuwelijke, eindeloze, identieke voorsteden smeulden van de tuinbarbecues.

Toen de bestuurder het eerste knooppunt van Chicago naderde stopte hij voor benzine, een blik op het dalende oliepeil en controle van de bandenspanning – voor de zekerheid. Het verkeer werd drukker. De pompbediende had een transistorradio om zijn nek die aankondigde dat de temperatuur van het water in het Michigan-meer achttien graden was.

'*Jak!*' zei de bestuurder. Toen zag hij dat de klok van de benzinepomp niet gelijk liep met zijn horloge. Hij was ergens een tijdgrens gepasseerd – mogelijk in dat droomland dat Indiana heette. Hij kwam Chicago een uur vroeger binnen dan hij had gedacht: het spitsuur was in volle gang en het verkeer raasde langs hem heen. Bij de motels die hij zag lagen nu zwembaden vol roet. Hij dacht aan de koeien die hem in het goeie, ouwe Indiana hadden kunnen wekken met hun zachte geklingel. Hij was achttieneneenhalf uur onderweg – met alleen een ontbijt in Buffalo als aandenken.

'Eén grove fout per achttieneneenhalf uur is zo slecht nog niet,' zei hij tegen de Volvo. Voor optimisten een noodzakelijke boutade. En een opmerkelijke vorm van verdringing, te denken dat dit zijn eerste fout was.

'Hallo, Illinois. Hallo, half Chicago.'

De Volvo dronk een liter olie als was het de eerste stevige Indiana-cocktail waar de bestuurder van droomde.

Als de bestuurder al vond dat Sandusky zich schuldig maakte aan grove overdaad, zou het grove overdaad zijn onder woorden te brengen wat hij precies van Joliet vond.

Met continu van baan verwisselen kwam hij na twee uur krap vijftig kilometer zuidwestelijk van Chicago uit op het kruispunt voor de reizigers die naar het westen gingen – helemaal naar Omaha – en naar het zuiden, richting St. Louis, Memphis en New Orleans. Om nog maar te zwijgen van de dolende dwazen die zich noordwaarts naar Chicago, Milwaukee en Green Bay sleepten – en de nog schaarsere reizigers die Sandusky en het schemerende oosten opzochten.

Joliet in Illinois was de plaats waar Chicago zijn vrachtwagens voor de nacht parkeerde. Joliet was de plaats waar mensen die het knooppunt van Wisconsin voor het knooppunt van Missouri hadden aangezien, hun vergissing bemerkten en het opgaven.

De vier vierbaanswegen die als parende spinnen in Joliet samenkwamen, hadden twee Howard Johnson Motor Lodges, drie Holiday Inns en twee Great Western Motels voortgebracht. Allemaal met overdekte zwembaden, air-conditioning en kleurentelevisie. De kleurentelevisie was een absurde poging tot idealisme: kleur brengen in Joliet in Illinois, een gebied dat overwegend zwart-wit was.

Om half negen 's avonds hield de bestuurder de open weg voor gezien.

'Het spijt me,' zei hij tegen de Volvo. Er was geen auto-wasserij bij de Holiday Inn. Wat had het ook voor zin gehad? En het is twijfelachtig of de Volvo hem verstond of zich had laten troosten; de Volvo had een aanval van voor-ontsteking die de verwoed schakelende bestuurder zo door elkaar rammelde en schokte, dat hij zijn geduld verloor.

'Rotauto,' mopperde hij in een pijnlijke stilte, een moment van rust tussen de stuipen van de Volvo door. Het kwaad was geschied. De Volvo stond daar maar, tikkend van de hitte, met warme, harde banden, hopeloos asynchrone carburators, bougies onder een dikke laag roet, het oliefilter ongetwijfeld verstopt en stijf dicht als een sluit-spier.

'Het spijt me,' zei de bestuurder. 'Ik meende het niet. Morgen beginnen we met frisse moed.'

In de spookachtig groen verlichte hal van het hotel, inge-richt met schildpaddenaquaria en palmen, ontmoette de bestuurder zo'n elfhonderd zich inschrijvende reizigers, die allemaal net als hij in een shocktoestand verkeerden, allemaal tegen hun kinderen, echtgenotes en auto's zeiden: 'Het spijt me, morgen beginnen we met frisse moed...'

Maar ongeloof overheerste. Als het vertrouwen is ge-schonden is er werk aan de winkel.

De bestuurder wist wanneer het vertrouwen was geschon-den. Hij zat op het tweepersoons fabrieksbed op kamer 879 in de Holiday Inn en belde zijn vrouw in Vermont op haar rekening.

'Hallo, met mij,' zei hij.

'Waar was je toch?' riep ze. 'Jeetje, iedereen zocht je.'

'Het spijt me,' zei hij.

'Ik heb je overal gezocht op dat vreselijke feest,' zei ze. 'Ik wist zeker dat je er met die Helen Cranitz vandoor was.'

'O nee.'

'Nou, uiteindelijk heb ik mezelf vernederd en haar opgezocht... Ze was met Ed Poines.'

'O nee.'

'En toen ik zag dat je de auto had genomen, was ik zo ongerust omdat je had gedronken...'

'Ik was nuchter.'

'Nou, Derek Marshall moest me naar huis rijden en die was niet nuchter.'

'Het spijt me.'

'Er is niets gebeurd, hoor!'

'Het spijt me...'

'Het spíjt je!' schreeuwde ze. 'Waar zit je? Ik had de auto nodig om Carey naar de tandarts te brengen. Ik heb de politie gebeld.'

'O nee.'

'Nou, ik dacht dat je misschien in een greppel ergens langs de weg lag.'

'Met de auto is niets mis.'

'De auto!' jammerde ze. 'Waar zit je? Jezusmina...'

'Ik zit in Joliet in Illinois.'

'Ik heb meer dan genoeg van die vreselijke humor van jou...'

'We hebben ons vergist bij Chicago, anders zat ik nu in Iowa.'

'Wie zijn wij?'

'Alleen ik.'

'Je zei wij.'

'Het spijt me...'

'Ik wil alleen even weten of je vanavond thuiskomt.'

'Het is niet erg waarschijnlijk dat ik dat haal,' zei de bestuurder.

'Nou, ik heb Derek Marshall weer hier, dat heb je aan jezelf te danken. Hij heeft Carey voor me naar de tandarts gebracht.'

'O nee.'

'Hij heeft zich als een heer gedragen natuurlijk, maar ik moest het hem wel vragen. Hij is ook ongerust over jou, hoor.'

'Ja, dat zal wel...'

'Je hebt het recht niet om zo'n toon aan te slaan. Wanneer ben je terug?'

Het idee 'teruggaan' was niet in het hoofd van de bestuurder opgekomen en hij aarzelde een hele tijd.

'Ik wil weten waar je écht zit,' zei zijn vrouw.

'Joliet, Illinois.'

Ze hing op.

Langere afstanden vergen samenwerking. Er was werk aan de winkel voor de bestuurder, en of.

Dobberend in het overdekte zwembad werd de bestuurder overvallen door een zeker gevoel van misselijkheid en het idee dat het bad leek op de schildpaddenaquaria in de hal van de Holiday Inn. Ik wil hier niet zijn, dacht hij.

In het Druivenprieel-restaurant bekeek de bestuurder het duizelingwekkende menu en bestelde vervolgens de krabsalade van het huis. Die kwam. Het bange vermoeden bestond dat het Michigan-meer de mogelijke, onheilspellende plaats van herkomst was.

In de Tahiti-bar kreeg hij cognac.

Het plaatselijke televisiestation somde de verkeersongelukken van die dag op: een grimmige dodenlijst – het beeld van de met kolengruis overdekte slachtpartij joeg de reizigers al vroeg uit de bar naar bed voor een onrustige nacht. Misschien was dat de bedoeling van het programma.

Voordat hij zelf naar bed ging, wenste de bestuurder

zijn Volvo goedenacht. Hij voelde aan de banden, hij voelde het zwarte gruis in de olie, hij nam de schade op van een ster in de voorruit.

'Die moet hebben gestoken.'

Derek Marshall! Die stak ook.

De bestuurder herinnerde zich dat 'vreselijke feest' zoals ze het had genoemd. Hij had tegen zijn vrouw gezegd dat hij naar de wc ging; overal op het gazon stonden auto's geparkeerd en hij ging daar naar de wc. Kleine Carey logeerde bij vrienden; er was geen oppas die de bestuurder het huis binnen had kunnen zien glippen om zijn tandenborstel te halen.

Aan de achterkant van de badkamerdeur hing een jurk van zijn vrouw, een van zijn lievelingsjurken. Hij snoof eraan; hij werd week bij het aanraken van de zijdeachtige stof; zijn bandenspanningsmeter bleef aan de ritssluiting haken toen hij zich wilde terugtrekken, 'Vaarwel,' zei hij resoluut tegen de jurk.

Eén onbesuisd ogenblik lang overwoog hij al haar kleren mee te nemen! Maar het was middernacht – tijd om in een pompoen te veranderen – en hij zocht de Volvo.

Zijn vrouw was stoffig tomaatrood... nee. Ze was blond, zeven jaar getrouwd, had één kind en geen radio. Een radio leidde hen allebei af. Nee. Zijn vrouw had maat 38, versleet tussen lente en herfst drie paar sandalen, maat 38, had bh-cup 80 b en een benzineverbruik van 1 op 8,3... néé! Ze was klein en donker, had sterke vingers en felle zeeblauwe ogen, de kleur van luchtpostenveloppen; ze had de gewoonte bij het vrijen haar hoofd achterover te gooien als een worstelaar die op het punt staat een brug te maken of een patiënt die wordt klaargelegd voor mond-op-mondbeademing... o ja. Haar lichaam was rank, niet vol, en ze hield van alles wat haar aanraakte, kleren, kinderen, grote honden en mannen. Ze was lang en ze had lange bovenbenen en een soepele tred, een grote mond, cup 85 D...

Toen kwamen de bijholten van de bestuurder eindelijk in opstand tegen de nachtelijke uitputtingsslag van de airconditioning; hij niesde hevig en werd wakker. Hij stopte zijn gedachten aan zijn vrouw en alle andere vrouwen weg in een groot, leeg vak in zijn hersenen, dat leek op de grote, ongepakte kofferruimte van de Volvo. Hij nam een verfrissende douche en bedacht dat hij vandaag de Mississippi zou zien.

Mensen leren eigenlijk maar weinig over zichzelf; het lijkt wel of ze het prettig vinden zich voortdurend kwetsbaar te maken.

De bestuurder was van plan zonder ontbijt te vertrekken. Je zou verwachten dat hij gewend was aan tegenslagen, maar de aanblik die ochtend van de schade die aan de Volvo was toegebracht, was zelfs deze veteraan van de gang van zaken op de weg te veel. De Volvo was een ravage. Hij stond langs de stoeprand voor de motelkamer van de bestuurder als een echtgenote die hij in de dronken nacht had buitengesloten – ze stond er te wachten om hem in het daglicht met zijn schuldgevoelens te confronteren.

'O, God, wat hebben ze met je gedaan...?'

Ze hadden de vier wieldoppen eraf gewipt zodat de ring van wielmoeren ontbloot en de banden naakt waren. Ze hadden het zijspiegeltje aan de kant van het stuur gestolen. Iemand had geprobeerd de hele armatuur los te schroeven, maar de schroevedraaier was of te groot of te klein geweest voor de schroeven: de koppen van de schroeven waren verminkt en onbruikbaar. De dief had de armatuur laten zitten en had de spiegel domweg heen en weer gewrikt tot hij was afgebroken bij het kogelscharnier. Het afgebroken scharnier deed de bestuurder denken aan de rafelige, gescheurde kom van een afgerukte arm.

Ze hadden geprobeerd de Volvo binnen te dringen door steeds maar weer de zijraampjes naar binnen te duwen en eraan te trekken, maar de Volvo had standgehouden. Ze hadden de rubberrand onder het raampje aan de be-

stuurderskant weggerukt, maar het was niet gelukt het slot
te forceren. Ze hadden geprobeerd de ruit aan de andere
kant in te slaan; er verspreidden zich barstjes over de ruit
als was er een spinneweb tegenaan gewaaid. Ze hadden
geprobeerd bij de benzinetank te komen – om benzine af te
tappen, er zand in te strooien, er een lucifer bij te houden –,
maar hoewel ze het slot van de tankdop hadden vernield,
was het niet gelukt. Ze hadden getracht de motorkap open
te krikken, maar die had gehouden. Een aantal spijltjes van
de grille was ingedeukt en één spijltje was naar buiten gebogen tot het knakte; het stak uit de Volvo alsof er een
primitief soort bajonet op was gemonteerd.

Als laatste gebaar hadden de teleurgestelde verkrachters,
het rottige tuig uit Joliet – of waren het andere motelgasten
geweest, die zich hadden gestoord aan het vreemde kente-
ken, die niets moesten hebben van Vermont?... wie het
ook was, diegene had als laatste, wrede en nodeloze vorm
van afscheid een stuk gereedschap gepakt (de kurketrekker
van een zakmes?) en een drieletterwoord in het diepe rood
van de motorkap van de Volvo gekrast. Door de lak heen,
het was een kerf in het staal zelf. LUL luidde het woord.

'Lul?' riep de bestuurder uit. Hij legde zijn hand op de
wond. 'Klootzakken!' schreeuwde hij. 'Vuilakken, smerige gluiperds!' bulderde hij. In de vleugel van het hotel
waar hij met zijn gezicht naartoe stond, moesten twintig
reizigers hebben geslapen; er was een rij kamers op de
begane grond en een rij op de eerste verdieping aan een
galerij. 'Lafaards, autorammers!' brulde de bestuurder.
'Wie heeft dat gedaan?' vroeg hij op hoge toon. Verschillende deuren op de galerij gingen open. Angstige, half wak-
kere mannen stonden naar hem te turen – terwijl achter hen
vrouwen pruttelden: 'Wie is dat? Wat is er aan de hand?'

'Lul!' gilde de bestuurder. 'Lul!'

'Het is zes uur 's morgens, man,' mompelde iemand in
een deuropening op de begane grond, die vervolgens snel
weer naar binnen ging en de deur achter zich sloot.

Met echte krankzinnigheid kun je je beter niet bemoeien. Als de bestuurder dronken was geweest of gewoon onbehouwen, hadden die in hun slaap gestoorde mannen hem in elkaar geslagen. Maar hij was krankzinnig – dat zagen ze allemaal – en daar valt niets aan te doen.

'Wat is er aan de hand, Fred?'

'Iemand die doordraait. Ga maar weer slapen.'

O, Joliet in Illinois, je bent erger dan het vagevuur waar ik je eerst voor hield!

De bestuurder raakte het geoliede scharnier aan waar ooit zijn mooie spiegeltje had gezeten. 'Het komt wel weer goed,' zei hij. 'Je wordt weer zo goed als nieuw, maak je maar geen zorgen.'

LUL! Het smerige woord stond open en bloot in zijn motorkap gegrift, het leek hem wel aan de kaak te stellen – hij schaamde zich voor dat grove, obscene, lelijke woord. Hij zag Derek Marshall al op zijn vrouw afkomen. 'Hoi! Wil je een lift naar huis?'

'Oké,' zei de bestuurder met hese stem tegen de Volvo. 'Oké, zo is het welletjes. Ik breng je thuis.'

De zachtaardigheid van de bestuurder was nu indrukwekkend. Het is ongelooflijk, maar soms kun je enige tact bij mensen ontdekken; sommigen op de galerij van de eerste verdieping deden zelfs hun deur dicht. De bestuurder bedekte met zijn hand het LUL dat in de kap was gekrast; hij huilde. Hij had een lange weg afgelegd om zijn vrouw te verlaten en al wat hij had gedaan was zijn auto beschadigen.

Maar niemand kan helemaal naar Joliet in Illinois gaan zonder in de verleiding te komen een blik te werpen op de Mississippi – de hoofdroute van het Midden-Westen, die je moet oversteken om in het echte Westen te komen. Nee, je bent niet echt in het Westen geweest als je de Mississippi niet bent overgestoken; je kunt nooit zeggen dat je 'daarginds' bent geweest, als je niet voet aan wal hebt gezet in Iowa. Als je Iowa hebt gezien, heb je het begin gezien.

De bestuurder wìst dat; hij smeekte de Volvo hem één blik te gunnen. 'We keren meteen, dat beloof ik,' zei hij. 'De Mississippi. En Iowa...' waar hij heen had gekund.

Onwillig nam de Volvo hem mee door Illinois; het staatspark Starved Rock Wenona, Mendota, Henry, Kewanee, Geneseo, Rock Island en Moline. Er was een parkeerplaats voor de grote brug die de Mississippi overspande – de brug waarover je Iowa binnenkwam. Davenport, West Liberty en het MacBride-meer!

Maar hij zou ze niet zien, dit keer niet. Hij stond naast de Volvo te kijken hoe het theekleurige, brede water van de Mississippi voorbij stroomde; voor iemand die de Atlantische Oceaan heeft gezien zijn rivieren niet zo bijzonder. Maar achter de rivier... daar lag *Iowa*... en het zag er echt anders uit dan Illinois! Hij zag eindeloze korenhalmen, als een leger frisse, jonge cheerleaders die met hun pluimen wuiven. Daar groeiden ook grote zwijnen; dat wist hij; hij stelde ze zich voor – hij moest wel – omdat er in werkelijkheid geen groep varkens aan de overkant van de Mississippi stond te snuffelen.

'Op een dag...' zei de bestuurder, half bang dat het waar was en half hoopvol. De beschadigde Volvo stond op hem te wachten; de ingedeukte grille en het woord LUL wezen naar het oosten.

'Oké, oké,' zei de bestuurder.

Wees dankbaar voor het weinige richtinggevoel dat je hebt. Luister: de bestuurder hád kunnen verdwalen; in de verwarring van zijn keuze tussen oost en west had hij naar het noorden kunnen gaan – op de rijstrook naar het zuiden!

Rapport nr. 459 van de staatspolitie van Missouri: een rode Volvo, sedanuitvoering, rijdend in noordelijke richting op de rijstrook naar het zuiden, scheen geen goed richtinggevoel te hebben. De rammelende vrachtwagen die hem raakte was er volkomen zeker van dat hij voorrang had op de inhaalstrook. Bij het uitzoeken van de wrakstukken vond men een telefoonnummer. Toen zijn vrouw werd opgebeld, nam een andere man op. Hij zei dat hij Derek Marshall heette en dat hij het nieuws aan de mans vrouw zou doorgeven zodra ze wakker was.'

We hadden het moeten weten: het kan altijd nog erger.

In ieder geval kwamen er nog grote problemen. Bijvoorbeeld de wirwar van afslagen naar Sandusky en de bestuurder was niet bepaald fit meer. Ohio strekte zich voor hem uit, als de jaren van een huwelijk die hem nog te wachten stonden. Maar hij moest ook aan de Volvo denken; de Volvo leek voorbestemd om nooit over Vermont heen te komen. En er kwamen delicate onderhandelingen met Derek Marshall; dat leek zeker. We moeten vaak onze prioriteiten uit het oog verliezen om ze te zien.

Hij had de Mississippi gezien en het malse, vruchtbare vlakke land erachter. Wie weet welke zoete, duistere mysteries Iowa hem zou hebben getoond? Om nog maar te zwijgen van Nebraska. Of *Wyoming*! De keel van de bestuurder zat dichtgeschroefd. En hij was vergeten dat hij nog eens door Joliet in Illinois moest.

Naar huis gaan is moeilijk. Maar wat valt er te zeggen voor wegblijven?

In La Salle in Illinois liet de bestuurder de Volvo nakijken. Er moesten nieuwe ruitenwissers op (hij had niet eens gemerkt dat ze waren gestolen), er werd een tijdelijk zijspiegeltje geplaatst en in de kerf die LUL vormde, werd wat verzachtende menie aangebracht. De olie van de Volvo was op peil, maar de bestuurder ontdekte dat de vandalen hadden geprobeerd kiezeltjes in de ventielen te stoppen – in de hoop dat zijn banden onder het rijden zouden leeglopen. De pompbediende moest het slot van de tankdop verder openbreken om de Volvo wat benzine te geven. Benzineverbruik 1 op 8,2: in geval van nood was de Volvo een tijger.

'Ik laat je thuis overspuiten,' zei de bestuurder grimmig tegen de Volvo. 'Hou nog even vol.'

Per slot van rekening hadden ze Indiana in het vooruitzicht. Sommige dingen, zegt men, zijn de tweede keer nog
beter. Zijn huwelijk zag hij als een onafgemaakte oorlog
tussen Ohio en Indiana – een kwetsbaar evenwicht in vuur-
kracht, afgewisseld met nu en dan een bestand. Iowa erbij
betrekken zou een drastische verschuiving teweegbrengen.
Of: sommige rivieren kun je beter niet oversteken? Het
nationaal gemiddelde is nog geen 40.000 kilometer op hetzelfde stel banden en vaak gaan de banden er veel eerder af.
Hij had 74.000 gereden met de Volvo – op zijn eerste stel
banden.

Nee, ondanks dat verlokkende, vervagende beeld van de
toekomst in Iowa kun je niet rijden met je ogen op het
achteruitkijkspiegeltje gericht. En ja, in dit stadium van de
reis was de bestuurder vastbesloten naar het oosten terug te
keren. Maar waardigheid is moeilijk te handhaven. Volharding vergt voortdurend onderhoud. Herhaling is saai. En
voor genade moet je betalen.

VERMOEID KONINKRIJK

Minna Barrett, vijfenvijftig, ziet er precies zo oud uit als ze is en niets in haar figuur wijst erop hoe ze er 'in haar tijd' misschien heeft uitgezien. Je zou haast denken dat ze er altijd zo heeft uitgezien, ietwat rechthoekig, met lichte rondingen, niet puriteins maar aseksueel. Een aardige oude vrijster sinds de middelbare school, keurig en stil; een niet al te streng gezicht, een niet al te harde mond, maar een totale zelfbeheersing die nu, op haar vijfenvijftigste, de geschiedenis van haar onverschilligheid en haar behoudende levenswandel weerspiegelt.

Minna heeft een eigen kamer in een studentenhuis van het Fairchild Junior College voor jonge vrouwen, waar ze aan het hoofd staat van de kleine eetzaal, de leiding heeft over de kleine keukenstaf en erop moet toezien dat de meisjes gepast gekleed zijn voor de maaltijd. Minna heeft een kamer met een eigen opgang en een eigen badkamer, die 's morgens wordt overschaduwd door de olmen van de campus en een paar blokken van Boston Common ligt – niet te ver voor haar om op een mooie dag te lopen. De kamer is opmerkelijk netjes, opmerkelijk omdat het een heel kleine kamer is die weinig verraadt van de negen jaar dat ze er woont. Niet dat er veel te verraden is of zou moeten zijn; het is geen permanentere verblijfplaats dan de andere plekken waar Minna heeft gewoond sinds ze het huis uit ging. Op deze kamer staat een televisie en Minna blijft 's avonds laat op om films te kijken. Ze kijkt nooit naar de vaste programma's; ze leest tot het nieuws van elf uur. Ze houdt van biografieën, prefereert ze boven autobiografieën, omdat de beschrijving van iemands eigen leven haar op een voor haar onbegrijpelijke manier in verlegenheid brengt. Ze heeft een voorliefde voor de biografieën van vrouwen, al leest ze ook Ian Fleming. Iemand, een dame in een zacht lavendelblauw pakje, die naar ze zei wilde kennismaken met ál het personeel, had ooit op een feestje voor de oud-leerlingen en trustees van de school ontdekt dat Minna belangstelling had voor biografieën. De lavendelblauwe dame beval haar een boek van Gertrude Stein aan, en dat heeft Minna gekocht maar nooit uitgelezen. Het was niet bepaald wat Minna onder een biografie verstond, maar ze was niet beledigd. Ze had alleen maar het gevoel dat er nooit iets gebeurde.

Minna leest dus tot elf uur, dan kijkt ze naar het journaal en een film. De keukenstaf komt 's morgens vroeg, maar Minna hoeft pas in de eetzaal te zijn als de meisjes binnenkomen. Na het ontbijt neemt ze een kop koffie mee naar haar kamer, dan doet ze soms een dutje tot de lunch. Ook haar middagen zijn rustig. Sommige meisjes uit het studentenhuis komen om elf uur bij haar naar het avondjournaal kijken – in de gang van het studentenhuis is een deur naar Minna's kamer. De meisjes komen waarschijnlijk meer voor de televisie dan voor Minna, al zijn ze heel aardig, en Minna moet lachen om de vele verschillende uitmonsteringen waarin ze op dat uur verschijnen. Op een keer wilden ze weten hoe lang Minna's haar was als ze het los liet hangen. Toegeeflijk draaide, wikkelde ze het lange grijze haar los, dat ietwat stug was maar tot op haar heupen viel. De meisjes waren onder de indruk van het dikke, gezonde haar; een van hen, met bijna even lang haar, vroeg of Minna het niet in een vlecht wilde dragen. De volgende avond hadden de meisjes een feloranje lint bij zich en vlochten ze Minna's haar. Minna betoonde zich gedwee tevreden, maar ze zei dat ze het nooit zo kon dragen. Ze kon even in de verleiding komen omdat de meisjes zo onder de indruk waren, maar er was geen denken aan dat ze haar haar anders zou dragen dan in de strakke knot die ze al jaren had.

Als de meisjes weg zijn, na de film zit Minna in haar bed

te denken aan haar pensioen. Ze ziet de boerderij voor zich waar ze opgroeide in South Byfield. Als ze er al met een zekere nostalgie aan terugdenkt, is ze zich daar niet van bewust; ze denkt alleen dat haar werk op school veel ontspannener is, veel lichter dan dat op de boerderij. Haar jongere broer woont er nu en over een paar jaar zal ze teruggaan en bij het gezin van haar broer intrekken, ze zal haar aardige appeltje voor de dorst meenemen en zichzelf en haar spaargeld aan de zorgen van haar broer toevertrouwen. Afgelopen Kerstmis nog, toen ze bij zijn gezin op bezoek was, vroegen ze haar wanneer ze voorgoed zou blijven. Tegen de tijd dat ze het juist acht te gaan, over een paar jaar, zullen nog niet al haar broers kinderen groot zijn en dan is er voor haar nog iets te doen. In ieder geval zou niemand Minna als een last beschouwen.

Ze denkt aan South Byfield, het verleden en de toekomst – na het nieuws, na de film – en ze voelt nu geen wrok om het heden. Ze heeft geen herinneringen aan een pijnlijk verlies of een scheiding, aan mislukkingen. Ze had vriendinnen in South Byfield, die ze simpelweg zag trouwen of die gewoon daar bleven toen zij kalmpjes vijftig kilometer verderop ging wonen in Boston; haar vader en moeder stierven, haast timide, maar er is niets wat ze echt intens mist. Ze vindt niet van zichzelf dat ze erg uitziet naar haar pensioen, al verheugt ze zich er wel op zich bij haar broers gezonde gezin te voegen. Ze zou niet zeggen dat ze veel vrienden heeft in Boston, maar voor Minna zijn vrienden altijd de plezierige en vertrouwde mensen geweest die behoorden bij de regelmatige episoden in haar leven; ze zijn nooit emotioneel afhankelijk van haar geweest. Nu is er bijvoorbeeld Flynn, de kok, een Ier met een groot gezin, die in South Boston woont en zich bij Minna beklaagt over de huizen in Boston, het verkeer in Boston, de corruptie in Boston, wat niet al in Boston. Minna weet daar weinig van, maar ze luistert vriendelijk naar hem; Flynn herinnert haar met zijn gevloek aan haar vader. Zelf vloekt Minna niet, maar ze vindt Flynns gevloek niet vervelend. Hij bezit de gave dingen naar zijn hand te zetten, waardoor het lijkt of zijn vloeken echt effect hebben. De dagelijkse gevechten met de koffiemachine worden altijd door Flynn gewonnen, die na langdurige en onnavolgbare scheldpartijen, wild gerammel en woeste dreigementen om het hele ding uit elkaar te halen, als winnaar uit de strijd komt; Minna gelooft dat Flynns geïnspireerde scheldwoorden constructief zijn, net als die van haar vader die in de wintermaanden tegen de tractor schreeuwde tot hij startte, en Minna vindt Flynn aardig.

Verder is er mevrouw Elwood, een weduwe met diepere rimpels in haar gezicht dan Minna – rimpels die als elastiekjes bewegen wanneer mevrouw Elwood praat, alsof haar kin aan die lijnen was opgehangen. Mevrouw Elwood is het hoofd van het studentenhuis en ze spreekt met een Engels accent; het is algemeen bekend dat mevrouw Elwood uit Boston komt, maar na haar eindexamen heeft ze één keer een zomer in Engeland doorgebracht. Naar het schijnt heeft ze er een dolle tijd gehad. Minna waarschuwt mevrouw Elwood altijd als er een nachtfilm met Alec Guinness op tv is en mevrouw Elwood komt dan discreet na het nieuws, als de meisjes terug zijn naar hun kamers. Vaak is de film al half voorbij voordat mevrouw Elwood weet of ze die al eens heeft gezien.

'Ik zal ze allemaal wel gezien hebben, Minna,' zegt mevrouw Elwood.

'De films rond Kerstmis mis ik altijd,' antwoordt Minna. 'Bij mijn broer gaan we meestal kaarten of er is bezoek.'

'O, Minna,' zegt mevrouw Elwood, 'je zou echt meer uit moeten gaan.'

En dan is er ook nog Angelo Gianni. Angelo is bleek en tenger, een verward kijkende man, of jongen, en het grijs van zijn ogen is slechts een donkerder tint dan de kleur van zijn gelaat, en afgezien van zijn naam duidt niets aan hem erop dat hij Italiaan is. Als hij Cuthbert of Cadwallader had

geheten zou niets in zijn voorkomen daarop wijzen. Was
hij een Devereaux of een Hunt-Jones geweest, dan zou je
daar niets van zien in zijn onbeholpen, verlegen gestalte –
die vol vrees de geringste moeilijkheid tegemoet zag en
telkens volslagen perplex reageerde. Angelo is misschien
twintig, misschien dertig; hij woont in de kelder van het
studentenhuis, naast zijn bezemkast. Angelo leegt asbak-
ken, doet de afwas, dekt de tafels en ruimt af, veegt, doet
dat soort dingen waar hij maar nodig is en doet, als het hem
wordt gevraagd, ook ingewikkelder dingen en ook meer
dan eens, mits het probleem tot in detail aan hem is uitge-
legd. Hij is uitzonderlijk zachtaardig en behandelt Minna
met een mengeling van diep respect – hij noemt haar soms
'juffrouw Minna' – en de zonderlinge, timide attenties van
de ware affectie. Minna mag Angelo graag, ze is aardig en
opgewekt tegen hem, zoals tegen de kinderen van haar
broer, en ze merkt dat ze zich zelfs zorgen om hem maakt.
Ze meent dat Angelo niet stevig in zijn schoenen staat en
dat hij elk moment van zijn eenvoudige, hachelijke leven –
onbeschut, denkt ze – aan de wreedste krenkingen bloot-
staat. De wonden blijven onbenoemd, maar Minna ziet in
gedachten allerlei ellende op de loer liggen voor Angelo,
die kwetsbaar, argeloos in zijn geïsoleerde wereld van
vriendelijkheid en vertrouwen leeft. Minna probeert Angelo te beschermen, probeert hem te instrueren, al heeft ze
maar een wazig beeld van die ellende; ze kan van zichzelf
geen ernstige krenking herinneren, geen grote, dreigende
en destructieve kracht die haar ooit boven het hoofd heeft
gehangen. Maar ze vreest dit wel voor Angelo en ze vertelt
hem haar leerzame verhalen, die steevast eindigen in een
spreuk (een van die spreuken die ze uit het dagblad knipt en
met een kleurloos pinnetje bevestigt op de dikke, zwarte
bladzijden van haar fotoalbum, waarin maar twee foto's
zitten – een bruinige afdruk van haar ouders in een starre
pose en een kleurenfoto van de kinderen van haar broer).
Minna vertelt verhalen van zichzelf, ontdaan van de voor-

geschiedenis, ontdaan van plaats en tijd, zelfs van de namen van de hoofdpersonen, en zeker ontdaan van een eventuele emotionele betrokkenheid, die misschien ooit heeft bestaan, misschien nog voortduurt – als Minna zich ooit iets op die manier herinnerde, of als iets haar, persoonlijk, op die manier zou kunnen raken. De spreuken variëren van 'Een beetje kennis is gevaarlijk!' tot een heel repertoire aan motto's waarin het compromis wordt aanbevolen. Het gevaar van te goed van vertrouwen of te goedgelovig zijn. Angelo knikt bij haar advies; vaak doet een eerbiedige ernst zijn ogen verstarren, zijn mond openvallen, totdat Minna zo bezorgd wordt over Angelo's intense concentratie dat ze hem ook vertelt nooit iets, wat iemand ook zegt, al te serieus te nemen. Daarvan raakt Angelo alleen maar meer in de war en als Minna het effect van haar woorden ziet, gaat ze over op een luchtiger onderwerp.

'Laatst nog,' zegt ze, 'wilden een paar meisjes me overhalen om mijn haar in een vlecht te dragen, een lange vlecht.'

'Het stond vast heel mooi,' zegt Angelo.

'Ach, weet je, Angelo, ik zag gewoon het nut er niet van in mijn kapsel na al die jaren te veranderen.'

'U moet doen wat u goeddunkt, juffrouw Minna,' zegt Angelo en het lukt Minna niet Angelo's indringende, gevaarlijke vriendelijkheid jegens iedereen te doorbreken: hij presenteert iedereen zijn naakte hart om ermee te doen wat men wil. En ach, denkt Minna, het wordt tijd dat ze allebei weer aan het werk gaan.

Minna heeft geen klachten over haar werk. Ze heeft gevraagd om een vrouwelijke hulp, nog een hoofd voor de eetzaal – zodat de meisjes en de keukenstaf 's maandags, als Minna haar vrije dag heeft, niet alleen zijn. Kennelijk vindt niemand dat verzoek erg belangrijk. Mevrouw Elwood vond het een prima idee, zei dat ze er met de directeur Huisvesting over zou praten. Toen Minna er later naar vroeg, zei mevrouw Elwood dat het misschien beter was als Minna zelf met de directeur ging praten, of met iemand anders. Minna heeft al weken geleden een brief aan de directeur geschreven en ze heeft niets gehoord. Het is niet echt belangrijk, denkt ze, en dus heeft ze niets te klagen. Het zou gewoon prettig zijn als er nog een vrouw kwam, een oudere vrouw natuurlijk, een die enige ervaring heeft met jonge meisjes. Er is zelfs een extra kamer voor haar in het studentenhuis, als het college zo iemand kon vinden, een vrouw die graag een eigen kamer had – een gratis kamer immers, en alle bescherming die een alleenstaande vrouw zich zou kunnen wensen. Het zou prettig zijn als er zo iemand was, maar Minna dringt niet aan. Ze kan wachten.

De eerste verveelde eenden scharrelden rond toen Minna op haar vrije dag door Boston Common wandelde. Onder het lopen maakte ze haar sjaal telkens los en vast, ze had het te warm en dan weer te koud; ze keek naar de optimisten in hun overhemden met korte mouwen, hun dunne seersucker. Enkele wereldwijze wilde eenden waggelden voorbij met de onbeholpen, verbijsterde waardigheid van iemand die op een groot feest vol onbekenden opvallend is beledigd. Winkelende, zomerse moeders met winters geklede kinderen, tierend in de korte vlagen koude wind, bleven staan om iets te zoeken om de eenden te voeren. De kinderen bogen zich te ver naar voren, kregen natte voeten, werden berispt, opgejaagd en meegesleept, over hun schouder kijkend naar de dobberende broodkorstjes en de onverschillige eenden. De eenden zouden er in de loop van het voorjaar beter in worden, maar nu, in de eerste dagen van hun hopeloze opstand om meer privacy, weigerden ze te eten als er naar hen werd gekeken. Oude mannen in jassen voor alle seizoenen, met kranten en bultige joodse broden in hun handen, wierpen dikke hompen naar de eenden – de mannen keken waakzaam om zich heen, om te zien of iemand merkte dat de stukken te groot waren (bedoeld om de eenden tot zinken te brengen). Minna merkte onaangedaan op hoe zwak hun armen waren en hoe slecht ze mikten. Ze bleef niet lang, ze liep Boston Common uit naar Boylston Street. Ze bekeek de etalages van Shreve, warmde zich aan de sierlijkheid van het kristal en het zilver en bedacht welk voorwerp het mooiste zou staan op haar broers tafel. Schraft was om de hoek en daar at ze een lichte lunch. Vóór Schraft overwoog ze wat ze daarna zou doen: het was twee uur en het was typisch onbestendig maart-weer. Toen zag Minna een meisje uit Shreve komen, het meisje glimlachte in Minna's richting – een denim rok tot boven haar knieën, sandalen, een groene trui met ronde hals, duidelijk van een jongen. De trui hing tot op haar heupen, de boorden waren opgerold en de uitgerekte uit-stulpingen in de mouwen, die van de ellebogen van de jongen moesten zijn, hingen als kropgezwellen onder de slanke polsen van het meisje. Ze riep: 'Hoi, Minna!' en Minna herkende haar als een van de meisjes die op haar kamer naar het journaal kwamen kijken. Omdat Minna haar naam niet meer wist – ze had altijd moeite met namen – noemde ze het meisje 'Liefje'. Liefje ging naar Cam-bridge, ze nam de metro en wilde weten of Minna mis-schien zin had om mee te gaan om winkels te kijken. Ze gingen samen en Minna was opgetogen; ze merkte hoe anders de mensen in de ondergrondse naar haar keken – dachten ze dat zij de grootmoeder van het meisje was, of misschien de moeder? De glimlachjes waren vanwege het feit dat ze in zulk knap gezelschap verkeerde, en Minna had het gevoel dat ze werd gefeliciteerd. In Cambridge gingen ze een ongelooflijk kleine kruidenierszaak binnen, waar Minna verschillende blikjes exotische etenswaren kocht met etiketten in een vreemde taal en duur ogende zegels. Het was als een cadeautje van een denkbeeldige oom, een wereldreiziger, het type van de avonturier. In een stoffig kraampje van oranje kratten en een luifel, een kraampje met allerlei dof en geblutst tinnen vaatwerk, kocht Minna een zilveren hors-d'oeuvrevork, waarmee ze, zoals het meisje dat 'Liefje' heette zei, lekker het exotische voedsel

kon eten. Het meisje was bijzonder aardig tegen Minna, zo
aardig dat Minna dacht dat de andere meisjes haar niet zo
graag mochten. Om vier uur werd het weer guur en koud
en gingen ze samen naar een buitenlandse film op Brattle
Square. Ze moesten helemaal voorin gaan zitten, omdat
Minna de ondertitels slecht kon lezen. Minna vond het
gênant dat het meisje deze film zag, maar later praatte het
meisje zo wijs en ernstig dat Minna enigszins gerustgesteld
was. Na de film gingen ze ergens lekker eten – donker bier,
zuurkool en gevulde paprika's in een Duits restaurant waar
het meisje goed bekend was. Het meisje zei dat ze haar het
bier niet zouden hebben geserveerd als Minna er niet bij
was geweest. Het was allang donker toen ze terugkwamen
in het studentenhuis en Minna zei tegen het meisje dat ze
een heerlijke dag had gehad. Met haar tasje met vreemd
voedsel en de hors-d'oeuvrevork ging Minna, aangenaam
vermoeid, naar haar kamer. Hoewel het pas negen uur was,
had ze het gevoel dat ze zo naar bed kon, maar op haar
bureau, waar ze voorzichtig haar tas neerzette, zag ze een
eigenaardige beige map liggen met een briefje erop. Het
briefje was van mevrouw Elwood.

Beste Minna, ik heb dit vanmiddag op je kamer gelegd.
De directeur Huisvesting riep me vanmorgen bij zich
om te zeggen dat hij een hulp voor je heeft gevonden, een
ander hoofd voor de eetzaal, mét ervaring. De directeur
zei dat hij haar hierheen zou sturen. Omdat je weg was,
heb ik haar rondgeleid, haar op haar kamer geïnstalleerd
– het is een beetje jammer dat ze de badkamer met de
meisjes van die verdieping moet delen, maar ze scheen
overal volkomen tevreden mee te zijn. Ze is heel knap –
Angelo lijkt diep van haar onder de indruk – en ik heb
gezegd dat jij je morgen over haar zult ontfermen. Als je
vanavond nog met haar kennis wilt maken dan is ze op
haar kamer, ze zei dat ze moe was.

Dus ze hebben echt iemand gevonden, dacht Minna. Ze had geen idee wat er in de map kon zitten en toen ze die voorzichtig opende, zag ze dat het een kopie was van de sollicitatiebrief van de vrouw. Ze aarzelde of ze die zou inzien, het leek zo privé, maar haar oog viel op het tasje met werelds voedsel en dat gaf haar op een of andere manier het zelfvertrouwen om de sollicitatiebrief te lezen. Ze heette Celeste en ze was eenenveertig. Ze had 'veel als dienster gewerkt', was leidster van een zomerkamp voor meisjes geweest en ze kwam uit Heron's Neck in Maine – waar haar zwager nu een hotel voor zomertoeristen dreef. Daar had ze ook gewerkt. Het hotel was van haar ouders geweest. Het klinkt heel goed, dacht Minna, en ze vergat hoe moe ze was geweest. Ze begon plotseling op te ruimen – ze zette de blikjes met buitenissig eten trots op het plankje van haar bureau. Toen keek ze in de televisiegids of er een nachtfilm met Alec Guinness was. Mevrouw Elwood zou dat wel willen weten en de nieuwe vrouw was misschien eenzaam. Er was inderdaad op deze dag vol verrassingen een film met Alec Guinness. Minna deed de deur naar de gang van het studentenhuis open en liep neuriënd naar Celestes kamer. Ze bedacht wat een enige dag het was geweest. Ze wilde alleen maar dat ze de naam van Liefje wist, maar dat kon ze aan mevrouw Elwood vragen.

Minna klopte zachtjes op Celestes deur en hoorde een gemompeld 'Binnen', of meende dat te horen. Ze deed de deur open, weifelend op de drempel omdat het donker was in de kamer – aardedonker afgezien van de bureaulamp met zijn wankele hals die zijn zwakke licht op het kussen van de bureaustoel richtte. Net als de meeste hoekkamers in studentenhuizen was de kamer vierkant noch rechthoekig. Iedere vorm van symmetrie leek toeval; er waren vijf hoeken waar het plafond bijna tot de vloer afliep, en verschillende alkoven in die hoeken. In een van deze lage alkoven stond het bed, eerder een veldbed, en Minna zag dat er een poging was gedaan het bed van de rest van de kamer af te

scheiden. Er was een dikke, karmozijnrode deken aan het
lofwerk gehangen, die een scherm vormde voor het bed in
de alkoof. Minna zag de deken flapperen en ze nam aan dat
er boven het bed een raam open stond. De hele kamer was
wat tochtig in de kilte van de vroege avond, maar niettemin
hing er een zware, dierlijke muskusgeur, sterk als koffie,
die Minna – vreemd, dacht ze – deed denken aan een late
avond vorige zomer toen haar broer in Boston was geweest
en haar had meegenomen naar een show. Ze reden terug
met de metro en zaten alleen in het compartiment, toen een
enorme negerin in een opzichtige, gebloemde jurk instapte
en een paar stoelen van hen af ging zitten. De negerin
kwam uit de dampige regen, de vochtige ondergrondse en
plotseling was de wagon vervuld van een of ander door-
dringend aroma – geuren van een warme zomerdag in een
kelder met een aarden vloer, de hele winter afgesloten met
zijn jampotten en ingemaakte boontjes. Minna fluisterde
'Celeste?' – hoorde weer een gemompel vanachter de rode
deken, rook die lucht weer, op een of andere manier opwindend en verderfelijk tegelijk. Minna trok voorzichtig
een punt van de deken weg; het zwakke licht van de bureaulamp wierp een mat licht over het lange, grote lichaam
van Celeste, die in een eigenaardige slaap verzonken was.
Het kussen lag onder haar schouderbladen, zodat haar
hoofd achterover viel en haar lange, sierlijke hals was ge-
strekt – sierlijk, hoewel sterk en pezig, te oordelen naar de
gezwollen aders die Minna zelfs in het flauwe licht kon
volgen tot de hoge, gebogen sleutelbeenderen en de borst.
Haar borsten waren stevig, vol, niet uitgezakt, niet wegge-
vallen naar haar oksels. Minna zag, alleen door de aanblik
van die borsten, dat Celeste naakt was. Haar heupen waren
vol en breed, in haar bekken tekenden zich holten af, mooi
symmetrisch, en hoewel ieder deel van haar lichaam een
zekere zwaarte had – een zware boerenkracht in haar enkels, een gladde welving in haar dijen – leek Celeste door
haar lange middel en haar ongelooflijk lange benen bijna

tenger. Minna noemde haar naam nog eens, ditmaal luider, maar zodra ze haar eigen stem hoorde, wenste ze dat ze niets had gezegd – ze dacht: wat afschuwelijk zou het zijn als de arme vrouw wakker werd en mij hier zag. Toch ging Minna niet weg. Dit verschrikkelijke lichaam – verschrikkelijk door de intieme, latente kracht en dynamiek ervan – bond Minna aan het bed. Nu begon Celeste te bewegen, lichtjes, eerst haar handen. De brede, platte vingers kromden zich, haar handen vormden een kom als om een gewond diertje vast te houden. Toen draaiden haar handen met de palmen naar beneden op het bed en haar vingers plukten aan de plooien en rimpels in het laken. Minna wilde de handen pakken en kalmeren, bang als ze was dat ze Celeste zouden wekken, maar haar eigen handen, haar hele lichaam voelde verstijfd. Celeste draaide zich op een elleboog, boog achterover en de handen vielen met een zachte plof op haar brede, platte buik. Aanvankelijk langzaam en licht, maar toen harder en krachtiger, drukkend met de ballen van haar handen, wreef Celeste haar buik. De handen bewogen naar de vlakke holten in haar bekken, rolden het losse jonge-hondenvel; de handen daalden af langs de heupen, weg van het middel, draaiden zich onder de dijen – omhoog onder de billen, omhoog naar haar lendenen. Celeste tilde zichzelf op, kromde haar rug verder, hoger; haar opvallende halsslagaders werden dikker, paars van de inspanning en de hoeken van haar mond – zoëven nog slap – krulden op tot een idiote grijns. Celeste opende haar ogen, knipperde, zag niets (Minna zag alleen het wit), en toen gingen haar ogen dicht. Haar hele lichaam ontspande nu langzaam, leek dieper weg te zinken in het bed en in een waarachtigere slaap; de lange, roerloze handen rustten licht tussen haar dijen. Minna liep achterwaarts de alkoof uit, zag de bureaulamp, knipte die uit. Toen ging ze weg, voorzichtig om de deur niet met een klap dicht te laten vallen.

Weer op haar kamer lachten de kleurige blikjes heerlijk eten Minna vanaf haar bureau toe. Minna ging zitten en keek ernaar. Ze voelde zich merkwaardig uitgeput, en het zou zo gezellig zijn geweest als mevrouw Elwood en Celeste bij haar waren gekomen voor de film – en voor een exquise hapje uit haar vrolijke blikjes. Ze zou alleen niet genoeg hors-d'oeuvrevorkjes hebben gehad. Zelfs als mevrouw Elwood alleen kwam, zou er geen vork voor haar zijn – bovendien, dacht Minna, heb ik geen blikopener. Ze moest mevrouw Elwood ook nog van de film vertellen en weer voelde ze die merkwaardige uitputting, gewoon terwijl ze zo zat. Celeste zag er beslist jonger uit dan eenenveertig, dacht Minna. Het licht was natuurlijk zwak geweest en in de slaap worden de kraaiepootjes altijd zachter en gladder. Maar ze had niet echt geslapen. Het had Minna helemaal geen droom geleken. En wat was haar haar zwart! Misschien was het geverfd. Stakker, ze moest doodmoe zijn geweest, of uit haar doen. Toch liet de schaamte Minna niet los! Het had iets van het lezen van een autobiografie. Schaamte was voor Minna een algemeen gevoel dat ze vaak om anderen had, haast nooit om zichzelf; er leken geen verschillende vormen van schaamte te bestaan en de diepte van Minna's schaamtegevoel viel slechts af te meten aan de duur ervan.

Maar goed, er viel van alles te doen en ze kon maar beter beginnen. Ten eerste mevrouw Elwood en de film. Nog een vork en een blikopener. Ze zou mevrouw Elwood vragen hoe Liefje heette. Mevrouw Elwood zou Minna vast naar Celeste vragen, of ze al kennis met haar had gemaakt, en wat moest ze dan zeggen? Ach ja, ze was naar haar toegegaan, maar de arme vrouw lag te slapen. Dan zou Celeste weten dat ze er was geweest; en de bureaulamp, die had Minna niet uit moeten doen. Ze had alles moeten laten zoals het was. Minna dacht één onbezonnen moment lang dat ze terug moest naar Celestes kamer om de lamp aan te steken. Toen dacht ze: Wat een onzin! Celeste had liggen slapen – zich in haar slaap niet bewust van wat Minna mogelijk had gezien. Behalve natuurlijk dat ze naakt was en ze zou natuurlijk weten dat ze naakt was geweest. Nou en? Dat zou Celeste niets kunnen schelen. En ineens realiseerde Minna zich dat ze dacht dat ze Celeste al kende; ze kon dat idee niet van zich afzetten. Het was net of ze haar echt kende; wat gek. Iemand kennen was voor Minna een kwestie van een lange, langzaam groeiende vertrouwdheid. Neem dat meisje bijvoorbeeld met wie ze zo'n verrukkelijke middag had gehad – Minna kende haar helemaal niet.

Weer lonkten de blikjes op Minna's bureau haar vrolijk toe. Maar er was ook die vreemde uitputting. Als ze tegen mevrouw Elwood haar mond hield over de film, kon ze nu naar bed gaan; er moest natuurlijk een briefje op de deur komen voor de meisjes: Geen Nieuws Vanavond. Maar naar bed gaan was niet precies het antwoord op haar uitputting; van naar bed gaan kon zelfs geen sprake zijn. Mevrouw Elwood is zo dol op de films van Alec Guinness. Minna dacht: Hoe kwam ik erbij? Ze keek weer naar de blikjes en op een of andere manier stonden de exotische, kleurige etiketjes haar tegen. Toen werd er op de deur geklopt, tweemaal, en Minna schrok – alsof ze, zo leek het haar, betrapt was op iets verkeerds.

'Minna? Minna, ben je daar?' Het was mevrouw Elwood. Minna deed de deur open, te langzaam, te voorzichtig, en ze zag het vragende gezicht van mevrouw Elwood.

'Jeminee, Minna, lag je in bed?'

'O, nee!' riep Minna uit.

Mevrouw Elwood kwam binnen en zei: 'Lieve hemel, wat is het hier donker!', en Minna bemerkte dat ze de plafondlamp niet had aangedaan. Alleen haar bureaulamp brandde – één flikkerende lichtbundel die op de kleurrijke etenswaren viel.

'O, wat is dat?' vroeg mevrouw Elwood, terwijl ze behoedzaam naar het bureau toe liep.

'Ik heb zo'n leuke middag gehad,' zei Minna. 'Ik kwam

in de stad een van de meisjes tegen en we zijn samen in Cambridge gaan winkelen en we zijn naar de bioscoop geweest en hebben in een Duits restaurant gegeten. Ik ben net thuis gekomen, nou ja, een minuut of twintig geleden.'

'Eerder twintig minuten geleden, dacht ik,' zei mevrouw Elwood. 'Ik zag jullie samen terugkomen.'

'O, dan heb je haar gezien. Hoe heet ze?'

'Heb je de hele middag met haar opgetrokken zonder dat je wist hoe ze heet?'

'Ik had het ook moeten weten. Ze kijkt televisie. Ik vond het alleen stom om te vragen.'

'Lieve hemel, Minna!' zei mevrouw Elwood. 'Dat is Molly Cabot en ze schijnt meer tijd te besteden aan winkelen en de bioscoop dan aan haar studie.'

'O, ze was zo aardig tegen me,' zei Minna. 'Ik heb niet aan haar lessen gedacht, het was zo'n lief kind. Ik dacht wel dat ze eenzaam was. Maar ze heeft toch geen moeilijkheden?'

'Nou, moeilijkheden,' herhaalde mevrouw Elwood, terwijl ze een van de vreemde blikjes in haar hand omdraaide, het etiket bestudeerde en het met een afkeurend gezicht weer in de rij zette. 'Ik zou zeggen dat ze problemen krijgt als ze niet naar haar lessen gaat.'

'O, dat spijt me,' zei Minna. 'Ze was zo aardig. Ik heb een heerlijke dag gehad.'

'Nou,' zei mevrouw Elwood onbewogen, 'misschien wordt ze nog wel verstandig.'

Minna knikte met een triest gevoel, ze wilde dat ze kon helpen. Mevrouw Elwood keek nog steeds naar de blikjes en Minna hoopte dat ze het extravagante hors-d'oeuvrevorkje niet zou opmerken.

'Wat zit erin?' vroeg mevrouw Elwood, terwijl ze een ander blik in haar mollige hand nam.

'Het zijn delicatessen uit andere landen. Molly zei dat ze heel lekker waren.'

'Ik zou geen etenswaren kopen waarvan ik niet wist wat

het was,' zei mevrouw Elwood. 'Jeetje, 't kan wel bedorven zijn. Het kan wel uit Italië komen, of zo'n soort land.'

'Ach, ik vond ze gewoon mooi,' zei Minna en de bekende uitputting leek haar hele lichaam en tong te verlammen. 'Het was een leuke besteding van een middag,' mompelde ze en er kwam iets bitters in haar stem dat haar verraste, en dat ook mevrouw Elwood verraste, en er viel een verontrustende stilte in het kamertje.

'Je bent doodmoe, geloof ik,' zei mevrouw Elwood. 'Ik zal even een briefje ophangen voor de meisjes, en jij gaat naar bed.' De strenge toon van mevrouw Elwood leek volmaakt te passen bij Minna's uitputting en maakte ieder protest overbodig. Minna zei zelfs niets over de film met Alec Guinness.

Maar haar slaap werd verstoord door vage schimmen die leken samen te spannen met schrapende geluiden op de gang van het studentenhuis – waarschijnlijk de meisjes die het nieuws kwamen kijken en verwonderd voor het briefje aan de deur stonden te schuifelen. Eenmaal was Minna ervan overtuigd dat Celeste in de kamer stond, nog altijd ontzagwekkend naakt en groot, omgeven door groteske dwergen – als die angstaanjagende slakkemannen en vissemensen, subhumane schaaldieren, siluur-oud, als in een droom verrezen uit een Brueghel of een Bosch. Eenmaal werd Minna wakker, ze voelde het warme gewicht van haar vermoeide handen tegen haar zij, en ze voelde een afkeer van haar eigen aanraking. Ze ging weer liggen, met haar armen uitgestrekt naar de randen van haar bed, haar vingers om de matras gekruld alsof ze aan een rek was gekluisterd. Als Minna iets van de vreemde etenswaren had gegeten, wat ze niet had gedaan, zou ze haar nachtmerries daaraan hebben geweten. Maar nu, onverklaarbaar als ze waren, was haar onrustige slaap haar een raadsel.

Als Minna al last had van smeulende schaamtegevoelens of nog bedenkingen had over Celeste, bleek dat absoluut ner-

gens uit. Als ze al jaloers was op Celestes ongedwongen
levendigheid – haar vlotte contact met de meisjes, met de
norse Flynn en vooral met Angelo –, was ze zich niet bewust van die jaloezie. Pas weken na die eerste, afschuwelijke avond bedacht Minna dat mevrouw Elwood niet eens
had gevraagd of ze kennis was gaan maken met Celeste.
Ook kreeg Minna de kans meer met Molly Cabot op te
trekken, ze voelde zich verplicht meer met haar op te trekken, haar op een onopvallende, onschuldige wijze te be-
moederen; maar ondanks haar plichtsgevoel had Minna
niet minder plezier in Molly's gezelschap dan eerst. Minna
genoot van de bedeesde, geheimzinnige intimiteit van haar
dagen met Molly. Naarmate ze Molly vaker zag, zag ze
Angelo minder – al bleef ze zich zorgen over hem maken.
Angelo was, zoals mevrouw Elwood het had uitgedrukt,
'diep onder de indruk van' Celeste. Hij nam bloemen voor
haar mee – dure, opzichtige, smakeloze bloemen, die hij
niet in Boston Common kon hebben geplukt maar gekocht
moest hebben. En Celeste had nog andere, minder open-
lijke bewonderaars. Op zaterdag mochten de jongens met
wie de meisjes in het weekeinde uitgingen mee komen lunchen en Celeste werd duidelijk opgemerkt. De blikken die
de jongens haar toewierpen waren zelden terloops; het
waren dezelfde doordringende, geladen blikken als Flynn,
die Celeste dreigend en steels bespiedde vanachter allerlei
potten en buffetten, haar toewierp wanneer ze een andere
kant op keek. Als Minna er al iets van vond, dan was het
wel dat ze het nogal ongepast vond van Flynn en ronduit
onbeschoft van de jongens. Als ze zich al zorgen maakte
over Angelo's adoratie, beschouwde ze het als louter weer
een voorbeeld van Angelo's tragische gewoonte zich bloot
te geven. Celeste vormde beslist geen bedreiging voor Angelo. Angelo was als altijd een bedreiging voor zichzelf.

Minna was volkomen op haar gemak bij Celeste. In twee
maanden tijd had Celeste zich een plaats veroverd; ze was
vrolijk, ietwat luidruchtig, altijd vriendelijk. De meisjes

waren duidelijk onder de indruk van (of jaloers op) wat Minna 'haar Modigliani-bekoring' noemde, en Flynn scheen een intens genot te putten uit zijn duistere blikken. Mevrouw Elwood vond Celeste charmant, zij het enigszins vrijpostig. Minna mocht haar wel.

In juni, nog maar een paar weken voor het einde van de normale lessen, kocht Celeste een oude auto – een gedeukt relict van het Bostonse verkeer. Op een middag reed ze Minna en Molly naar Cambridge voor een middagje winkelen. In de auto rook het naar zonnebrandolie en sigaretten en – merkte Minna op – er hing die merkwaardige, zware geur, sterk als koffie, de muskuslucht van afgedekte meubels in een onbewoond zomerhuis. Celeste reed als een man, met één arm uit het raampje, krachtig rukkend aan het stuur, driftig schakelend van drie naar twee, driftig wedijverend met taxi's. De auto steunde en schudde van het abrupte koppelen; Celeste legde uit dat de carburateur vuil was of niet goed afgesteld. Minna en Molly knikten vol verwarring en ontzag. Celeste ging op haar vrije dagen naar Revere Beach; ze werd diep bruin, maar klaagde dat het water net 'pis' was. Het was een onstuimige en actieve tijd van het jaar.

En in juni kwam er iets ongeduldigs over de meisjes, iets prikkelbaars over Flynn, die altijd al overvloedig zweette, maar daar vooral in de al vroeg inzettende, lange zomers van Boston last van scheen te hebben. Minna was helemaal gewend aan de warmte, ze had er schijnbaar weinig last van en ze merkte dat ze nog maar zelden zweette. Angelo was natuurlijk bleek en droog als altijd, een volstrekt seizoenloos gezicht en lichaam. Celeste zag er klam, verhit uit.

Juni was de tijd van het-zit-er-bijna-op, als de meisjes vrolijker waren en vaker in knap gezelschap verkeerden, als de eetzaal in het weekeinde iets had van een onrustig, te zwaar gechaperonneerd feestje. Nog even en er zouden andere meisjes in het studentenhuis komen voor de zomercursussen, en zomercursussen waren toch al heel anders, lichter, luchtiger – en voor de keuken betekende het dat er minder werd gegeten. Dan kreeg alles duidelijk iets lucht- hartigs.

Onder het aanbieden van een afgrijselijk boeket vroeg Angelo Celeste mee naar de bioscoop. Hun hoofden wron- gen zich aan weerskanten om de bloemen heen: Angelo speurend naar een antwoord, Celeste geamuseerd, zowel om de omvang van het boeket als om Angelo's vraag.

'Welke film draait er, Angelo?' Haar brede, sterke mond, haar grote, gezonde tanden.

'O, zomaar een film. We moeten er een in de buurt zoeken. Ik heb geen auto.'

'Laten we dan een keer in de mijne gaan,' zei Celeste. En met een blik op het belachelijke boeket: 'Waar moeten we dit in vredesnaam laten? – voor het raam, buiten bereik van Flynn? Ik houd van bloemen voor het raam.'

En Angelo haastte zich om de vensterbank vrij te maken. Ergens in de wasem vonden Flynns achtervolgende ogen Celestes lange rug en sterke benen – haar brede, stevige billen, gebukt onder de last van krokussen en naamloos groen, seringetakken en ongeopende knoppen.

Er kwamen die vrijdagavond maar weinig meisjes naar het nieuws kijken, de laatste vrijdag van het schooljaar, het laatste weekeinde voor het eindexamen. Vermoedelijk za- ten ze te studeren en degenen die niet studeerden gingen liever uit om écht niet te studeren (in plaats van een mid- denweg te kiezen en naar het nieuws te kijken). Het had die middag geregend, een regen die je kon ruiken, die als stoom van de trottoirs opsteeg en de straten bijna droog achterliet – er bleven maar een paar lauwe poeltjes liggen en de avondlucht had iets van de vochtige benauwdheid van een wasserette. Het was een sensuele, wellustige hitte, zoals de inwoners van Boston zich de hitte voorstellen op de door moerassen omgeven veranda van een landgoed in het Zuiden, compleet met een vrouw die naakt en loom in een hangmat ligt. Minna voelde zich aangenaam moe; ze zat voor het raam en keek naar de rondlopende oprijlaan voor het studentenhuis. Het was een eigen weg van grind met een hoge trottoirband erlangs, en vanuit het raam leek hij gekerfd, haast geëtst tussen de rij olmen en het intens groene gazon. Minna zag Celeste, die met haar handen in haar zij tegen een boom zat. Haar benen lagen recht voor haar uitgestrekt zodat haar enkels over de rand van de oprijlaan staken. Bij haast iedere vrouw zou het een volstrekt onaantrekkelijke houding zijn geweest, maar op een of andere manier verleende Celeste er een soort majesteit in ruste aan; een half liggende gestalte die niet direct lamlendigheid, maar een baldadig verzet tegen iedere beweging uitstraalde. Ze was tamelijk uitdagend gekleed: een mouwloze, hooggesloten trui, los hangend op zo'n wikkelrok – het soort dat altijd ergens een split had, en bij Celeste liep de split aan de zijkant en net achter haar stevige, ronde bovenbeen. Ze had een prachtige Chinese hoerenmadam kunnen zijn, smachtend aan een of ander stil water, wachtend op een veelbelovende sampan die ze kon aanroepen als hij zich tussen de eucalyptusbomen door slingerde.

De meisjes bleven na het nieuws om het weerbericht te horen en het parmantige mannetje op het weerstation van vliegveld Logan moeizaam zijn ingewikkelde kaart te zien interpreteren. De weekend-plannen van de meisjes waren duidelijk afhankelijk van het mooie weer, en ze waren er allemaal – Minna nog steeds voor het raam, Celeste nog steeds bij de boom – toen een motorfiets met een donkergroen geverfde tank netjes de haakse bocht naar de oprit nam, voorzichtig hellend de grindcirkel rond reed en (nauwelijks slippend) tot stilstand kwam voor het studentenhuis. De motorrijder was een jongeman, intens gebruind en intens blond, met een opvallend kinderlijk gezicht. Zijn schouders waren bijna puntig en zijn hoofd leek te klein voor de rest van zijn lichaam; lange, magere armen en benen, nauw omsloten door een beige zomerpak met een extravagante zijden zakdoek in de pochet. Hij droeg geen das, alleen een wit overhemd met open boord. Zijn passagiere was Molly Cabot. Molly huppelde lichtjes weg van de motor en van de stoeprand en wachtte toen tot de motorrijder van zijn machine stapte, wat hij stijf en traag deed. Hij liep met Molly de hal van het studentenhuis binnen met de bewegingen van een stoïcijnse, gewonde atleet. Minna draaide zich om om te zien hoever het weerbericht was gevorderd en zag dat alle meisjes bij haar voor het raam stonden.

Een van de meisjes zei: 'Dus ze heeft toch een afspraakje met hem gekregen!'

'Daar zullen we nog wel wat over te horen krijgen,' voegde een ander meisje eraan toe.

Iedereen zat of hurkte tamelijk ernstig bij het raam, wachtend tot de motorrijder weer zou verschijnen. Hij bleef niet lang binnen en toen hij naar buiten kwam, keek hij om zich heen en morrelde aan een paar schroeven op de motor. Zijn gebaren leken gehaast en niet echt bedoeld om iets bij te stellen; het waren de gebaren van iemand die weet dat hij wordt geobserveerd – of misschien iemand die alles deed alsof hij werd geobserveerd. Hij kwam uit het zadel omhoog en trapte hard het startpedaal in; de knal die op het eerste zuigende geluid volgde, deed de toeschouwers voor het raam opschrikken. Het geluid trok zelfs de aandacht van Celeste, die overeind kwam uit haar gemakkelijke houding tegen de boom en een eindje naar de trottoirband toe schoof. De motor volgde de bocht van de oprit in Celestes richting en toen hij ongeveer een meter voorbij haar was, lichtte het remlampje op, het achterwiel slipte zachtjes opzij naar de trottoirband en de motorrijder bracht zijn rechtervoet naar de grond terwijl de machine tot stilstand kwam. Toen verhief hij zich uit het zadel en liep met de motor achteruit naar de plaats waar Celeste zat. Een van de meisjes liep van het raam weg, deed de televisie uit en hernam vlug haar positie in het groepje weer in. Niemand kon horen wat de jongen zei, omdat hij de motor liet lopen.

Celeste zweeg kennelijk. Ze glimlachte alleen maar, nam de motor en de jongen met een ervaren, kritische blik op. Toen stond ze op, ging voor de motor staan, bewoog haar hand een paar maal langs de koplamp, raakte een van de meters op het stuur aan en deed een stap van de jongen en de machine vandaan – en vanuit het raam leek het of ze één laatste taxerende blik wierp op alles waar haar oog op viel. Op dat moment, althans zo leek het voor de raam-toe-schouwers, klopte Molly Cabot eenmaal op de deur van Minna's kamer; ze kwam binnen en zei: 'Wow!' Iedereen stond op en probeerde iets te doen, één meisje deed een onhandige stap in de richting van de televisie, maar Molly kwam direct naar het raam en keek naar de oprit, terwijl ze vroeg: 'Is hij weg?' Ze was net op tijd om te zien dat Celeste de motorrijder haar hand toestak en behendig met een zwaai achterop sprong – verrassend lenig voor haar lange lijf. De rok was een probleempje, ze moest hem zo draaien dat de split achter zat. Toen klemde ze zich met haar sterke benen aan het zadel en de motorrijder vast, sloeg haar lange armen helemaal om hem heen – haar hoofd kwam ruim vijf centimeter boven het zijne uit, haar rug en schouders leken breder, sterker dan de zijne. De motorrijder bracht zijn volle gewicht op zijn linkerbeen, hield de motor met enige moeite rechtop en schakelde met zijn rechtervoet in de eerste versnelling. Ze reden langzaam weg, licht slingerend tot het einde van de oprit; eenmaal van het grind af stortte de motor zich met een nauwelijks uitzwaaiend achterwiel in het verkeer op de brede weg. Bij het raam konden ze het geluid van de eerste drie versnellingen volgen; toen bleven de motor en zijn bereiders in die versnelling of vielen ze voor de kijkers en luisteraars bij het raam niet meer te onderscheiden in het chaotische getoeter van claxons en de andere verkeersgeluiden van de avond.

    'De klootzak,' zei Molly Cabot kalm, nuchter – en zoals van haar werd verwacht, te oordelen naar de gezichten van de andere meisjes.

'Misschien is ze alleen even mee voor een rondje om het blok,' zei iemand, niet al te overtuigend, niet eens al te hoopvol.

'Dat zal wel,' zei Molly, ze keerde zich van het raam af en liep rechtstreeks de kamer uit.

De meisjes wendden zich allemaal weer naar het raam. Ze bleven nog twintig minuten zitten, zomaar het avondlijke duister in turend, en ten slotte zei Minna: 'Het is vast al tijd voor de film. Wie wil er bij me blijven kijken?' Het was ineens een avond die vroeg om iets ongewoons, dacht Minna, en zo beschouwde ze ook haar ongewone uitnodiging om voor de film te blijven. Als mevrouw Elwood kwam, wat heel goed mogelijk was, zou ze er niet blij mee zijn, ze zou Minna erop aanspreken – als de meisjes weg waren.

'Waarom niet?' zei iemand.

Alsof het allemaal nog niet wreed genoeg was, bleek het een oude musical te zijn. De meisjes leverden hardvochtig commentaar op ieder nieuw tafereel en liedje. Tijdens de reclame gingen de meisjes bij het raam zitten, en telkens als er op straat een veelbelovend geraas te horen was, renden ze naar het raam, ongeacht wat voor verschrikking op dat moment in liedvorm werd uitgewerkt. Na afloop van de film hadden de meisjes geen zin om weg te gaan (sommigen hadden een kamer zonder uitzicht op de oprit) en ze leken zich er verbeten op voor te bereiden om de hele nacht de wacht te houden. Minna vroeg beleefd, beschroomd, of ze naar bed mocht en de meisjes verspreidden zich vruchteloos klagend over de gang. Ze leken niet kwaad op Celeste, of kwaad uit medelijden met Molly; integendeel, Minna had de indruk dat ze bijna opgetogen waren, in ieder geval opgewonden. Hun woede kwam voort uit het gevoel dat hun de kans door de neus was geboord om te zien hoe het afliep. Ze zullen de hele nacht opblijven, dacht Minna. Wat vreselijk.

Maar Minna bleef zelf op. Af en toe dommelde ze bij het

raam in, telkens wakker schrikkend – beschaamd bij de gedachte dat iemand haar daar zou kunnen zien kijken. Het was over drieën toen ze naar bed ging en ze sliep slecht. Ze was te moe om bij ieder geluid op te staan, maar ze luisterde met gespannen aandacht. Uiteindelijk werd ze wakker van een geluid dat onmiskenbaar van de motor was, althans van een motor. Hij stopte aan het begin van de oprit, kon ze uitmaken, nog op de straat, met draaiende motor. Hij stond daar waakzaam te grommen, met gekke, zwoegende geluiden. Toen hoorde ze hem wegrijden, ze hoorde hem tot in de derde versnelling schakelen en kon hem niet meer volgen, zoals ze hem eerder op de avond na vele blokken of misschien zelfs kilometers niet meer hadden kunnen volgen. Ze luisterde nu naar de oprit zelf, naar de knerpende geluidjes die hij maakt als hij voeten draagt. Ze hoorde de plofjes en klikjes van de stenen, het raspende geluid van voeten en stenen op de cementen treden. Ze hoorde de hordeur opengaan, de voordeur opengaan (ze had de gemene, slinkse hoop gekoesterd dat die op slot zou zitten), en even later hoorde ze de deur aan het eind van de gang. Het was licht in haar kamer en ze zag dat het bijna vijf uur was. Angelo en Flynn zouden zo meteen in de keuken zijn, misschien waren ze er al. Toen hoorde ze andere deuren op de gang opengaan en de vlugge, blote voeten van de meisjes die van kamer naar kamer trippelden. Ze hoorde gefluister en toen viel ze in slaap.

Zaterdagochtend regende het. Een fijn, ontoereikend zomerregentje dat alleen de ramen maar deed beslaan en zweetdruppeltjes op ieders bovenlip bracht. Wat de temperatuur en Flynns humeur betrof, had het even goed zonnig en stralend kunnen zijn. Flynn merkte kort voor de lunch op dat er sinds de griepepidemie in december nog nooit zo weinig mensen aan het ontbijt waren verschenen. Hij vond het altijd vervelend als hij veel eten had gemaakt en er niemand kwam. Bovendien zat het menu voor de lunch hem dwars, hij was kwaad dat ze nog steeds soep

serveerden, terwijl het zo hels warm was (en iedereen mor-
ste er alleen maar mee). Ondanks het weer waren er veel
jongens en ouders in de eetzaal. Minna vond het altijd
vreemd dat het eindexamen een jaar lang het onderwerp
van gesprek was en dat het weekeinde voor het examen
onveranderlijk het feestelijkste was.

Minna hield Celeste die morgen nauwlettend in het oog,
ze wilde dat ze iets kon zeggen, al kon ze bij God niet
bedenken wat ze zou willen zeggen. Het was natuurlijk
niet verkeerd geweest van Celeste, maar Minna moest bekennen dat Celeste niet erg aardig had geleken. Het was
droevig, want iedereen moest het wel zien, moest wel gekwetst of boos zijn. En daar kon je niet veel van zeggen.
Een eigenaardig gevoel van onbehagen kwam over Minna –
een warme herinnering aan een doordringende geur,
vruchtbaar en sterk als koffie, die snel vervluchtigde.

De lunch moest worden verzorgd. De meeste meisjes
waren al in de eetzaal voordat de soep op alle tafels stond.
Angelo keek somber naar de verwelkende bloemen op de
vele vensterbanken en kreeg woedende bevelen van Flynn
om op te schieten met het opdienen van de soep. Celeste
werkte gestaag door en droeg dienbladen met aardappelsalade en soepterrines aan; telkens als ze uit de eetzaal in de
keuken terugkwam, nam ze één genietende trek van haar
sigaret, die ze zolang ze weg was op de rand van het buffet
liet balanceren. Minna schikte de slablaadjes in precieze
patronen langs de rand van de saladeschalen, waarbij ze
zorgvuldig de verlepte en bruine stukjes onder de aardappels schoof.

Celeste stond waarschijnlijk net de laatste trek aan haar
sigaret te nemen, toen Molly Cabot de aluminiumdeur
naar de keuken openklapte; ze stapte naar binnen, bijtend
op haar lip, en liet de deur achter zich dichtzwaaien, terwijl
Angelo zich met een hand vol bloemen omdraaide om te
zien wie er binnen was gekomen. Flynn staarde onverschillig. En Minna voelde een overweldigende druk op haar

middenrif, die naar binnen of naar buiten werd geperst – het viel moeilijk te zeggen waar de kracht vandaan kwam. Molly Cabot deed, onvast en klein, een stap naar voren, weg van de deur. Knijpend met haar ogen keek ze Celeste aan, mogelijk in een poging de lange, bedaarde vrouw te intimideren.

'Slet, hoer!' schreeuwde Molly. Een stem zo schril en iel als een koffielepeltje dat tegen een schoteltje tikt. 'Smerige, vuile hoer!'

En Celeste keek alleen maar, met een vriendelijke glimlach – een vragend, nog altijd verrast gezicht dat Molly uitnodigde om alsjeblieft door te gaan.

Molly wist zich enigszins in bedwang te krijgen, een geoefende zelfbeheersing zoals bij Spreekvaardigheid-voor-beginners wordt voorgedaan, en ze zei: 'Ik zal me er niet toe verlagen op jouw niveau te concurreren!' Het was niet hooghartig, het was nog steeds het lepeltje tegen de schotel.

Minna zei: 'Molly, liefje. Alsjeblieft.' En zonder haar blik van Celeste af te wenden deed Molly behoedzaam een stap achteruit, ze tastte met haar hand naar de deur en toen haar gewicht tegen de deur rustte leunde ze naar achteren en zwaaide mee – draaide de keuken uit. De deur zwaaide terug zonder nieuwe gruwelen mee te voeren, zwaaide twee keer heen en weer en kwam piepend tot stilstand. Minna keek verontschuldigend naar Celeste. 'Celeste, liefje,' begon ze, maar Celeste wendde zich met dezelfde doordringende kalmte tot haar, hetzelfde vragende gezicht waarmee ze ook Molly had aangekeken.

'Het geeft niet, Minna,' zei ze sussend alsof ze het tegen een kind had.

Minna schudde haar hoofd en keek weg; ze leek elk moment te kunnen gaan huilen. Toen begon Flynn tegen de aluminium planken te slaan en te schreeuwen. 'Jezus!' tierde hij. 'Wat is er aan de hand?'

Het duurde een tijd voordat iemand iets zei, en toen

kwam Angelo; met een merkwaardig bestudeerde woede die nooit uit hemzelf had kunnen komen, maar moest zijn geïmiteerd van talloze slechte films en schooltoneelstukken, liep hij verlegen naar het midden van de keuken, en wankelde toen hij zijn verlepte bloemen op de grond smeet. 'Wie denkt ze wel dat ze is?' vroeg hij op hoge toon. 'Wie denkt ze dat ze voor zich heeft? Wie is ze?'

'Het is gewoon een meisje dat denkt dat ik haar vriendje heb afgepikt,' zei Celeste. 'We zijn gisteravond een eindje gaan rijden, nadat hij haar hier had afgezet.'

'Maar dat mag ze niet zeggen!' riep Angelo en Minna zag een felle blos op het anders zo bleke gezicht van Angelo.

'Ik heb een dochter van haar leeftijd,' zei Flynn. 'Ik zou haar mond met zeep spoelen als ze ooit zoiets flikte.'

'Ja, ja, die is goed, Flynn,' snauwde Celeste, 'moet je horen wie het zegt. Hou toch je kop.'

Maar Angelo had, zoals ze hadden moeten weten, eindelijk de duistere, onlogische lotsbestemming gevonden die elk van hen voor hem had kunnen voorzien. Hij maakte een vlugge, geheimzinnige beweging met zijn handen en liep naar de aluminium deur – als iemand die een schim van zijn potentiële zelf heeft gezien, die hem wenkt en vraagt hem te volgen. Hij was weg voordat iemand een woord kon zeggen, nog voordat iemand zich kon verroeren, en hij liet een spookachtige stilte in de keuken achter.

Toen zei Flynn: 'Hij heeft de sodazeep uit de gootsteen gepakt. Die heeft hij meegenomen!' En Celeste was sneller dan Flynn en Minna, ze snelde voor hen uit door de klapdeur.

De eetzaal was stampvol maar doodstil. Hier en daar het getinkel van ijsblokjes in de thee, het nerveuze kraken van een stoel. Mevrouw Elwood zat aan de hoofdtafel, omgeven door keurig geklede ouders en kinderen met servetten achter hun kraag. Minna keek hulpeloos naar mevrouw Elwood, wier kin trok met onwillekeurige schokjes. Angelo stond in het gangpad tussen twee rijen tafels aan de andere kant van de eetzaal, met in zijn rechterhand het geelgroene stuk sodazeep – dat hij vasthield alsof het heel zwaar of gevaarlijk was, als een loden kogel of een granaat. Hij stond er als Odysseus, teruggekeerd bij Penelope, teruggekeerd om de bende vrijers uit zijn huis te verjagen – om hen neer te steken en te onthoofden –, vervaarlijk, als om groot onheil te stichten. Molly Cabot tuurde in haar soep en telde wonderlijk genoeg de knoedels of de rijstkorrels. Angelo boog zich over de tafel tot zijn neus bijna haar haar raakte.

'Jij moet je excuses aanbieden aan juffrouw Celeste. Meisje,' zei hij zachtjes, 'je staat op en je gaat nu meteen.'

Molly keek niet op van haar soep. Ze zei: 'Nee, Angelo.' En toen voegde ze er heel zachtjes aan toe: 'Jij gaat terug naar de keuken, nu meteen.'

Angelo legde zijn hand op de rand van Molly's soepbord, met de palm omhoog, en liet het stuk sodazeep in haar soep glijden.

'Nu meteen,' beval hij. 'Je biedt je excuses aan of ik zal je mond eens spoelen.'

Molly duwde haar stoel van tafel en maakte aanstalten om op te staan, maar Angelo greep haar bij de schouders, trok haar over de tafel naar zich toe en begon haar hoofd omlaag te duwen in de richting van het soepbord. Het meisje dat naast Molly zat gilde – één schrille, zinloze gil – en Angelo legde zijn hand in Molly's nek en drukte haar gezicht in de soep. Hij dompelde haar snel onder, één keer, en toen vatte hij haar bij de ene schouder en trok haar naar zich toe, terwijl zijn rechterhand naar de zeep tastte. Tegenover Molly's tafel, aan de andere kant van het gangpad, zat een jongen. Hij sprong op en riep: 'Hé!' Maar Celeste was als eerste bij Angelo; ze pakte hem bij zijn middel en tilde hem van de vloer, trok zijn hand van Molly af en probeerde hem vervolgens over haar heup te zwaaien om hem door het gangpad naar de keuken te dragen. Maar Angelo worstelde zich los, tegen de harige Flynn op. Flynn nam Angelo in een houdgreep en iedereen hoorde Angelo kreunen. Flynn draaide zich simpelweg om en dwong Angelo, wiens magere lichaam een scherpe knik in de ruggegraat maakte, mee te lopen naar de keuken; Celeste rende voor hen uit, was als eerste bij de deur en hield die open. Angelo schopte en klauwde, bewoog zijn hoofd met rukken heen en weer om te zien waar Molly was gebleven. 'Hoer!' gilde Angelo met een tot een schrille sopraan afgeknepen stem, en toen verdwenen ze door de hoge deur – terwijl Angelo verwoed over de schouder van Flynn probeerde te kijken en Celeste hen snel achterna liep en de deur met een klap dichtsloeg.

Minna ving een glimp op van Molly Cabot die de eetzaal verliet met een servet voor haar gezicht en een blouse vol soepvlekken klevend aan haar vogelborst. Haar verbrande, beledigde, preutse borsten leken de weg te wijzen voor haar resolute vertrek. Toen pakte mevrouw Elwood Minna bij haar arm en fluisterde vertrouwelijk: 'Ik wil weten wat hier gaande is. Wat bezielde hem? Hij moet meteen weg. Meteen!'

In de keuken zat Angelo in opperste verwarring op de vloer tegen een aluminium buffet geleund. Flynn stond ruw Angelo's mond te betten met een natte handdoek; Angelo bloedde uit zijn mond en hij zat in elkaar gezakt, onder de soep, terwijl het bloed langzaam langs zijn kin droop. Hij steunde op een hoge, klaaglijke toon – het gejank van een alleen achtergelaten hond – en zijn ogen waren dicht.

'Wat heb je met hem gedaan?' vroeg Celeste aan Flynn.

'Hij moet op zijn tong hebben gebeten,' mompelde Flynn.

'Ja, dat klopt,' zei Angelo, maar zijn stem klonk gedempt door de handdoek die Flynn tegen zijn mond drukte.

'Jezus, die stomme spaghettivreter,' mopperde Flynn.

Celeste nam Flynn de handdoek af en duwde hem bij

Angelo weg. 'Laat mij maar,' zei ze. 'Straks stroop je zijn hele gezicht eraf.'

'Ik had haar een klap moeten geven,' flapte Angelo eruit. 'Ik had haar een flinke mep moeten geven.'

'Jezus, moet je hem horen!' riep Flynn.

'Houd je mond, Flynn,' zei Celeste.

En Minna, die de hele tijd had gezwegen, scharrelde waakzaam rond in een hoek van de keuken. Ze zei: 'Hij moet weg. Mevrouw Elwood zei dat hij meteen weg moet.'

'Jezus, wat moet hij dan?' vroeg Flynn. 'Waar moet hij in christusnaam heen?'

'Maak je om mij maar geen zorgen,' zei Angelo. Hij knipperde met zijn ogen en glimlachte naar Celeste. Ze knielde voor hem, liet hem zijn mond opendoen zodat ze zijn tong kon zien; ze had een schone zakdoek in de zak van haar jurk en bette er zachtjes zijn tong mee, drukte zachtjes zijn mond dicht, nam zijn hand en liet hem de vochtige handdoek tegen zijn lippen houden. Angelo sloot zijn ogen weer, boog naar voren en liet zijn hoofd tegen Celestes schouder vallen. Celeste ging op haar hakken zitten, sloeg één grote arm om Angelo heen en wiegde hem langzaam heen en weer, totdat hij zich tot een balletje oprolde tegen haar borst – zijn merkwaardige gesteun begon weer, alleen was het nu meer alsof iemand een liedje improviseerde.

'Ik doe de deur op slot,' zei Flynn, 'dan kan er niemand in.'

Minna keek toe met een doffe pijn in haar keel, de voorbode van veel tranen en intens verdriet; en met de pijn kwam een koud gevoel in haar handen en voeten. Dat was haat – gek genoeg, dacht ze –, haat jegens de bezitster van Angelo, Celeste, degene die hem had gevangen, die hem nu vasthield alsof hij een wild, van zijn vrijheid beroofd konijn was. Ze suste hem, ze zou hem temmen; Angelo was haar gehoorzame huisdier en kind, haar pupil

– bezeten van dit grote, zinnelijke lijf, dat van nu af voor altijd zijn verheven, onbereikbare doel zou zijn. En hij zou niet eens beseffen wat hem aan haar bond.

'Angelo,' zei Celeste zacht, 'mijn zwager heeft een hotel in Maine. Het is er erg mooi, aan de oceaan, en er zal werk voor je zijn – een plek waar je gratis kunt wonen. In de winter is het stil, je hoeft alleen maar verse sneeuw te ruimen en dingen te repareren. 's Zomers komen de toeristen zwemmen en zeilen; er zijn boten en stranden en je zult mijn familie vast aardig vinden.'

'Nee,' zei Minna. 'Het is te ver weg. Hoe moet hij er komen?'

'Ik breng hem zelf,' zei Celeste tegen haar. 'Ik rijd hem er vanavond heen. Dan mis ik maar één dag, morgen.'

'Hij is nog nooit Boston uit geweest,' zei Minna. 'Hij zal het niet leuk vinden.'

'Natuurlijk zal hij het leuk vinden!' riep Flynn. 'Het is perfect.'

'Celeste?' vroeg Angelo. 'Ben jij er dan ook?'

'In de weekeinden, 's zomers,' zei ze. 'En in al mijn vakanties.'

'Hoe heet het?' vroeg Angelo. Hij ging rechtop zitten met zijn rug tegen het buffet en hij raakte haar haar aan met zijn hand. Zijn vragende, vererende ogen gleden over haar dikke, zwarte haar, haar krachtige gelaatstrekken en haar brede mond.

'Het heet Heron's Neck,' vertelde Celeste. 'Iedereen is er heel aardig. Je zult ze allemaal gauw leren kennen.'

'Je zult het vast leuk vinden, Angelo,' zei Flynn.

'We gaan vanavond,' drong Celeste aan. 'We gaan weg zodra we je spullen in mijn auto hebben gestopt.'

'Dat kan niet,' zei Minna. 'Je kunt hem er niet heen brengen.'

'Ze is maar één dag weg!' riep Flynn. 'Jezus, wat is nou één dag, Minna?'

Minna streek met haar hand over haar gezicht, de poeder

in haar ooghoeken was nat en klonterig. Ze keek Celeste aan.

'Je kunt geen vrij krijgen,' zei Minna tegen haar. 'Het is een drukke tijd.'

'Jezus!' brulde Flynn. 'Overleg het dan met mevrouw Elwood!'

'Ik ben verantwoordelijk voor de keuken!' schreeuwde Minna. 'Ik heb ervoor gezorgd dat ze werd aangenomen en ik zal hiervoor zorgen.' Flynn meed Minna's blik en het was heel stil in de keuken.

'En als ik vanavond gewoon met Angelo wegga?' vroeg Celeste.

'Dan moet je maar wegblijven,' zei Minna.

'Zet Angelo dan op de bus!' tierde Flynn; grote purperen kringen stonden als bulten op zijn wangen.

'Ik wil niet alleen!' jammerde Angelo. 'Ik ken er niemand,' voegde hij er deemoedig aan toe.

Het was weer stil en ditmaal meed Flynn Celestes ogen. Celeste keek naar haar knieën, toen raakte ze Angelo's klamme hoofd aan.

'Ik breng je meteen weg,' zei Celeste langzaam tegen hem.

'Dan zijn we er samen,' zei Angelo, heftig knikkend. 'Dan kun je me alles laten zien.'

'Dat is leuker,' zei Celeste tegen hem. 'Dat moesten we dan maar doen.'

'Ik moet mevrouw Elwood gedag zeggen,' zei Angelo.

'Weet je wat, we sturen haar een kaart als we er zijn,' stelde Celeste voor.

'Ja,' zei Angelo. 'En dan sturen we er ook een aan Flynn en aan Minna. Wat voor kaart wil je, Flynn?'

'Misschien een van het water en de klippen,' antwoordde hij vriendelijk.

'Klippen, hè?' vroeg Angelo aan Celeste.

'Ja, hoor,' zei ze.

'Wat voor een wil jij, Minna?' vroeg Angelo, maar ze had

zich van hen afgewend. Ze bukte zich om de bloemen van de grond op te rapen.

'Wat je maar wilt,' zei ze.

'Laten we ons dan maar klaarmaken,' zei Celeste.

'Wil je de andere deur nemen?' vroeg Flynn. 'Voor de frisse lucht.' Hij deed de deur naar de tuin van de campus open. Het regende niet meer. Het gras glom en geurde zoet.

Toen ze weg waren, toen Flynn de deur achter hen had gesloten, zei Minna: 'Nou, we zullen het wel druk krijgen, zo met ons tweetjes, maar we zullen het wel redden.'

'Vast wel,' zei Flynn tegen haar. Toen voegde hij eraan toe: 'Ik vond het een gemene rotstreek van je.'

'Het spijt me wel, Flynn,' zei ze – een schrille, brekende stem – en toen zag ze de soepterrines, de dienbladen met aardappelsalade. Mijn God, dacht ze, zitten ze daar al die tijd nog te wachten? Maar toen ze de eetzaal in gluurde, behoedzaam tegen de deur duwend, zag ze dat iedereen weg was. Mevrouw Elwood moest hen allemaal hebben weggeloodst.

'Er is niemand meer,' zei ze tegen Flynn.

'Moet je al dat eten zien,' zei hij.

Voor het journaal, voor de film zit Minna in haar kamer te wachten tot het eindelijk donker wordt. Er valt een zacht, grijs licht over de oprijlaan en de olmen en Minna luistert of ze geluiden van Celestes kamer hoort – ze kijkt of ze Celestes auto op de oprijlaan ziet. Ze zullen wel weg zijn, denkt ze. Ze hebben de auto waarschijnlijk ergens anders ingeladen; Celeste zou daaraan denken. Het is schemerig in Minna's kamer; het zwakke licht van de eerste avonduren strijkt over de weinige kleurige spullen die op Minna's bureau en nachtkastje staan, over de ladekast en de televisie, over de salontafel. Het opvallendste zijn de ongegeten, ongeopende blikjes buitenlands eten. Het hors-d'oeuvrevorkje kaatst het avondlicht met een doffe gloed naar

Minna, die bij het raam zit. Arme Molly, denkt Minna, wat vreselijk dat ze hier moet blijven, voor de ogen van iedereen. En plotseling voelt ze hetzelfde medelijden met zichzelf. Maar het is een uiterst vluchtig mededogen en al gauw is ze dankbaar dat het schooljaar bijna voorbij is.

De straatlantaarns gaan aan, hele rijen omzomen de campus, en ze verlenen dezelfde glans aan de olmen en het gazon als Minna de avond tevoren heeft opgemerkt – een Chinees landschap, met een kanaal, waaraan alleen Celeste ontbreekt. Minna loopt weg van het raam, ze doet haar bureaulamp aan, zoekt werktuiglijk naar een boek. Dan laat ze zich diep wegzinken in haar zachte, leren fauteuil. Ze zit daar maar, zonder nog ergens naar te luisteren, zonder te lezen, zelfs zonder na te denken. Haar vermoeide geest lijkt zijn speelgoed kwijt.

Haar oog valt op een mot. Hij komt ergens vandaan, van een veilige plek, hij komt verwoed rond die ene lamp op haar kamer fladderen. Wat kan een mot in vredesnaam uit het veilige donker naar het gevaarlijke licht lokken? Zijn vleugels fladderen opgewonden, hij slaat tegen het hete peertje van de lamp – hij zal zich vast schroeien. Onbeholpen, onverschillig botst hij overal tegenaan in een doelloze razernij. Minna overweegt even om op te staan en de lamp uit te doen, maar ze heeft geen zin om in het donker te zitten – ze heeft geen zin om een krant te zoeken om de mot dood te slaan. Ze blijft zitten, het wordt donkerder, het gezoem van de mot wordt troostend en plezierig. Minna dommelt vredig, kortstondig.

Ze schrikt wakker en denkt dat ze niet wakker is – alleen maar droomt. Dan ziet ze de hardnekkige mot en ze weet dat ze echt wakker is. Buiten is het volslagen donker en ze hoort het bekende, rusteloze grommen van een motorfiets. Ze staat op uit haar stoel en door het raam ziet ze hem, dezelfde, donkergroen. De motor wacht bij het begin van de oprijlaan. Minna denkt: Als hij voor Molly komt, komt hij naar het huis. De motorrijder kijkt om zich heen, draait de gashandel open en dicht, kijkt op zijn horloge, wipt lichtjes op het zadel. Hij is voor Celeste gekomen, weet Minna, en ze observeert hem, zich ervan bewust dat andere ramen om haar heen open staan, andere ogen hem observeren. Er komt niemand uit het studentenhuis; Minna hoort gefluisterde woorden van de ene hor naar de andere gaan, als vogels op zoek naar een gaatje om naar binnen of naar buiten te gaan. De motorrijder draait de gashandel weer open, houdt de handel een ogenblik zo vast, laat de motor dan weer in zijn stationaire staat van paraatheid terugvallen. Er gebeurt niets, de motorrijder wipt harder op het zadel, kijkt weer op zijn horloge. Minna vraagt zich af: Weten de meisjes dat Celeste weg is? Natuurlijk, de meisjes weten alles; sommigen wisten waarschijnlijk dat de motorrijder vanavond terug zou komen, en niet voor Molly. Maar de motorrijder is nu ongeduldig – voelt misschien dat Celeste niet komt. Minna zou zijn gezicht wel willen zien, maar het is te donker. Alleen het bleke, blonde haar flitst naar haar raam, de blinkende, groene benzinetank glimt als water; en dan gaat de handel weer open, het achterwiel slipt zijwaarts in het grind, snerpt op de weg. De fluisterende raamhorren zijn nu stil, luisteren naar de eerste drie versnellingen. Elke versnelling lijkt iets langer aan te houden dan de vorige avond.

Nu is Minna alleen met de mot. Ze vraagt zich af of de meisjes voor het nieuws zullen komen, vraagt zich af hoe laat het is. En als de meisjes komen, zal Molly dan meekomen? O, Minna hoopt van niet, tenminste niet vanavond. De mot kalmeert haar weer, ze sluimert of soest op het gegons. Een laatste, schokkende gedachte komt in haar op voordat ze dieper wegdommelt. Wat moet ze toch tegen mevrouw Elwood zeggen? Maar de mot weet ook dat te sussen. De blije, smoezelige gezichtjes van de kinderen van haar broer vallen Minna's kamer binnen, en Angelo bevindt zich tussen hen. De motorfiets komt nog eens voorbij, stopt, grauwt, rijdt woest verder, voortgejaagd op zijn duistere reis door het gegiechel bij de raamhorren. Maar Minna hoort het ditmaal niet. Ze slaapt – in slaap gesust door de gonzende, wollige muziek van de mot.

1964

BRENNBARS TIRADE

Mijn echtgenoot, Ernst Brennbar, werkte zich gestaag door zijn tweede sigaar en zijn derde cognac. Langzaam maar zeker gloeide er een blos op zijn wangen. Zijn tong voelde lui en loodzwaar aan. Als hij niet snel zou proberen te spreken, wist hij, zou zijn mond openvallen en zou hij gaan boeren – of nog erger. Er wentelde zich een schuldenlast in zijn maag en hij dacht aan de fles Brauneberger Juffer Spätlese '64 die hij bij zijn overvloedige portie *truite Metternich* had genomen. In zijn rode oren klopte de volstrekte nagedachtenis aan de Pommard Rugiens '61 waarmee hij zijn *boeuf Crespi* had weggespoeld.

Brennbar keek over de vermorste eettafel heen naar mij, maar ik ging helemaal op in een gesprek over minderheden. De man die tegen me sprak bleek deel uit te maken van een minderheid. Om de een of andere reden werd de kelner er ook bij betrokken – misschien een gebaar om de klasseverschillen op te heffen. Of misschien omdat de man die met me sprak en de kelner tot dezelfde minderheid behoorden.

'U begrijpt natuurlijk niet wat dat is,' zei de man tegen me, maar ik keek even naar mijn vlekken aanzettende echtgenoot; ik had niet gehoord wat hij zei.

'Nou,' weerde ik af, 'maar ik kan me beslist wel voorstellen hoe het is geweest.'

'Voorstellen!' schreeuwde de man. Hij trok de kelner aan zijn mouw om zich diens steun te verwerven. 'Dit was de realiteit. Door het u *voor te stellen* zult u het nooit kunnen voelen zoals wij het hebben gevoeld. Wij moesten er iedere dag mee leven!' Het leek de kelner maar het beste om het hiermee eens te zijn.

Een andere vrouw, die naast Brennbar zat, zei plotseling: 'Vrouwen hebben altijd al onder dat soort dingen geleden – we lijden er vandaag de dag nog steeds onder.'

'Ja,' zei ik snel, terwijl ik me naar de man wendde. 'U bent me op dit moment bijvoorbeeld aan het terroriseren.'

'Kijk, geen enkele vervolging haalt het bij religieuze vervolging,' zei de man, terwijl hij aan de arm van de kelner rukte om zijn standpunt kracht bij te zetten.

'Vraag het eens aan een neger,' zei ik.

'Of aan een vrouw,' zei de vrouw naast Brennbar. 'U doet het voorkomen of u het monopolie op discriminatie hebt.'

'Dat is allemaal flauwekul,' zei Brennbar, die zijn luierende tong traag ontrolde. De anderen stopten met praten en keken naar mijn man of hij een brandplek was die zich uitspreidde over een kostbaar tapijt.

'Schat,' zei ik, 'we hadden het over minderheden.'

'En daar hoor ik niet bij?' vroeg Brennbar. Hij liet me verdwijnen in een wolk sigarerook. Maar de vrouw naast hem leek hierdoor geprikkeld; ze reageerde roekeloos.

'Zo te zien bent u niet zwart,' zei ze, 'of een vrouw of een jood. En u bent toch ook niet Iers of Italiaans of zoiets? Ik bedoel – *Brennbar* – wat is dat? Duits?'

'*Oui*,' zei de kelner. 'Dat is Duits, zeker weten.'

En de man die het genoegen had gehad om me te beledigen, zei: 'Nou, een mooie minderheid, zeg.' De anderen lachten – ik niet. Ik kende de signalen die aangaven dat mijn man geleidelijk zijn greep op de beleefde conversatie verloor; wanneer hij mij sigarerook in het gezicht blies, bevond hij zich al in een vergevorderd stadium.

'Mijn man komt uit het Midwesten,' zei ik voorzichtig.

'Ach, arme kerel toch,' zei de vrouw naast Brennbar. Haar hand lag in schertsend mededogen op Brennbars schouder.

'Het Midwesten: afschuwelijk,' mompelde iemand aan het andere eind van de tafel.

En de man die de mouw van de kelner vasthield alsof hij

er niets minder dan een mijndetector in zag, zei: 'Tjonge, dát is nog eens minderheid!' De hele tafel dompelde zich onder in gelach, terwijl ik zag hoe mijn man zijn greep op de beleefde conversatie opnieuw gedeeltelijk moest laten glippen; met het stijve glimlachje dat vergezeld ging van het bestudeerde achteroverslaan van zijn derde cognac en het overbeheerste inschenken van zijn vierde.

Ik zat zo vol dat ik het gevoel had dat ik tijdelijk mijn decolleté was kwijtgeraakt, maar ik zei: 'Ik lust nog wel een toetje. Is er nog iemand die meedoet?' vroeg ik, terwijl ik zag hoe mijn man zijn vierde cognac bestudeerd achter-oversloeg en zijn vijfde met verbluffende gedecideerdheid inschonk.

De kelner herinnerde zich zijn taak; hij vluchtte weg om het menu te halen. De man die etnische verwantschap in de kelner had gezocht, keek Brennbar brutaal aan en zei met zalvende neerbuigendheid: 'Ik probeerde alleen maar aan te tonen dat religieuze discriminatie – historisch gezien althans – subtieler en doordringender is dan die vormen van discriminatie waar we de laatste tijd allemaal zo de mond vol van hebben, met ons geroep over racistisch, seksistisch –'

Brennbar boerde: een felle knal, alsof er ineens een ko-peren bedstijlknop in het keukengerei werd geslingerd. Ook dit stadium kende ik; ik wist nu dat het dessert te laat zou komen en dat het nog maar heel even zou duren voor-dat mijn man zou losbarsten.

Brennbar begon: 'De eerste vorm van discriminatie die ik in mijn jeugd heb ervaren was zo subtiel en doordrin-gend dat tot op de dag van vandaag nog geen enkele groep in staat is geweest ertegen te protesteren, dat geen politicus er nog over heeft durven praten en dat er in de gerechtsho-ven nog geen mensenrechtenproces over is gevoerd. Noch in grote, noch in kleine steden bestaat er zelfs maar een getto waar de slachtoffers elkaar steun kunnen geven. De discriminatie die ze ervaren is zo alomvattend, dat ze zelfs elkaar discrimineren; ze schamen zich voor wat ze zijn, ze schamen zich ervoor wanneer ze alleen zijn – en ze schamen zich er nog meer voor om samen te worden gezien.'

'Hoor eens,' zei de vrouw naast Brennbar, 'als u het over homoseksualiteit hebt, dan gaat het niet langer op wat u zegt –'

'Ik heb het over puistjes,' zei Brennbar. 'Acne,' voegde hij eraan toe, terwijl hij veelbetekenend en verwijtend de tafel rondkeek. 'Pukkels,' zei Brennbar. De anderen, voor zover ze het durfden, staarden naar mijn mans diep gekraterde gezicht alsof ze de rampenafdeling van een tropenziekenhuis binnengluurden. Bij dat gruwelijke bewijsmateriaal verbleekte het feit dat wij *na* cognac en sigaren nog een dessert bestelden. 'Jullie hebben allemaal mensen met puistjes gekend,' wierp Brennbar hun voor de voeten. 'En jullie vonden puistjes walgelijk – of niet soms?' De eters keken hem geen van allen meer aan, maar zijn pokputten moeten hun nog scherp voor de geest hebben gestaan. Die inhammen, die groeven, het leek wel of ze door stenen waren geslagen. O God, hij was zo mooi.

Dichtbij, maar toch op veilige afstand, wachtte de kelner; hij hield de dessertmenu's bij dit vreemde gezelschap vandaan, alsof hij vreesde dat de menu's door ons zwijgen konden worden verteerd.

'Denken jullie dat het gemakkelijk was om een drogisterij binnen te stappen?' vroeg Brennbar. 'Hele kasten vol cosmetica om je eraan te herinneren, de verkoopster die naar je pukkels grijnst en luid vraagt: "Wat kan ik voor je doen?" Alsof ze dat niet wist. Zelfs je eigen ouders schaamden zich voor je! Subtiele wenken dat jouw kussensloop apart werd gewassen, en bij het ontbijt zei je moeder tegen je: "Schat, je weet toch dat het *blauwe* washandje van jou is, hè?" En dan zie je je zuster ineens bleek worden; ze vraagt of ze even van tafel mag en rent weg om zich opnieuw te wassen. Over discriminatoire fabeltjes gesproken! Christus, je zou denken dat puistjes besmettelijker waren dan een druiper! Een van de kinderen vraagt na de gymnastiekles of er iemand een kam bij zich heeft; je biedt hem de jouwe aan, je ziet zijn hersens verweken – biddend om een uitweg, bang dat het op zijn kostbare schedelhuis zal krioelen van jouw pukkels. Dat sprookje geloofde iedereen: als je een puistje zag, dacht je aan vuil. Mensen die pus produceren, wassen zich nooit.

Ik zweer bij het achterwerk van mijn lieve zuster,' zei Brennbar (hij heeft geen zuster), 'dat ik mijn hele lichaam drie keer per dag waste. Mijn gezicht waste ik op één dag elf keer. Iedere morgen liep ik naar de spiegel om de schade op te nemen. Alsof je lijken telde in een oorlog. Misschien heeft de acne-pleister er 's nachts twee om zeep geholpen, maar er zijn weer vier andere bijgekomen. Je leert de grootste vernederingen op het slechtste tijdstip te verwachten: de ochtend voor de avond waarop je met dat onbekende meisje hebt afgesproken, zit er een nieuwe die je hele lip scheef trekt. Op een dag bezorgen die paar mensen die voor je vrienden doorgaan, je uit misplaatst medelijden of uit onpeilbaar diepe wreedheid een afspraakje met een *andere* puistenkop! Diep gekwetst wacht je allebei tot het afgelopen is. Verwachtten ze soms dat we kuren zouden uitwisselen of onze blijvende littekens zouden tellen?

Acnisme!' brulde Brennbar. 'Dat is het, acnisme! En jullie zijn *acnisten*, allemaal, ik weet het zeker,' mopperde hij. 'Jullie kunnen in de verste verte niet begrijpen hoe afschuwelijk...' Zijn sigaar was uit; zichtbaar van de kook ondernam hij pogingen om hem weer aan te steken.

'Nee,' zei de man naast mij. 'Ik bedoel, ja... ik begrijp hoe vreselijk dat voor u moet zijn geweest, werkelijk.'

'Het lijkt niet op het probleem waar u mee zit,' zei Brennbar somber.

'Nee, nou ja – ik bedoel, zoiets bedoel ik ook ongeveer,' probeerde de man. 'Ik kan me werkelijk voorstellen hoe afschuwelijk –'

'*Voorstellen?*' zei ik, door en door alert, terwijl mijn

mond zich in mijn mooiste glimlach plooide. 'Maar hoe
zit het dan met wat u net tegen mij zei? U kunt het nooit
voelen zoals hij het heeft gevoeld. Hij moest er iedere dag
mee *leven*.' Ik glimlachte tegen mijn man. 'Dat waren
echte puistjes,' zei ik tegen mijn voormalige belager. 'Die
kun je je niet voorstellen.' Ik leunde over de tafel en
raakte Brennbars hand even liefdevol aan. 'Goed gedaan,
liefje,' zei ik. 'Daar heeft hij niet van terug.'

'Dank je,' zei Brennbar, volstrekt tot rust gekomen.
Zijn sigaar brandde weer; hij haalde de rand van zijn cog-
nacglas als een bloem onder zijn neus door.

De vrouw naast Brennbar wist het niet zeker. Ze legde
hem zacht maar dwingend een hand op de arm en zei tegen hem: 'O, ik begrijp het al, u maakte een grapje, hè?
Toch?' Brennbar stookte haar op in sigarerook voordat ze
zag wat er in hem omging; ik zie altijd wat er in hem
omgaat.

'Nou, een grapje was het niet helemaal – hè schat?' zei
ik. 'Ik denk dat het een metafoor was,' zei ik tegen de
anderen, en nu keken ze nog achterdochtiger naar Brennbar. 'Het was een metafoor voor het als intelligent mens
opgroeien in een domme wereld. Hij wilde zeggen dat
intelligentie zo ongewoon – zo zeldzaam – is, dat diege-
nen onder ons die echt slim zijn door de domme massa's
om ons heen voortdurend worden gediscrimineerd.' Dit
leek de hele tafel goed te doen. Brennbar rookte; hij
bracht je soms tot razernij, die man.

'Intelligente mensen,' vervolgde ik, 'vormen natuurlijk
een van de kleinste minderheden. Ze worden voortdurend
geconfronteerd met de zelfingenomen ezelachtigheid en
de flagrante stompzinnigheid van het eeuwige *populair*
zijn. Populariteit is voor een intelligent mens vermoedelijk de grootste vernedering. Daarom,' zei ik, terwijl ik
naar Brennbar gebaarde die op een stilleven was gaan lijken, 'is acne een perfecte metafoor voor het gevoel van
impopulariteit waaronder ieder intelligent mens moet lij-

den. Intelligentie is natuurlijk impopulair. Niemand houdt van een intelligent mens. Intelligente mensen zijn niet te vertrouwen. We denken dat er achter hun intelligentie een bepaalde perversiteit schuilgaat. Ongeveer net zoals we van mensen die puistjes hebben, denken dat ze zich niet wassen.'

'Ja,' begon de man naast me – hij kreeg zin in het gesprek, dat voor zijn gevoel vermoedelijk vertrouwder aandeed. 'Maar het idee dat de intellectueel een soort etnische groepering vormt – dat is toch bepaald niet nieuw. Het anti-intellectualisme voert de boventoon in Amerika. Kijk maar eens naar de televisie. Professor-typetjes zijn steevast getikte excentriekelingen met een grootmoederstemperament. Idealisten zijn altijd fanatici of heiligen, kleine Hitlertjes of kleine Christusjes. Kinderen die boeken lezen, dragen een bril en willen diep van binnen eigenlijk dolgraag dat ze even goed als de andere kinderen kunnen honkballen. We beoordelen iemand bij voorkeur op zijn borsthaar. En we zien het liefst dat hij inwendig bezeten is van het type hardnekkige trouw dat we zo in honden bewonderen. Maar, Brennbar, om nu te zeggen dat puistjes zich laten vergelijken met intellect – het moet me van het hart dat –'

'Niet met intellect,' zei ik. 'Intelligentie. Er zijn evenveel stomme intellectuelen als stomme honkballers. Intelligentie dat is simpelweg: begrijpen wat er aan de hand is.' Maar Brennbar hulde zich in een enigma van sigarerook, en zelfs de vrouw naast hem kon zijn standpunt niet doorzien.

De man die tijdelijk de illusie had gekoesterd dat hij op vertrouwder terrein was beland, zei: 'Ik waag het te betwijfelen, Mrs. Brennbar, of er evenveel domme intellectuelen als domme honkballers zijn.'

Brennbar liet een waarschuwende boer los: een langgerekt, dof, borend geluid, alsof er een vuilnisemmer door een liftkoker werd gesmeten terwijl je zelf ver weg, in een douche op de eenendertigste verdieping stond ('Wie is daar?' riep je je lege appartement in).

'Dessert?' vroeg de kelner, die de menu's uitdeelde. Hij moet hebben gedacht dat Brennbar erom vroeg.

'Ik neem de *pommes Normande en belle vue*,' zei de man aan het andere eind van de tafel, die het Midwesten afschuwelijk had gevonden. Zijn vrouw wilde de *pouding alsacien*, een koud dessert.

'Voor mij graag de *Charlotte Malakoff aux fraises*,' zei de vrouw naast Brennbar.

Ik zei dat ik de *mousseline au chocolat* nam.

'*Verdomme*,' zei Brennbar. Wat hij ook als metafoor bedoeld mocht hebben – zijn verwoeste gezicht was geen bedenksel; dat konden we allemaal zien.

'Ik probeerde je alleen maar te helpen, lieverd,' zei ik op schokkend nieuwe toon.

'Slimme griet,' zei Brennbar.

De man voor wie het vertrouwde terrein nu had plaats gemaakt voor een hachelijke vrije val, verlangde in die onbehaaglijke atmosfeer van rivaliserende minderheidsgevoelens naar meer intelligentie dan hij had. 'Ik neem de *clafouti aux pruneaux*,' zei hij schaapachtig.

'Uiteraard,' zei Brennbar. 'Precies wat ik had gedacht.'

'Ik had hem ook goed, lieverd,' zei ik.

'Had jij *haar* geraden?' vroeg Brennbar, terwijl hij op de vrouw naast hem wees.

'O, die was makkelijk,' zei ik. 'Ik had ze allemaal goed.'

'Ik zat ernaast bij dat van jou,' zei Brennbar tegen me. Hij keek zorgelijk. 'Ik dacht, die gaat vast de *savarin* met iemand delen.'

'Brennbar neemt nooit een toetje,' legde ik de anderen uit. 'Dat is slecht voor zijn huid.'

Brennbar zat min of meer stil, als een ingedamde lavastroom. Ik wist dat we nu heel snel naar huis zouden gaan. Ik verlangde er vreselijk naar om met hem alleen te zijn.

ANDERMANS DROMEN

Fred kon zich niet herinneren een droomleven te hebben gehad totdat zijn vrouw hem verliet. Toen herinnerde hij zich enkele vage nachtmerries uit zijn kindertijd en enkele specifieke, wellustige dromen uit de voor zijn gevoel absurd korte periode tussen het begin van zijn puberteit en zijn huwelijk met Gail (hij was jong getrouwd). De tien droomloze jaren dat hij getrouwd was geweest, vormden een pijnlijke wond die hij niet al te grondig kon onderzoeken, maar hij wist wel dat Gail in die tijd had gedroomd als een duivelin – het ene avontuur na het andere – terwijl hij iedere ochtend verward en duf wakker was geworden en op haar waakzame, nerveuze gezicht had gezocht naar de sporen van haar nachtelijke geheimen. Ze vertelde haar dromen nooit, ze vertelde alleen dat ze ze had – en dat ze het heel vreemd vond dat hij niet droomde. 'Of je droomt toch, Fred,' zei Gail, 'en je dromen zijn zo ziek dat je ze liever vergeet, of je bent eigenlijk dood. Mensen die helemaal niet dromen zijn morsdood.'

In de laatste paar jaar van hun huwelijk vond Fred geen van beide theorieën erg vergezocht.

Nadat Gail was weggegaan, voelde hij zich 'morsdood'. Zelfs zijn vriendin, die voor Gail 'de druppel was geweest', kon hem niet doen herleven. Hij dacht dat alles wat er met zijn huwelijk was gebeurd zijn schuld was: Gail had gelukkig en trouw geleken – totdat hij er een rotzooi van had gemaakt en zij gedwongen was geweest 'het hem betaald te zetten'. Toen hij zich een keer te vaak had herhaald, gaf ze ten slotte de moed op. 'Ouwe, verkikkerde Fred,' zo noemde ze hem. Hij scheen bijna één keer per jaar op iemand verliefd te worden. Gail zei: 'Ik zou het misschien nog kunnen verdragen als je gewoon een nummertje ging maken, Fred, maar waarom moet je jezelf per se zo laten meeslepen?'

Hij wist het niet. Toen Gail weg was, leek zijn vriendin hem zo dom, seksloos en vulgair dat hij niet goed begreep wat hem tot deze laatste, alarmerende affaire had gedreven. Gail had hem hierom zo veel verwijten gemaakt dat hij zich zelfs opgelucht voelde toen ze weg was, maar hij miste het kind – ze hadden in tien jaar tijd maar één kind gekregen –, een jongetje van negen dat Nigel heette. Ze hadden allebei hun eigen naam zo gewoontjes gevonden dat ze hun arme zoon met dit etiket hadden opgezadeld. Nigel lag nu in een flink gedeelte van Freds vervette hart als een tot stilstand gebracht kankergezwel. Fred kon het nog wel hebben dat hij de jongen niet meer zag (eigenlijk konden ze al sinds Nigels vijfde jaar niet met elkaar opschieten), maar hij kon de gedachte niet verdragen dat de jongen hem zou haten, en hij was er zeker van dat Nigel hem haatte – of mettertijd zou leren hem te haten. Gail had het ook geleerd.

Soms dacht Fred dat hij, als hijzelf maar had gedroomd, niet bijna jaarlijks zijn vreselijke affaires in het echt had hoeven uitleven.

Weken na de schikking kon hij nog niet slapen in het bed dat ze tien jaar lang met elkaar hadden gedeeld. Gail kreeg geld en Nigel. Fred hield het huis. Hij sliep op de bank, hij had rusteloze nachten vol van een vaag onbehagen – te onsamenhangend voor dromen. Hij lag te woelen op de bank, van zijn gekreun werd de hond wakker (hij had ook de hond gekregen) en 's morgens voelde zijn mond aan of hij een kater had – ook al had hij niet gedronken. Op een nacht verbeeldde hij zich dat hij overgaf in een auto; de passagier in de auto was mevrouw Beal en zij sloeg hem met haar tasje terwijl hij kokhalsde en over het stuur kotste. 'Breng ons naar huis! Breng ons naar huis!' gilde mevrouw Beal tegen hem. Fred wist toen natuurlijk niet dat

hij de droom van mijnheer Beal had. Mijnheer Beal was
vaak bij Fred en Gail op de bank in slaap gevallen; ongetwijfeld had hij daar die afschuwelijke droom gehad en
achtergelaten voor de volgende onrustige slaper.

Fred zag maar af van de bank en zocht het smalle, harde
bed in Nigels kamer op – een kinderslaapbank met laden
eronder voor ondergoed en revolvers. Van de bank had
Fred rugpijn gekregen, maar hij was er nog niet aan toe zijn
leven te hervatten in het bed dat hij met Gail had gedeeld.

De eerste nacht dat hij in Nigels bed sliep, begreep hij
welk vreemd vermogen hij ineens bezat – of van welk
vreemd vermogen hij ineens bezeten was. Hij had de
droom van een negenjarige – Nigels droom. Hij was niet
angstaanjagend voor Fred, maar Fred wist dat Nigel hem
doodeng moest hebben gevonden. Fred-als-Nigel stond
op een grasveld en een grote slang sneed hem de pas af.
Fred-als-Fred vond de slang meteen komisch, want hij had
vinnen als een draak en spuwde vuur. De slang haalde
verschillende malen uit naar Fred-als-Nigels borst; hij was
zo beduusd dat hij niet kon schreeuwen. Ver weg op het
veld zag Fred zichzelf zoals Nigel hem zou hebben gezien.
'Papa!' fluisterde Fred-als-Nigel. Maar de echte Fred stond
boven een smeulend vuur; ze hadden kennelijk net gebar-
becued. Fred stond in het vuur te pissen – om hem heen
steeg een dikke urinedamp op – en hij hoorde zijn zoontje
niet roepen.

's Morgens kwam Fred tot de conclusie dat de dromen
van negenjarigen te voorspelbaar en afgezaagd waren. Hij
vreesde geen verdere dromen toen hij die nacht zijn eigen
bed opzocht; in de tijd dat hij er met Gail had geslapen, had
hij in dat bed in ieder geval geen dromen gehad – en hoewel
Gail een trouwe droomster was, had Fred nooit eerder een
droom van haar gehad in dat bed. Maar in je eentje slapen is
anders dan met een ander slapen.

Hij kroop in het koude bed in de kamer waaruit de door
Gail gemaakte gordijnen waren verwijderd. Natuurlijk

had hij een van Gails dromen. Hij stond voor een pas-
spiegel, maar hij zag Gail. Ze was naakt en heel even dacht
hij dat het een droom van hemzelf was – mogelijk omdat hij
haar miste, een erotische herinnering, een intens verlangen
dat ze terug zou komen. Maar de Gail in de spiegel was een
andere Gail dan hij ooit had gezien. Ze was oud, lelijk en de
aanblik van haar naaktheid was als de aanblik van een
opengereten wond die je het liefst zo snel mogelijk toege-
dekt wilde zien. Ze stond te snikken, haar handen fladder-
den langs haar zijden als meeuwen, terwijl ze nu eens dit
dan weer dat kledingstuk ophielden, en het ene stond nog
slechter bij haar teint en haar uiterlijk dan het andere. De
kleren vielen in een hoop aan haar voeten en ten slotte liet
ze zich erop vallen en verborg ze haar gezicht voor zichzelf; de uitstulpende wervels van haar ruggegraat in de
spiegel deden hem (haar) denken aan een trap in een achter-
afstraatje dat ze ooit op hun huwelijksreis in Oostenrijk
hadden ontdekt. In een koepelvormig dorp was deze steeg
het enige vieze, verdachte straatje dat ze hadden gevonden.
En de trap die zich met een bocht aan het oog onttrok, had
voor hen allebei iets onheilspellends gehad; de trap was de
enige weg uit het steegje, tenzij ze op hun schreden terugkeerden, en plotseling had Gail gezegd: 'Laten we teruggaan.' Hij stemde er meteen mee in. Maar voordat ze zich
omdraaiden kwam een oude vrouw wankelend van de bo-
venste treden, ze verloor kennelijk haar evenwicht en
maakte een lelijke smak. Ze had wat bij zich: wortels, een
zak bultige aardappels en een levende gans waarvan de
waggelpoten bijeen waren gebonden. De vrouw stootte
haar hoofd toen ze viel en ze lag stil, met open ogen en haar
rok tot boven haar knieën opgeschort. De wortels lagen als
een boeket uitgespreid op haar platte, bewegingloze borst.
De aardappels lagen her en der verspreid. En de gans met
haar nog altijd samengebonden poten snaterde en probeerde weg te vliegen. Fred raakte de vrouw niet aan, maar
ging direct naar de gans toe, hoewel hij buiten honden en

katten nog nooit een levend dier had aangeraakt. Hij probeerde de leren riem om de poten van de gans los te maken,
maar hij was onhandig en de gans siste en pikte hem hard,
pijnlijk, in zijn wang. Hij liet de vogel los en ging Gail
achterna die de steeg uit rende – in de richting waar ze
vandaan waren gekomen.

In de spiegel was Gail inmiddels in slaap gevallen op de
berg verfoeide kleren op de grond. Zo had Fred haar gevonden – toen hij van zijn eerste nacht van ontrouw thuiskwam.

Alleen in het bed ontwaakte hij uit haar droom. Hij had
vroeger wel begrepen dat ze hem had gehaat om zijn ontrouw, maar hij besefte nu pas dat ze door zijn ontrouw
ook zichzelf haatte.

Was er in zijn eigen huis geen plaats waar hij kon slapen
zonder de droom van een ander? Waar kon hij zijn eigen
droom beleven? Er was nog een divan in de televisiekamer,
maar daar sliep meestal de hond – een oude labradorreu.
'Beer?' riep hij. 'Hier Beer.' Nigel had de hond 'Beer' ge-
doopt. Maar toen herinnerde Fred zich hoe vaak hij Beer in
diens eigen dromen had zien stuiptrekken – blaffend in zijn
slaap, met opgekrulde nekharen, met op de plaats rennende
vliespoten en een stijf roze lid dat tegen zijn buik klapte –
en hij bedacht dat hij toch nog niet zo diep was gezonken
dat hij zich wilde overgeven aan dromen over konijnen-
jachten, gevechten met de weimaraner uit de buurt of het
bespringen van de droevige bloedhond van de Beals. Natuurlijk hadden er ook oppassen op die divan geslapen; was
het niet mogelijk dat hij een van hun smakelijke dromen
kreeg? Was de kans op een heerlijk beeld van die lieve
kleine Janey Hobbs het risico van een droom van Beer
waard?

Terwijl Fred aan hondeharen dacht en zich de vele onaantrekkelijke oppassen herinnerde viel hij in een stoel in
slaap – een droomloze stoel; hij had geluk. Hij begon in te

zien dat zijn pas ontdekte wondergave een even kwellend als opwindend talent was. Het is vaak zo dat ons vooral de onzekerheid van het slapen met vreemden wordt geboden en zelden het genot.

Toen zijn vader stierf bleef hij een week bij zijn moeder. Tot Freds afschuw sliep ze op de bank en bood ze hem de ouderslaapkamer en het bed met zijn lange geschiedenis aan. Fred begreep wel dat zijn moeder er niet graag wilde slapen, maar hij was doodsbang voor het bed en de mogelijkheid die het bood voor verhalende dromen. Zijn ouders hadden altijd in dit huis gewoond, hadden altijd – zolang als hij zich kon herinneren – in dat bed geslapen. Zijn vader en moeder waren dansers geweest: slanke, gracieuze mensen, ook toen ze niet meer dansten. Fred kon zich hun ochtendlijke oefeningen herinneren, trage, yoga-achtige bewegingen op het kleed van de serre, altijd op Mozart. Fred bezag hun oude bed vol vrees. In welke beschamende dromen, en van wie, zou hij daar verwikkeld raken?

Met enige opluchting kon hij vaststellen dat het zijn moeders droom was. Zoals de meeste mensen zocht Fred regels in de chaos en hij meende er een te hebben ontdekt: het is onmogelijk de droom van een dode te dromen. Zijn moeder leefde tenminste nog. Maar Fred had bij de ouderdom passende gevoelens voor zijn vader verwacht, de tedere herinnering die hij bij oude mensen vermoedde; hij was niet voorbereid op de wellust in zijn moeders droom. Hij zag zijn vader dansen onder de douche, met ingezeepte oksels en zijn onderlichaam ook ingezeept en stijf. Het was ook geen bijzonder jonge droom; zijn vader was al oud, het haar op zijn torso was grijs, zijn borsten waren enigszins verdikt zoals dat bij oude mannen gebeurt – zoals de zwellingen die rond de tepels van een jong meisje ontstaan. Fred droomde zijn moeders hete, natte verlangen naar de geilheid die hij nooit in zijn vader had gezien. Fred, geschokt door hun inventieve, soepele, zelfs acrobatische liefdesspel, werd wakker met het besef hoe saai zijn eigen seksua-liteit was, hoe onhandig en direct hij was. Het was Freds eerste seksdroom als vrouw; hij voelde zich dom, omdat hij nu pas leerde – als man van in de dertig en nog wel van zijn moeder – hoe vrouwen graag worden aangeraakt. Hij had gedroomd hoe zijn moeder klaarkwam. Hoe ze er zelfs vrolijk naartoe werkte.

Fred voelde zich de volgende morgen te gegeneerd om haar recht aan te kijken en hij schaamde zich, omdat hij nooit de moeite had genomen zich dit van haar voor te stellen – dat hij te weinig van haar en te weinig van Gail had verwacht. Toch was Fred laatdunkend genoeg, zoals zoons zijn tegenover hun moeders, om aan te nemen dat als zijn moeder zo'n sterke begeerte kon voelen, de begeerte van zijn vrouw vast nog groter was geweest. Het kwam niet in hem op dat dit misschien niet zo was.

Hij merkte droevig op dat zijn moeder zich er niet toe kon zetten haar ochtendlijke oefeningen alleen uit te voe-ren en in de week dat hij bij haar logeerde – hij kon zich niet voorstellen dat hij haar tot steun was – leek ze stijver, minder lenig te worden, zelfs aan te komen. Hij wilde aanbieden mee te doen met haar oefeningen; hij wilde erop aandringen dat ze haar gezonde lichaamsbeweging vol-hield, maar hij had haar andere lichaamsbewegingen gezien en zijn minderwaardigheidsgevoel had hem de mond ge-snoerd.

Hij was ook in de war, omdat hij merkte dat hij meer het instinct van een voyeur dan dat van een echte zoon had. Hoewel hij wist dat hij iedere nacht zijn moeders erotische herinneringen zou beleven, wilde hij het bed niet ruilen voor de, naar hij aannam, droomloze vloer. Was hij daar gaan slapen, dan zou hij minstens een van zijn vaders dro-men hebben gekend uit de weinige nachten dat zijn vader op de grond had geslapen. Zijn gemakzuchtige theorie dat de dromen van doden niet overgaan op levenden, zou zijn weerlegd. Zijn moeders dromen waren domweg sterker dan die van zijn vader, dus haar dromen overheersten in het bed. Fred had op de vloer bijvoorbeeld kunnen ontdekken wat zijn vader werkelijk voor tante Blanche had gevoeld. Maar wij staan niet bekend om ons vermogen onze onverdiende ontdekkingen uit te diepen. We zijn oppervlakkige avonturiers die hun meningen over ijsbergen beperken tot wat ze kunnen zien.

Fred leerde wel iets over dromen, maar er was meer wat hem ontging. Waarom droomde hij bijvoorbeeld meestal historische dromen? – dat wil zeggen, dromen die eigenlijk herinneringen zijn, overdreven herinneringen van echte gebeurtenissen uit ons verleden, of tweedehandsdromen. Er zijn ook andere soorten dromen – dromen van dingen die niet zijn gebeurd. Daarover wist Fred weinig. Hij vroeg zich niet eens af of de dromen die hij had misschien zijn eigen dromen konden zijn – dat hij gewoon niet dichter bij zichzelf durfde te komen.

Hij was niet langer onverschrokken toen hij terugkeerde naar het huis van zijn scheiding. Hij was een man die in zichzelf een wond had bespeurd, een fatale kwetsbaarheid. Er zijn vele onbedoeld wrede talenten die de wereld ons willekeurig toebedeelt. Of we deze ongevraagde gaven wel kunnen gebruiken, maakt voor de wereld niet uit.

PENSION GRILLPARZER

Mijn vader werkte bij het Oostenrijkse Bureau voor Toerisme. Maar het was mijn moeder die op de gedachte kwam om met het hele gezin mee te reizen wanneer hij op pad ging om voor het Bureau te spioneren. Mijn moeder, mijn broertje en ik begeleidden hem dan op zijn geheime missies om de vinger te leggen op de onbeleefdheden, het stof, het slecht bereide voedsel en het onnodig beknibbelen in de diverse restaurants, hotels en pensions van Oostenrijk. Het was onze taak om moeilijkheden te veroorzaken wanneer dat maar kon, nooit precies te bestellen wat op het menu stond en de vreemdsoortige verlangens van buitenlanders na te bootsen – zoals op de grilligste tijden een bad willen nemen of ineens dringend om aspirine vragen of om nadere aanwijzingen over de weg naar de dierentuin. We kregen de opdracht om beleefd maar lastig te zijn en als ons bezoek was afgelopen, brachten we in de auto verslag uit aan mijn vader.

Mijn moeder zei dan bijvoorbeeld: 'De kapper is 's morgens altijd gesloten. Maar buiten maken ze wel een hoop reclame met hem. Dat zal wel in orde zijn, denk ik, zolang ze maar niet beweren dat er *altijd* een kapper in het hotel aanwezig is.'

'Tja, maar dat doen ze nu juist *wel*,' zei mijn vader dan. En hij noteerde het op een reusachtig notitieblok.

Ik was altijd de chauffeur. Ik zei: 'De auto hoeft hier niet op straat te blijven staan. Maar vanaf het ogenblik dat we hem aan de portier overgaven tot aan het moment dat we hem bij de hotelgarage terughaalden, is er veertien kilometer bijgekomen op de teller.'

'Dat is iets wat we rechtstreeks moeten opnemen met de directie,' zei mijn vader. Hij schreef het haastig op.

'Het toilet lekte,' zei ik.

'En ik kreeg de deur van de wc niet open,' zei mijn broer Robo.

'Robo,' zei mijn moeder, 'jij hebt altijd moeite met deuren.'

'Moest dat een klasse c voorstellen?' vroeg ik.

'Ik ben bang van niet,' zei mijn vader. 'Ze staan nog steeds op de b-lijst.' We reden een tijdje zwijgend verder; ons zwaarste vonnis betrof het wijzigen van de klassering van een hotel of pension. En een dergelijke herindeling werd nooit lichtvaardig door ons aanbevolen.

'Een brief aan de directie is wel op zijn plaats,' stelde mijn moeder voor. 'Niet zo'n aardige brief, maar ook geen echt strenge. Gewoon met vermelding van de feiten.'

'Ja, ik vond hem wel geschikt,' zei mijn vader. Hij stond er altijd op een praatje te kunnen maken met de directie.

'Vergeet dat gedoe met onze auto niet,' zei ik. 'Ze hebben ermee gereden en daar is geen excuus voor.'

'En de eieren waren vies,' zei Robo; hij was nog geen tien en zijn oordeel werd niet altijd ernstig genomen.

Toen mijn grootvader stierf en we mijn grootmoeder erfden – mijn moeders moeder, die ons daarna op onze tochten vergezelde – werden we als onderzoeksteam een stuk hardvochtiger. Oma Johanna was een vorstelijke verschijning en steeds gewend per klasse a te reizen, maar mijn vaders verplichtingen behelsden voornamelijk een onderzoek naar etablissementen in de klassen b en c. Want de b- en c-hotels (en pensions) waren nu eenmaal de slaapgelegenheden waarvoor de toeristen de meeste belangstelling toonden. Met de restaurants waren we beter uit. Mensen die zich geen sjieke slaapplaats konden veroorloven, bleven toch wel geïnteresseerd in de beste eetgelegenheden.

'Ik zal niet toestaan dat men twijfelachtig voedsel op mij uitprobeert,' gaf oma Johanna meteen te kennen. 'Dit vreemde beroep mag jullie dan plezierig lijken, omdat je gratis vakantie kunt houden, maar ik vind dat er een vreselijke prijs voor betaald moet worden: de angstige vraag in wat voor kamers we nu weer terecht zullen komen. Amerikanen vinden het misschien charmant dat we nog vertrekken hebben zonder bad en eigen toilet, maar *ik* ben een oude vrouw en ik vind het niet charmant om publiekelijk door een gang te rennen, op zoek naar reinheid of leniging van de nood. En dat is nog lang niet alles; je kunt er zelfs ziektes oplopen – en heus niet alleen van het voedsel. Ik verzeker jullie, als het bed maar zo-zo is, zal ik mijn hoofd niet neerleggen. En dan, de kinderen zijn nog jong en gemakkelijk te beïnvloeden; denk eens aan het soort gasten dat in die logementen verblijft – en dan moet je je maar eens afvragen wat *hun* invloed op de kinderen zal zijn.' Mijn moeder en mijn vader knikten; ze zeiden niets. 'Langzamer!' zei mijn grootmoeder op scherpe toon tegen mij. 'Jij bent ook maar een snotneus die stoer wil doen!' Ik minderde vaart. 'Wenen,' zuchtte ze. 'In Wenen logeerden we altijd in de Ambassador.'

'Oma, de Ambassador wordt momenteel niet gecontroleerd,' zei mijn vader.

'Nee, allicht niet,' zei mijn grootmoeder. 'En we zijn zeker niet op weg naar een A-hotel, veronderstel ik?'

'Tja, dit is een B-reis,' zei mijn vader. 'Voor het overgrote deel.'

'Ik mag aannemen,' zei mijn grootmoeder, 'dat er onderweg toch minstens één A-hotel wordt aangedaan?'

'Nee,' bekende mijn vader. 'Er staat wel een C-klasse op de lijst.'

'Hoera,' zei Robo. 'In klasse C wordt altijd geknokt.'

'Daar twijfel ik niet aan,' zei oma Johanna.

'Het is een C-pension,' zei mijn vader. 'Heel klein.' Alsof de omvang ervan een verontschuldiging was.

'En ze hebben een aanvraag ingediend voor klasse B,' zei mijn moeder.

'Maar er zijn wat klachten geweest,' voegde ik eraan toe.

'O, ongetwijfeld,' zei oma Johanna.

'Over dieren,' ging ik verder. Mijn moeder keek me waarschuwend aan.

'Dieren?' vroeg mijn grootmoeder.

'Dieren,' bevestigde ik.

'Een *vermoeden* van de aanwezigheid van dieren,' verbeterde mijn moeder me.

'Ja, laten we eerlijk blijven,' zei mijn vader.

'Nou, dat is schitterend,' zei mijn grootmoeder. 'Vermoedelijk dieren. Overal haren op het tapijt? Hun vreselijke viezigheid in alle hoeken? Weet je wel dat mijn astma hevig reageert op iedere kamer waar de laatste vierentwintig uur een kat is geweest?'

'De klacht ging niet over katten,' zei ik. Mijn moeder gaf me een stevige por met haar elleboog.

'Honden dan?' vroeg oma. 'Dolle honden! Ondieren die je bijten op weg naar de badkamer!'

'Nee,' zei ik, 'ook geen honden.'

'Beren!' riep Robo triomfantelijk.

Maar mijn moeder zei: 'Dat van die beer weet niemand zeker, Robo.'

'Dit kan niet waar zijn!' riep mijn grootmoeder uit.

'Natuurlijk is het niet waar,' zei mijn vader. 'Hoe kunnen er nu beren zitten in een pension?'

'Maar er was een brief waar het in stond,' zei ik. 'Op het Bureau voor Toerisme dachten ze natuurlijk eerst dat de briefschrijver getikt was. Maar toen werd er weer iets geks gezien – er kwam tenminste een tweede brief waarin beweerd werd dat er een beer zat.'

Mijn vader gebruikte de achteruitkijkspiegel om me een bestraffende blik toe te werpen; maar als we dat onderzoek toch met z'n allen gingen uitvoeren, dacht ik, dan was het alleen maar verstandig om oma op alles voor te bereiden.

'Het is vast geen echte beer,' zei Robo, duidelijk teleurgesteld.

'Welja, een vent in een berepak!' riep mijn grootmoeder. 'Wat is *dat* nu toch voor een afwijking? Ongehoord! Een beestmens, die in vermomming rondsluipt. En waarvoor, hè, waarvoor? Het is een vent in een berepak, ik weet het zeker,' zei ze. 'Ik wil *eerst* daarheen. Als we toch zo'n c-klasse moeten doormaken, dan wil ik het zo gauw mogelijk achter de rug hebben.'

'Maar we hebben geen kamers gereserveerd voor vannacht,' zei mijn moeder.

'Ja, we moeten ze toch de kans geven om goed voor de dag te komen?' zei mijn vader. Ofschoon hij zijn slachtoffers nooit liet merken dat hij voor het Bureau voor Toerisme kwam, wilde hij het hotelpersoneel steeds een eerlijke kans geven. En een reservering bezorgde hun de gelegenheid om zich goed voor te bereiden, vond hij.

'Reserveren is vast niet nodig in een pension waar mannen rondlopen die zich als wilde dieren verkleden,' zei oma Johanna. 'Daar zijn natuurlijk *altijd* kamers vrij. Daar gebeurt het natuurlijk regelmatig dat er gasten doodblijven in bed – van angst of door een gruwelijke verminking, toegebracht door die gek in zijn vunzige berepak!'

'Het is vast een *echte* beer,' zei Robo hoopvol – want nu het gesprek deze kant uit ging, vond Robo een echte beer toch verre te verkiezen boven de griezel uit oma's verbeelding. Voor echte beren was Robo niet bang, denk ik.

Ik reed zo onopvallend mogelijk naar de sombere laagbouw op de hoek van de Planken- en de Seilergasse. Vanuit de auto tuurden we naar het c-pension dat zo graag klasse b wilde worden.

'Geen plaats om te parkeren,' zei ik tegen mijn vader, die dat meteen noteerde op zijn reusachtige notitieblok.

Ik moest dubbelparkeren en zo bleven we even zitten kijken naar Pension Grillparzer; het stond weggedrukt tussen een banketbakker en een Tabak Trafik en het was vier smalle verdiepingen hoog.

'Zie je wel?' zei mijn vader. 'Geen beren.'

'Geen *venten*, hoop ik,' zei mijn grootmoeder.

'Ze komen natuurlijk 's nachts,' zei Robo, terwijl hij omzichtig naar links en naar rechts de straat afkeek.

We gingen naar binnen en maakten kennis met de eigenaar, een zekere Herr Theobald, die mijn oma onmiddellijk tegen zich in wist te nemen. 'Drie generaties samen op reis!' riep hij uit. 'Net als in de goede oude tijd,' vervolgde hij, voornamelijk tegen mijn grootmoeder, 'voordat al die echtscheidingen kwamen en alle jongelui een eigen kamer wilden hebben. Dit is een *familie*pension! Ik wilde alleen maar dat u gereserveerd had – dan had ik u wat dichter bij elkaar kunnen leggen.'

'Het is niet onze gewoonte in dezelfde kamer te slapen,' zei oma Johanna bits.

'Natuurlijk niet!' riep Herr Theobald. 'Ik bedoelde alleen maar dat ik uw *kamers* graag wat dichter bij elkaar had gehad.'

Dit maakte oma duidelijk ongerust. 'Hoe ver worden we dan apart gelegd?' vroeg ze.

'Tja, ik heb maar twee kamers over,' antwoordde hij. 'En maar één daarvan is groot genoeg om de jongens een slaapplaats bij hun ouders te kunnen bezorgen.'

'En hoe ver is mijn kamer bij hen vandaan?' vroeg oma koel.

'U slaapt vlak tegenover de wc!' zei Theobald blijmoedig, alsof dat iets extra's was.

Maar toen we naar onze kamers werden gebracht – waarbij mijn oma vlak bij mijn vader bleef, verachtelijk sloffend achter aan de processie – hoorde ik haar mopperen: 'Dit is niet bepaald wat ik me van mijn oude dag had voorgesteld. Pal tegenover de wc, zodat je alle bezoekers bezig kunt horen!'

'Geen van deze kamers is hetzelfde,' vertelde Theobald trots. 'Al het meubilair is afkomstig van mijn familie.' Dat wilden we best geloven. De ene grote kamer, die Robo en ik met onze ouders moesten delen, was zo groot als een

zaal en leek op een rariteitenmuseum; iedere ladekast had
een andere stijl knoppen. Daar stond tegenover dat de was-
tafel koperen kranen had en dat het hoofdeinde van het bed
vol houtsnijwerk zat. Ik zag dat mijn vader van dit alles
zwijgend een opsomming stond te maken, zodat hij het
straks meteen kon neerschrijven op zijn reusachtige notitieblok.

'Dat doe je later maar,' zei oma Johanna tegen hem.
'Waar moet *ik* slapen?'

Als één hechte familie sjokten we plichtsgetrouw achter
Theobald en mijn grootmoeder aan door de lange, kronke-
lende gang. Mijn vader telde het aantal stappen tot aan de
WC. De gangloper was dun en had de kleur van een schaduw. Aan de muren hingen oude foto's van hardrijders op
de schaats – de ijzers aan hun voeten waren vooraan
vreemd opgekruld, als de schoenen van een hofnar of de
lopers van een ouderwetse slee.

Robo, die vooruit was gerend, kondigde aan dat hij de
WC had gevonden.

De kamer van oma zat vol porselein, gepolitoerd hout en
een vaag vermoeden van schimmel. De gordijnen voelden
klam aan. Het bed vertoonde in het midden een bedenke-
lijke richel, als de opgezette haartjes op de ruggegraat van
een nijdige hond – het leek wel alsof er een zeer slank
iemand onder de beddesprei lag.

Mijn grootmoeder zei niets, maar toen Herr Theobald
de kamer uit was geschuifeld – als een zwaargewonde die te
horen heeft gekregen dat hij het wel zal overleven – vroeg
ze aan mijn vader: 'Op welke gronden hoopt Pension
Grillparzer eigenlijk een B te verwerven?'

'Dit is zeer zeker een C,' gaf mijn vader toe.

'Een C van de wieg tot het graf,' zei ik.

'Persoonlijk zou ik zeggen,' zei mijn grootmoeder, 'dat
het een E of een F moest zijn.'

In de schemerige koffiekamer zat een man zonder das een

Hongaars lied te zingen. 'Dat betekent nog niet dat het een Hongaar is,' stelde mijn vader oma Johanna gerust, maar ze bleef wantrouwig.

'Ik zou zeggen dat de feiten niet voor hem pleiten,' gaf ze te kennen. Ze wilde geen thee of koffie hebben. Robo at een stukje cake en beweerde dat het lekker was. Mijn moeder en ik rookten een sigaret; zij probeerde ermee te stoppen en ik wilde eraan beginnen. Daarom deelden we elke sigaret met ons tweeën – ja, we hadden zelfs afgesproken dat we nooit een hele sigaret alleen zouden oproken.

'Dat is een prettige gast,' fluisterde Herr Theobald tegen mijn vader; hij wees op de zanger. 'Hij kent liedjes uit de hele wereld.'

'In elk geval uit Hongarije,' zei mijn grootmoeder, maar ze glimlachte toch even.

Een kleine man, gladgeschoren maar met die eeuwige staalblauwe schaduw van een baard op zijn magere gezicht, sprak mijn grootmoeder aan. Hij droeg een wit hemd dat schoon was (hoewel vergeeld van ouderdom en van het wassen) en een jasje dat niet paste bij zijn broek.

'Pardon?' zei oma Johanna.

'Ik zei dat ik dromen vertel,' deelde de man haar mede.

'U vertelt dromen,' zei oma. 'U bedoelt dat u ze wel eens *krijgt?*'

'Ik krijg ze en ik vertel ze,' zei hij geheimzinnig. De zanger hield op met zingen.

'Wat voor droom u maar wilt,' zei de zanger, 'hij kan hem vertellen.'

'Ik wil helemaal geen droom horen, dank u,' zei mijn grootmoeder. Ze keek afkeurend naar het vlinderdasje van donker kroeshaar dat uit de open kraag van zijn hemd naar buiten drong. Ze keurde de man die dromen vertelde geen blik waardig.

'Ik zie dat u een echte dame bent,' zei de dromenman. 'U stoort zich vast niet aan de eerste de beste droom die zich voordoet.'

'Zeer zeker niet,' zei mijn grootmoeder. Ze trakteerde mijn vader op een van haar hoe-heb-je-me-dit-kunnen-aandoen-blikken.

'Maar ik ken er een...' zei de man van de dromen; hij kneep zijn ogen dicht. De zanger schoof een stoel bij en ineens bemerkten we dat hij vlak bij ons zat. Robo ging op mijn vaders schoot zitten, al was hij daar veel te groot voor. 'In een groot kasteel,' begon de dromenman, 'lag een vrouw naast haar echtgenoot. Ze was klaarwakker, zomaar ineens, in het holst van de nacht. Ze was wakker geschrokken, maar ze had er geen flauw idee van wat haar gewekt had. Toch was haar geest zo helder alsof ze al uren op was. Ze wist bovendien – zonder een blik, een woord, een aanraking – dat haar man eveneens wakker was geworden. En even plotseling.'

'Ik hoop dat dit geschikt is voor kinderoren, haha,' zei Herr Theobald, maar niemand lette op hem. Oma Johanna vouwde haar handen in haar schoot en bleef ernaar zitten staren – haar knieën stijf tegen elkaar, haar hielen ver weggestopt onder de stoel met de rechte leuning. Mijn moeder hield de hand van mijn vader vast.

Ik zat naast de dromenman, wiens jasje naar een dierentuin rook. Hij vervolgde: 'De vrouw en haar man lagen te luisteren naar geluiden in het kasteel, want dat hadden ze alleen maar gehuurd en ze kenden het nog niet zo goed. Ze luisterden naar de geluiden op de binnenplaats, want die sloten ze nooit af. De mensen uit het dorp liepen er dikwijls overheen om zich een omweg te besparen; en de kinderen uit het dorp mochten heen en weer zwaaien op de grote poortdeuren van de binnenplaats. Maar wat had hen nu gewekt?'

'Beren?' vroeg Robo, maar mijn vader legde haastig een vinger op zijn lippen.

'Ze hoorden paarden,' zei de dromenman. De oude Johanna, die met gesloten ogen op haar ongemakkelijke stoel zat, haar hoofd gebogen naar haar schoot, leek plotseling te huiveren. 'Ze hoorden het briesen en het stampvoeten van paarden die hun best deden om stil te zijn,' zei de dromen-man. 'De echtgenoot stootte zijn vrouw aan. Paarden?" vroeg hij verbaasd. De vrouw stapte uit bed en ging naar het raam dat uitkeek op de binnenplaats. Tot op de dag van vandaag durft ze er een eed op te doen dat de binnenplaats vol bereden soldaten was – maar *wat* voor soldaten! Ze droegen *harnassen*! De vizieren van hun helmen waren gesloten en hun mompelende stemmen waren net zo blik-kerig en net zo moeilijk te verstaan als stemmen op een wegzakkend radiostation. Hun wapenrusting kletterde wanneer hun paarden onrustig onder hen bewogen.

Op de binnenplaats van het kasteel lag een oud, uitge-droogd bassin waarin vroeger een fontein moest hebben gestaan. Nu zag de vrouw dat de fontein echt werkte; het water kabbelde over de uitgesleten rand van het bassin en de paarden stonden te drinken. De ridders waren duidelijk op hun hoede, want ze stegen niet af; ze keken omhoog naar de donkere vensters van het kasteel, alsof ze wisten dat ze eigenlijk ongenode gasten waren bij deze drinkplaats – dit rustpunt op hun weg, waarheen deze ook voerde.

De vrouw zag hun grote schilden glimmen in het maan-licht. Ze sloop terug naar het bed en bleef als verstijfd naast haar echtgenoot liggen.

"Wat was het?" vroeg hij.

"Paarden," antwoordde ze.

"Dat dacht ik al," zei hij. "Straks eten ze alle bloemen op."

"Wie heeft dit kasteel gebouwd?" vroeg ze hem. Het was een erg oud kasteel, dat wisten ze allebei.

"Karel de Grote," zei hij; hij viel alweer in slaap.

Maar de vrouw bleef wakker liggen en ze luisterde naar het water, dat nu door het hele kasteel leek te stromen, murmelend in elke goot, alsof de oude fontein water ont-trok aan elke beschikbare bron. En daar waren de ver-vormde stemmen van de fluisterende ridders – de strijders van Karel de Grote, sprekend in hun dode taal! Voor de vrouw waren deze stemmen even duister en even ver als de achtste eeuw en het volk dat Franken heette. En de paarden bleven maar drinken.

Lange tijd lag de vrouw zo wakker. Ze wachtte tot de krijgers zouden vertrekken; ze was niet bang dat ze haar zouden overvallen – ze wist dat ze op reis waren, dat ze alleen maar even stilhielden op een plek die ze van oudsher kenden. Maar zolang het water stroomde, wist ze dat ze de stilte en de duisternis van het kasteel niet mocht verstoren. Toen ze eindelijk in slaap viel, meende ze te horen dat Karel de Grotes mannen er nog steeds waren.

De volgende morgen vroeg haar man: "Heb jij ook water horen stromen?" Ja, natuurlijk. Maar de fontein stond droog en uit het raam konden ze zien dat er niet van de bloemen was gegeten – en iedereen weet dat paarden bloemen eten.

"Kijk maar," zei haar man; hij nam haar mee naar de binnenplaats. "Nergens staan hoefafdrukken, nergens liggen paardevijgen. We moeten *gedroomd* hebben dat we paarden hoorden." Ze vertelde hem niet dat er ook ridders waren geweest – of dat het, naar haar mening, zeer onwaarschijnlijk was dat twee mensen tegelijk dezelfde droom hadden. Ze wees hem er evenmin op dat hij, zware roker die hij was, nooit kon ruiken wanneer de soep stond te trekken; daarom was de vage geur van paardelijven in de frisse morgenlucht nu ook te zwak voor hem.

Ze zag (of droomde) de krijgslieden nog tweemaal tijdens hun verblijf op het kasteel, maar haar man werd er niet meer wakker van. Het gebeurde altijd even plotseling. Eenmaal werd ze wakker met de smaak van metaal op haar tong, alsof ze een oud, verweerd stuk ijzer aan haar mond had gebracht – een zwaard, een borstplaat, een maliënkolder, een dijbeschermer. Buiten stonden ze er weer; het was nu veel kouder. Ze gingen gehuld in een dichte nevel die opsteeg uit het water van de fontein; de paarden waren sneeuwwit van de rijp. Het waren er lang niet zoveel als

eerst – alsof hun aantal afnam door hun schermutselingen
of door het barre weer. De laatste keer zagen de paarden er
broodmager uit en de mannen leken eerder op lege harnassen die zich behoedzaam in evenwicht hielden in het zadel.
De paarden droegen lange ijsmaskers aan hun snuit. Hun
briesen (of de ademhaling van de mannen) klonk roche-
lend.

Haar echtgenoot,' zei de man van de dromen, 'zou sterven aan een aandoening van de luchtwegen. Maar toen de
vrouw deze droom kreeg, wist ze dat nog niet.'

Oma Johanna keek op van haar schoot en sloeg de dromenman midden in zijn baardgrauwe gezicht. Robo ver-
stijfde op mijn vaders knieën; mijn moeder pakte de hand
van haar moeder vast. De zanger schoof met een ruk zijn
stoel achteruit en sprong op – misschien bang, of klaar om
te vechten – maar de dromenman maakte eenvoudig een
buiging voor mijn grootmoeder en verliet de sombere koffiekamer. Het was alsof hij met de oude Johanna een geheim deelde dat onherroepelijk was en dat hun geen van
beiden vreugde bezorgde. Mijn vader schreef iets op het
reusachtige notitieblok.

'Nounou, was *dat even* een verhaal,' zei Herr Theobald.
'Haha!' Hij maakte Robo's haar in de war – iets waaraan
Robo een gruwelijke hekel had.

'Herr Theobald,' zei mijn moeder, die nog altijd oma's
hand vasthield, '*mijn vader stierf aan een infectie van de
luchtwegen.*'

'O, lieve poepeldepoep!' zei Herr Theobald. 'Wat spijt
me dat, *gnädige Frau*,' zei hij tegen mijn grootmoeder,
maar de oude Johanna wilde geen woord meer tegen hem
zeggen.

We namen haar mee naar een klasse A-restaurant, maar
ze raakte haar eten nauwelijks aan. 'Die vent was een zigeu-
ner,' zei ze. 'Een duivels wezen. Een Hongaar.'

'Toe nu, moeder,' zei mijn moeder. 'Dat van vader kan
hij toch niet geweten hebben?'

'Hij weet meer dan *jij* weet,' snauwde oma Johanna.

'De schnitzel is uitstekend,' zei mijn vader, krabbelend op zijn notitieblok. 'De Gumpoldskirchner past er prima bij.'

'De Kalbsnieren zijn voortreffelijk,' zei ik.

'De eieren gaan wel,' zei Robo.

Mijn grootmoeder zei helemaal niets meer, totdat we naar Pension Grillparzer terugkeerden en ontdekten dat de wc-deur bijna veertig centimeter boven de grond ophield, net als de deurtjes van sommige urinoirs of van de saloons in cowboyfilms. 'Nou, ik ben blij dat ik gebruik heb gemaakt van de toiletten in het restaurant,' zei oma. 'Wat afstotend! Ik zal proberen de nacht door te komen zonder mezelf te moeten uitstallen op een plek waar elke voorbijganger naar mijn enkels kan gluren!'

In onze gezinskamer zei mijn vader: 'Heeft Johanna niet in een kasteel gewoond? Ik dacht dat zij en opa lang geleden eens een echt kasteel hebben gehuurd.'

'Ja, dat was nog voordat ik geboren werd,' zei mijn moeder. 'Ze woonden op Schloss Katzelsdorf. Ik heb er foto's van gezien.'

'Dus *daarom* raakte ze zo overstuur van de droom van de Hongaar,' zei mijn vader.

'Er rijdt iemand op een fiets door de gang,' zei Robo. 'Ik zag een wiel voorbijgaan – onder de deur door.'

'Robo, ga slapen,' zei mijn moeder.

'Maar hij deed "piep-piep",' zei Robo.

'Slaap lekker, jongens,' zei mijn vader.

'Als jullie blijven praten, mogen wij ook praten,' zei ik.

'Praat dan maar met elkaar,' zei mijn vader. 'Ik praat met je moeder.'

'Ik ga liever slapen,' zei mijn moeder. 'Ik wou dat niemand meer praatte.'

We probeerden het. Misschien sliepen we ook wel even. Toen fluisterde Robo tegen me dat hij naar de wc moest.

'Je weet waar die is,' antwoordde ik.

Robo stapte de kamer uit, maar hij liet de deur op een kiertje staan; ik hoorde hem door de gang lopen, waarbij hij met een hand langs de muur streek. Hij was erg gauw terug.

'Er zit iemand op de WC,' zei hij.

'Wacht maar tot hij klaar is,' zei ik.

'Het licht was niet aan,' zei Robo, 'maar ik kon onder de deur door kijken. Daar zit iemand – in het donker.'

'Ik ga ook het liefst in het donker,' zei ik.

Maar Robo moest nodig aan me kwijt wat hij precies gezien had. Hij zei dat hij onder de deur een paar *handen* had gezien.

'Handen?' vroeg ik.

'Ja, waar eigenlijk voeten hadden moeten zijn,' zei Robo; hij beweerde dat aan weerskanten van de toiletpot een hand had gestaan in plaats van een voet.

'Ach, ga nou toch, Robo!' zei ik.

'Kom jij even mee? Ja?' zeurde hij. Ik liep met hem de gang door, maar er zat niemand op de WC. 'Hij is weg,' zei Robo.

'Weggewandeld op zijn handen, natuurlijk,' plaagde ik. 'Ga nou maar piesen. Ik wacht wel op je '

Hij liep de WC in en ging zielig staan piesen in het donker. Toen we weer bijna bij onze kamer waren, kwamen we in de gang een kleine, donkere man tegen met dezelfde soort huid en met ongeveer dezelfde kleren als de dromen-verteller die mijn grootmoeder zo boos had gemaakt. Hij knipoogde naar ons en glimlachte vriendelijk. Het ontging me niet dat hij op zijn handen liep.

'Zie je nou wel?' fluisterde Robo. We gingen onze kamer binnen en deden de deur dicht.

'Wat is er?' vroeg mijn moeder.

'Een man die op zijn handen loopt,' zei ik.

'Een man die op zijn handen *piest*,' zei Robo.

'Klasse C,' mompelde mijn vader in zijn slaap; hij

droomde vaak dat hij aantekeningen zat te maken op zijn reusachtige notitieblok.

'We zullen er morgen wel over praten,' zei mijn moeder.

'Waarschijnlijk was het gewoon een acrobaat die indruk op je wou maken, omdat je nog een jongetje bent,' zei ik tegen Robo.

'Hoe wist hij dat ik een jongetje ben, toen hij nog op de wc zat?' vroeg Robo.

'Ga nou slapen,' fluisterde mijn moeder.

Toen hoorden we oma gillen achter in de gang.

Mijn moeder trok haar leuke groene peignoir aan; mijn vader schoot in zijn badjas en zette zijn bril op; ik sjorde een broek over mijn pyjama heen. Robo was het eerste de gang op. We zagen licht schijnen onder de deur van de wc. Daarbinnen zat mijn grootmoeder ritmisch te gillen.

'Hier zijn we al!' riep ik tegen haar.

'Moeder, wat is er?' vroeg mijn moeder.

We stonden op een kluitje in de brede streep licht. Onder de deur door zagen we oma's lichtpaarse pantoffels en haar magere enkels, wit als porselein. Ze hield op met gillen. 'Ik hoorde fluisteren toen ik in bed lag,' zei ze.

'Dat waren Robo en ik,' antwoordde ik.

'Toen iedereen weg leek te zijn, moest ik naar de wc,' vervolgde oma Johanna. 'Ik liet het licht *uit*. Ik zat *heel* stil,' vertelde ze. 'Toen zag en hoorde ik het wiel.'

'Het *wiel*?' vroeg mijn vader.

'Een wiel dat een paar maal langs de deur kwam,' zei mijn grootmoeder. 'Het rolde voorbij en toen kwam het terug en rolde nog een keer voorbij.'

Mijn vader liet zijn wijsvinger ronddraaien over zijn voorhoofd; hij trok een raar gezicht tegen mijn moeder. 'Sommigen zien ze vliegen, anderen zien ze rijden,' fluisterde hij, maar mijn moeder keek hem nijdig aan.

'Ik deed het licht aan,' vertelde oma verder, 'en toen ging het wiel weg.'

'Ik zei toch dat er een fiets door de gang reed,' zei Robo.

'Houd je mond, Robo,' zei mijn vader.

'Het was geen fiets,' zei mijn oma. 'Er was maar één wiel.'

Mijn vader stond nu met twee wijsvingers te draaien langs zijn slapen. 'En zij heeft maar één klap van de molen gehad,' siste hij tegen mijn moeder, maar die gaf hem een draai om zijn oren zodat zijn bril scheef op zijn neus kwam te zitten.

'En toen kwam er iemand en die keek onder de deur door,' ging oma verder. 'En *toen* ben ik gaan gillen.'

'Wie was dat dan?' vroeg mijn vader.

'Ik heb zijn handen gezien – en het waren mannenhanden, want er zat haar op de knokkels,' beweerde mijn grootmoeder. 'Zijn handen lagen vlak voor de deur op de gangloper. Waarschijnlijk lag hij op handen en knieën naar binnen te gluren. Naar mij!'

'Nee, oma,' zei ik, 'hij liep alleen maar op zijn handen.'

'Geen brutaliteiten,' zei mijn moeder streng.

'Maar we hebben iemand op zijn handen zien lopen,' zei Robo.

'*Nietes*,' zei mijn vader.

'*Welles*,' zei ik.

'Straks maken we iedereen wakker,' waarschuwde mijn moeder ons.

Het toilet werd doorgespoeld en mijn oma kwam de deur uit strompelen. Van haar vroegere waardigheid was niet veel meer over. Ze droeg een nachtpon over een nachtpon over een nachtpon; haar hals was erg lang en haar gezicht zat onder de witte crème. Ze zag eruit als een opgeschrikte gans. 'Hij was laag en vuig,' zei ze tegen ons. 'Hij weet van de vreselijkste zwarte magie.'

'De man die naar u keek?' vroeg mijn moeder.

'De man die mijn *droom* vertelde,' zei oma. Een traan baande zich een weg door haar rimpels vol nachtcrème. 'Dat was *mijn* droom,' zei ze. 'En hij vertelde hem aan iedereen. Het is gewoon schandalig dat hij hem *kende*,' siste ze tegen ons, '*mijn* droom – de droom van de paarden en de ridders van Karel de Grote. *Ik* ben de enige die hem behoort te kennen. En ik kreeg die droom nog voordat jij geboren was,' zei ze tegen mijn moeder. 'En die vuige, lage, zwarte magiër heeft hem zitten rondbazuinen alsof het de *nieuwsberichten* waren.'

Ze onderdrukte een snik. 'Ik heb zelfs je vader nooit verteld wat er allemaal met die droom gebeurde,' ging ze verder. 'Ik ben er nooit zeker van geweest of het wel een droom was. En nu lopen er mannen rond op hun handen en met harige knokkels en er rijden behekste wielen voorbij en ik wil dat de jongens bij mij komen slapen.'

Zo kwam het dat Robo en ik de grote gezinskamer, ver van de wc, moesten delen met mijn grootmoeder, die met haar ingevette gezicht tussen mijn moeders en mijn vaders kussens lag te glanzen als een nat spook. Robo lag klaarwakker naar haar te staren. Ik geloof dat de arme Johanna evenmin zo goed sliep; ik denk dat ze haar droom van de dood weer helemaal opnieuw droomde – dat ze opnieuw de laatste winter meebeleefde van Karel de Grotes verkleumde krijgers met hun vreemde, met rijp bedekte, metalen kleren en hun dichtgevroren vizieren.

Toen het duidelijk werd dat ik naar de wc moest, voelde ik hoe Robo me met grote glanzende ogen nakeek tot aan de deur.

Er zat iemand op de wc. Niet dat er licht onder de deur door scheen, maar naast de deur stond een acrobatenfiets – zo'n ding met één wiel – tegen de muur. De berijder daarvan zat op de donkere wc en trok hem onophoudelijk door, als een ongeduldig kind dat de stortbak geen tijd gunt vol te lopen.

Ik bukte mij naar de opening onder de wc-deur, maar wie erop zat stond niet op zijn of haar handen. Ik zag duidelijk voeten, in een houding die je van voeten verwachten kon – alleen reikten ze niet tot aan de grond. Hun onderzijde was schuin naar mij opgeheven en ik zag don-

kere, dikke voetzolen met de kleur van half genezen blauwe
plekken. Het waren reusachtige voeten die vastzaten aan
korte, behaarde schenen. Het waren de voeten van een *beer*,
al hadden ze geen klauwen. De klauwen van een beer zijn
niet intrekbaar, zoals bij een kat; als een beer klauwen heeft,
moet je ze kunnen zien. Hier zat dus een bedrieger in een
berepak of een beer die van zijn klauwen was beroofd. Een
tamme beer, misschien. In elk geval een zindelijke beer,
gezien zijn verblijf op de wc. Want uit de geur kon ik
opmaken dat er geen sprake was van een man in een berepak;
dit hier was helemaal beer. Op en top een beer.

Ik deinsde geschrokken achteruit tot aan mijn grootmoeders vroegere kamerdeur – waarachter mijn vader nu op de
loer lag, wachtend op verdere rustverstoringen. Hij rukte de
deur open en ik tuimelde naar binnen, iets waar we allebei
even erg van schrokken. Mijn moeder schoot overeind in
bed en trok het donzen dekbed over haar hoofd.

'Hebbes!' brulde mijn vader en hij liet zich boven op mij
vallen. De vloer trilde; de eenwieler van de beer gleed weg
langs de muur en viel precies in de deuropening van de wc
waaruit de beer juist te voorschijn kwam, zodat hij strui-
kelde over zijn eigen vervoermiddel en wild om zich heen
sloeg om zijn evenwicht niet te verliezen. Bezorgd tuurde
hij naar de overkant van de gang, door de open kamerdeur,
naar mijn vader die op mijn borst zat. Met zijn voorpoten
raapte hij de eenwielige fiets weer op. '*Grauf*?' zei hij verwonderd. Mijn vader smakte de deur dicht.

Achter in de gang hoorden we een vrouwenstem die riep:
'Duna, waar zit je?'

'*Harf*!' zei de beer.

Mijn vader en ik hoorden de vrouw dichterbij komen. Ze
zei: 'Ach, Duna, ben je weer aan het oefenen? Altijd aan het
oefenen, hè? Maar je kunt het beter overdag doen.' De beer
zei niets. Mijn vader deed de deur open.

'Niemand binnenlaten, hoor!' zei mijn moeder, nog altijd
onder het donzen dekbed.

In de gang stond een aardige, niet meer zo jonge vrouw naast de beer, die zich op zijn fiets in evenwicht hield met één poot op haar schouder. Ze had een knalrode tulband om en ze droeg een lang gewaad dat om haar lichaam gewikkeld zat en op een gordijn leek. Op haar hoge boezem wiebelde een ketting van bereklauwen; haar oorringen reikten aan de ene kant tot op de stof van haar gordijnjapon en aan de andere kant tot op een naakte schouder met een aantrekkelijke moedervlek waarnaar mijn vader en ik voortdurend staarden. 'Goedenavond,' zei ze tegen mijn vader. 'Het spijt me als we u gestoord hebben. We hebben Duna verboden 's nachts te oefenen maar hij is nu eenmaal dol op zijn werk.'

De beer mompelde iets en reed bij haar vandaan. Zijn evenwichtsgevoel was uitstekend, maar hij ging nogal slordig te werk; hij schampte langs de gangmuren en soms raakte hij met zijn poten de foto's van de schaatsenrijders. De vrouw nam met een buiging afscheid van ons en rende de beer achterna, terwijl ze 'Duna! Duna!' riep en onderweg de foto's weer recht hing.

'*Duna* is de Hongaarse naam voor de Donau,' zei mijn vader tegen mij. 'Die beer is genoemd naar onze geliefde rivier.' Soms leek het mijn familie te verbazen dat ook de Hongaren van een rivier konden houden.

'Is die beer een *echte* beer?' vroeg mijn moeder – nog steeds verborgen onder het donzen dekbed; maar ik liet het aan mijn vader over om het haar allemaal uit te leggen. Ik wist dat Herr Theobald de volgende morgen heel wat te verantwoorden had en ik wilde alles horen wat er besproken werd.

Ik stak de gang over naar de wc. Mijn bezigheden daar werden ten zeerste bespoedigd door de berelucht die er was blijven hangen en door mijn vermoeden dat er overal bereharen zouden liggen; maar het bleef bij een vermoeden, want in werkelijkheid had de beer alles heel netjes achtergelaten – voor een beer.

'Ik heb de beer gezien,' fluisterde ik tegen Robo, zodra ik terug was in de kamer; maar Robo was bij oma in bed gekropen en naast haar in slaap gevallen. De oude Johanna was echter wakker.

'Telkens zag ik weer minder soldaten,' zei ze tegen me. 'De laatste keer dat ze kwamen, waren ze nog maar met negen man. Ze leken allemaal uitgehongerd; ze moeten alle extra paarden hebben opgegeten. Het was ook zo koud! Natuurlijk had ik ze graag willen helpen. Maar we leefden niet in dezelfde tijd; hoe kon ik ze helpen als ik nog lang niet geboren was? O, ik wist wel dat ze dood zouden gaan. Maar het duurde zo verschrikkelijk lang.

De laatste keer dat ze kwamen, was de fontein bevroren. Ze gebruikten hun zwaarden en hun lange lansen om het ijs in stukken te slaan. Ze legden een vuurtje aan en smolten het ijs in een pot. Ze haalden botten uit hun zadeltassen – allerlei soorten botten – en gooiden die in de soep. Het moet een heel mager brouwsel zijn geworden, want de botten waren allang schoon geknaagd. Ik weet niet wat voor botten het waren. Van konijnen, denk ik, en misschien ook van een hert of een wild zwijn. Misschien van de paarden die te veel waren. Ik moet er niet aan denken,' zei mijn grootmoeder, 'dat het misschien de botten van de verdwenen soldaten zijn geweest.'

'Ga nu maar slapen, oma,' zei ik.

'En denk jij maar niet meer aan die beer,' zei ze.

In de ontbijtzaal van Pension Grillparzer drukten we Herr Theobald met zijn neus op het beestenspul van zijn andere gasten waarmee onze nacht bedorven was. Ik wist dat mijn vader (als nooit tevoren) overwoog om zich als controleur van het Bureau voor Toerisme kenbaar te maken.

'Mannen die rondlopen op hun handen,' zei mijn vader.

'Mannen die onder de wc-deur doorkijken,' zei mijn grootmoeder.

'*Die* man daar,' zei ik en ik wees naar het kereltje dat sjagrijnig aan een hoektafeltje zat te ontbijten in gezelschap van zijn twee secondanten – de dromenverteller en de Hongaarse zanger.

'Maar hij doet het voor zijn brood,' zei Herr Theobald en als om de waarheid daarvan te bewijzen begon de man die op zijn handen liep op zijn handen te lopen.

'Laat hem daarmee ophouden,' zei mijn vader. 'We *weten* dat hij het kan.'

'Maar weet u ook dat hij niet anders kan?' vroeg de dromenverteller ineens. 'Weet u dat hij zijn benen niet kan gebruiken? Hij heeft geen scheenbenen. Het is toch *prachtig* dat hij op zijn handen loopt. Anders kon hij helemaal niet lopen.' De man knikte, al viel dat duidelijk niet mee wanneer je op je handen stond.

'Mismaakt zijn is geen schande,' zei oma Johanna snibbig. 'Maar *u* bent gemeen,' zei ze tegen de dromenman. 'U weet dingen die u niet behoort te weten. Hij kende mijn *droom*,' zei ze tegen Herr Theobald, alsof ze een diefstal uit haar kamer rapporteerde.

'Ik weet het, hij is een *beetje* gemeen,' gaf Theobald toe. 'Maar niet altijd! En hij begint zich steeds beter te gedragen. Hij kan het toch ook niet helpen dat hij zoveel weet.'

'Ik wilde u in het reine brengen met uzelf,' zei de dromenman tegen oma. 'Ik dacht dat het u goed zou doen. Uw man is nu al een tijdje dood en u moet eens ophouden met dat gepieker over die droom. U bent heus niet de enige die zo'n droom heeft gehad.'

'Houd uw mond,' zei mijn grootmoeder.

'Nou ja, als u het maar weet,' zei de dromenverteller.

'Nee, stil alsjeblieft,' zei Herr Theobald tegen hem.

'Ik ben van het Bureau voor Toerisme,' verkondigde mijn vader plechtig, waarschijnlijk omdat hij niets anders wist te zeggen.

'O lieve poepeldepoep!' zuchtte Herr Theobald.

'Theobald kan er niets aan doen,' zei de zanger. 'Het is

onze schuld. Is het niet aardig van hem dat hij ons om zich heen wil hebben, ook al kost het hem zijn goede naam?'

'Ze zijn getrouwd met zijn zuster,' zei Theobald. 'Ze zijn *familie*, ziet u. Wat kan ik anders doen?'

'Zijn *"ze"* getrouwd met uw zuster?' vroeg mijn moeder.

'Nou, ze trouwde eerst met mij,' zei de dromenman.

'En toen hoorde ze *mij* zingen,' zei de zanger.

'Maar met *hem* is ze nooit getrouwd,' zei Theobald en iedereen keek een beetje verontschuldigend naar de man die alleen maar op zijn handen kon lopen.

Theobald zei: 'Vroeger zijn ze een circusnummer geweest, maar ze kwamen in moeilijkheden door de politiek.'

'In Hongarije waren wij het beste,' zei de zanger. 'Hebt u ooit gehoord van circus Szolnok?'

'Nee, ik geloof van niet,' zei mijn vader ernstig.

'We zijn opgetreden in Miskolc, in Szeged, in Debrecen,' vertelde de dromenman.

'*Tweemaal* in Szeged,' zei de zanger.

'Als de Russen er niet geweest waren, hadden we zeker Boedapest gehaald,' zei de man die op zijn handen liep.

'Ja, het waren de Russen die zijn scheenbenen hebben weggenomen,' zei de dromenman.

'Niet liegen,' zei de zanger. 'Hij is zonder scheenbenen *geboren*. Maar het is waar dat we niet met de Russen konden opschieten.'

'Ze probeerden de beer op te sluiten,' zei de dromenman.

'Niet liegen,' zei Herr Theobald.

'We hebben zijn zuster uit hun handen gered,' zei de man die op zijn handen liep.

'Dus moest ik ze wel onderdak verlenen,' zei Herr Theobald, 'en ze werken echt zo hard ze kunnen. Maar wie heeft in dit land nog belangstelling voor hun nummer? Het is een *Hongaars* nummer. Hier bestaat geen *tra-*

ditie van beren op de fiets,' legde hij uit. 'En die vervloekte dromen kunnen de Weners ook gestolen worden.'

'Niet liegen,' zei de dromenman. 'Dat komt omdat ik
de verkeerde dromen heb verteld. Ziet u, we werkten in
een nachtclub in de Kärtnerstraße, maar we zijn eruit gegooid.'

'Je had *die ene* droom niet moeten vertellen,' zei de
zanger ernstig.

'Nou, je vrouw maakte anders geen enkel bezwaar,'
antwoordde de dromenman.

'Toen was ze *jouw* vrouw,' zei de zanger.

'Ophouden, alsjeblieft,' smeekte Theobald.

'We krijgen nu de kinderklinieken,' zei de man van de
dromen, 'en een paar staatsziekenhuizen – vooral tegen
Kerstmis.'

'Jullie moesten meer doen met die beer,' raadde Theobald hen aan.

'Dat moet je tegen je zuster zeggen,' zei de zanger. 'Het
is *haar* beer. *Zij* heeft hem gedresseerd, maar ze heeft hem
lui laten worden en slordig en nu zit hij vol met slechte
gewoonten.'

'Hij is de enige van jullie die me nooit uitlacht,' zei de
man die alleen maar op zijn handen kon lopen.

'Ik zou hier graag vandaan willen,' zei mijn grootmoeder. 'Dit is voor mij een afschuwelijke ervaring.'

'Maar, mijn lieve mevrouwtje,' zei Herr Theobald, 'we
wilden u alleen maar laten zien dat we er niets kwaads
mee bedoelden. Het zijn moeilijke tijden. Ik heb die B-
klassering hard nodig om meer toeristen aan te trekken,
maar ik kan het niet over mijn hart verkrijgen om Circus
Szolnok op straat te zetten.'

'Laat me niet lachen!' riep de dromenman. 'Hij is alleen
maar bang voor zijn zuster. Hij durft ons niet uit huis te
gooien, in zijn stoutste dromen nog niet!'

'Als hij het droomt, moet jij het weten!' riep de man die
op zijn handen liep.

'Ik ben bang van de béér,' zei Herr Theobald. 'Hij doet alles wat ze zegt.'

'Het is best een aardig beest,' zei de man op zijn handen, 'en hij heeft nog nooit iemand kwaad gedaan. Je weet heel goed dat hij geen klauwen meer heeft – en nog maar een paar tanden.'

'Ja, het arme dier heeft grote moeite met eten,' gaf Herr Theobald toe. 'Hij wordt oud en een beetje vies.'

Ik gluurde over mijn vaders schouder en zag wat hij op het reusachtige notitieblok schreef: 'Een versomberde beer en een werkeloos circus. Deze familie draait geheel om een zuster.'

Op datzelfde ogenblik konden we haar buiten, op het trottoir, bezig zien met de beer. Het was nog vroeg in de ochtend en op straat was het nog niet erg druk. Natuurlijk had ze de beer aan een lijn, zoals de wet voorschreef, maar daarmee hield ze hem slechts symbolisch in bedwang. Met haar ontstellend rode tulband om liep de vrouw heen en weer over de stoep en volgde de trage bewegingen van de beer op zijn eenwieler; hij peddelde op zijn gemak van de ene parkeermeter naar de andere en soms steunde hij bij het omdraaien met zijn poot tegen een lantaarnpaal. Hij was erg bekwaam met zijn rijwiel, dat kon je zien, maar je kon ook zien dat die fiets voor hem tegelijkertijd een doodlopend slop was geworden. De beer vond blijkbaar dat hij met fietsen nooit meer hogerop kon komen.

'Eigenlijk moest ze hem nu van de straat halen,' zei Herr Theobald tobberig. 'De mensen van de banketbakkerij hiernaast hebben al bij me geklaagd,' zei hij tegen ons. 'Ze zeggen dat de beer hun klanten weghoudt.'

'Die beer zorgt juist dat er klanten komen!' riep de man die op zijn handen liep.

'Hij trekt sommige mensen aan en jaagt andere mensen weg,' zei de dromenman. Hij werd ineens heel somber, alsof zijn diepzinnige woorden hem neerslachtig hadden gemaakt.

Maar we waren zozeer in beslag genomen door de capriolen van Circus Szolnok, dat we niet meer aan de oude Johanna hadden gedacht. Toen mijn moeder zag dat oma zachtjes zat te huilen, beval ze me de auto te gaan halen.

'Het is haar te veel geworden,' fluisterde mijn vader tegen Herr Theobald. Circus Szolnok keek alsof ze zich een beetje schaamden.

Buiten kwam de beer naar mij toe fietsen en overhandigde me de sleuteltjes van de auto; hij stond geparkeerd langs de stoeprand. 'Niet iedereen stelt het op prijs om zo zijn autosleutels terug te krijgen,' zei Theobald tegen zijn zuster.

'O, ik dacht dat hij het wel leuk zou vinden,' zei ze en ze maakte mijn haar in de war. Ze was zo aantrekkelijk als een barmeisje, waarmee ik wil zeggen dat ze 's avonds een stuk aantrekkelijker was; in het daglicht zag ik dat ze ouder was dan haar broer en ook ouder dan haar echtgenoten – op den duur, dacht ik, zou ze niet langer een zuster respectievelijk een minnares voor hen zijn, maar eerder een moeder voor hen worden. Dat was ze nu al voor de beer.

'Kom eens hier,' zei ze tegen hem. Hij stond lusteloos te wiebelen op zijn eenwieler, steun zoekend bij een parkeermeter; zo nu en dan gaf hij een lik over het kijkglaasje ervan. De vrouw trok aan de lijn. Hij staarde haar aan. Ze trok opnieuw. Met lome bewegingen begon de beer te trappen – eerst de ene kant op, dan de andere kant. Het leek wel of hij er zin in kreeg, nu hij zag dat er publiek was. Hij begon zich uit te sloven.

'Geen gekheid, hè?' zei de zuster tegen hem, maar de beer begon steeds harder te trappen, stoof vooruit, remde, reed achteruit, nam steeds scherpere bochten en voerde een slalom uit tussen de parkeermeters; Theobalds zuster moest de lijn loslaten. 'Duna, laat dat!' riep ze, maar de beer was niet meer te houden. Hij kwam met zijn wiel te dicht bij de trottoirband en de fiets wierp hem uit het zadel en smakte hem tegen het spatbord van een geparkeerde auto. Hij bleef als versuft op de stoep zitten met de eenwieler naast zich; je kon zien dat hij zich niet bezeerd had, maar hij zag er heel beteuterd uit en niemand lachte. 'O, Duna toch,' zei de vrouw op bestraffende toon en ze liep naar hem toe en hurkte naast hem neer aan de stoeprand. 'Duna, Duna,' zei ze zacht verwijtend. Hij schudde zijn grote kop; hij vermeed het haar aan te zien. Op zijn vacht, vlak bij zijn bek, zat een sliertje speeksel dat ze wilde wegvegen. Maar hij duwde haar hand weg met zijn poot.

'Graag tot de volgende keer!' riep Herr Theobald diep ongelukkig, toen we eenmaal ingestapt waren.

In de auto deed mijn moeder haar ogen dicht en begon haar slapen te masseren met haar vingertoppen; zo leek ze niets te horen van wat wij zeiden. Ze beweerde dat dit haar enige afweermiddel was tegen het reizen met een voortdurend kibbelende familie.

Ik had weinig zin om mijn gewone verslag te leveren over de zorg die aan onze auto was besteed, maar ik zag dat mijn vader zijn best deed de normale orde en regelmaat te handhaven. Hij had het reusachtige notitieblok op zijn schoot gelegd alsof we zojuist een routine-onderzoek hadden afgesloten.

'Wat leert de kilometerteller ons?' vroeg hij.

'Iemand heeft er vijfendertig kilometer bijgereden,' zei ik.

'Die verschrikkelijke beer heeft erin gezeten,' zei oma. 'Op de achterbank liggen haren en ik kan hem duidelijk *ruiken*.'

'Ik ruik niets,' zei mijn vader.

'En de parfum van die zigeunerin met haar tulband,' vervolgde mijn grootmoeder. 'De lucht hangt vlak onder het dak van de auto.' Mijn vader en ik snoven. Mijn moeder zat nog steeds haar slapen te wrijven.

Op de vloer, tussen de pedalen van rem en koppeling, zag ik een paar gifgroene tandestokers liggen – van het soort dat de Hongaarse zanger voortdurend als een litteken in zijn ene mondhoek had hangen. Ik zei er niets van. Ik vond het al mooi genoeg om me het hele gezelschap voor te stellen: aan de rol in de stad, met onze auto. De luid zingende chauffeur, naast hem de man op zijn handen – uit het raampje zwaaiend met zijn voet. En achterin, tussen de dromenman en diens vroegere vrouw, de bejaarde beer – onderuitgezakt als een goedgeluimde dronkaard, zijn grote kop zachtjes tegen de dakbekleding schurend, zijn geduchte poten nu ontspannen in zijn brede schoot.

'Die arme mensen,' zei mijn moeder, nog steeds met gesloten ogen.

'Leugenaars en boeven,' zei mijn grootmoeder.

'Wonderdoeners, landverhuizers, afgesloofde dieren.'

'Ze deden hun best,' zei mijn vader, 'maar ze vielen niet in de prijzen.'

'De dierentuin,' zei mijn grootmoeder. 'Daar hoort-ie thuis.'

'Ik heb wel gelachen,' zei Robo.

'Het valt niet mee om uit klasse c te komen,' zei ik.

'Zij zijn voorbij de z gezakt,' zei de oude Johanna. 'Ze zijn verdwenen uit het menselijk alfabet.'

'Een brief is wel op zijn plaats, dunkt me,' begon mijn moeder.

Maar mijn vader hief zijn hand op – alsof hij ons wilde zegenen – en we werden stil. Hij ging zitten schrijven op het reusachtige notitieblok en wilde niet meer gestoord worden. Zijn gezicht stond streng. Ik wist dat oma met vertrouwen zijn vonnis tegemoetzag. En mijn moeder wist dat het geen zin had nog langer met hem te redetwisten. Robo begon zich alweer te vervelen. Ik stuurde de wagen door de smalle straatjes; ik nam de Spiegelgasse naar de Lobkowitsplatz. De Spiegelgasse is zo smal, dat je het spiegelbeeld van je eigen auto duidelijk kunt zien in de winkelruiten die je voorbijrijdt. Ik had het gevoel of ik onze bewegingen door Wenen vanaf grote hoogte kon volgen – als een trucopname met een filmcamera, alsof we een sprookjesreis maakten door een speelgoedstad.

Toen mijn oma eenmaal in slaap was gesukkeld, zei mijn moeder: 'Ik denk niet dat een herklassering, naar boven of naar beneden, in dit geval veel zal uitmaken.'

'Nee,' antwoordde mijn vader, 'hoegenaamd niets.' Hij had gelijk, al zou het nog jaren duren voordat ik Pension Grillparzer terugzag.

Toen mijn grootmoeder gestorven was, vrij plotseling en in haar slaap, gaf mijn moeder te kennen dat ze genoeg had van het reizen. Maar de werkelijke reden was gelegen in het feit dat ze nu zelf geplaagd begon te worden door oma's droom. 'De paarden zijn zo mager,' zei ze een keer tegen me. 'Ik bedoel, ik heb altijd geweten dat ze mager zouden zijn, maar zó mager... En de soldaten – ik wist dat ze het ellendig hadden,' zei ze, 'maar zó ellendig...'

Mijn vader nam ontslag bij het Bureau voor Toerisme en vond een betrekking bij een plaatselijk detectivebureau dat zich toelegde op hotels en warenhuizen. Dat baantje schonk hem veel voldoening, al weigerde hij altijd te werken tijdens het kerstseizoen, wanneer naar zijn mening bepaalde mensen de kans moesten krijgen om een beetje te stelen.

Naarmate mijn ouders in leeftijd toenamen, leken ze steeds gemakkelijker te gaan leven; tegen het einde vond ik ze behoorlijk gelukkig. Ik wist dat de kracht van oma's droom versluierd werd door de echte wereld en dan vooral door wat er met Robo was gebeurd. Hij ging naar een dure kostschool, waar hij erg gezien was, maar in zijn eerste jaar op de universiteit kwam hij om bij een bomaanslag. En hij was helemaal niet zo 'politiek'. In zijn laatste brief aan mijn ouders had hij geschreven: 'De mate waarin radicale studentengroeperingen zichzelf serieus nemen, is schromelijk overdreven. En het voedsel is niet te vreten.' Toen ging Robo naar zijn college geschiedenis en werd de collegezaal opgeblazen.

Pas nadat mijn ouders gestorven waren, gaf ik het roken

op en begon weer te reizen. Ik keerde naar Pension Grillparzer terug met mijn tweede vrouw. Met mijn eerste
vrouw was ik nooit aan Wenen toegekomen.

Pension Grillparzer had mijn vaders B-klassering niet
lang behouden en tegen de tijd dat ik er terugkwam, was
het pension geheel uit de toeristische indeling verdwenen.
Het bedrijf werd nu geleid door Herr Theobalds zuster.
Haar hoerige aantrekkelijkheid was verdwenen en had
plaats gemaakt voor het seksloze cynisme van onge-
trouwde tantes. Haar lichaam had geen vorm meer over en
ze had haar haar in een soort bronskleur geverfd, zodat
haar hoofd leek op een grote koperen pannespons. Ze herkende me niet en mijn gevraag maakte haar nogal achterdochtig. Omdat ik zoveel van haar vroegere metgezellen
scheen te weten, hield ze me waarschijnlijk voor iemand
van de politie.

De Hongaarse zanger was weggegaan – een andere
vrouw was geboeid geraakt door zijn stem. De dromenman was *weggebracht* – naar een inrichting. Zijn eigen
dromen waren in nachtmerries veranderd en iedere nacht
had hij het hele pension wakker gemaakt met zijn angstwekkende gekrijs. Zijn verwijdering uit het gammele gebouw, vertelde Herr Theobalds zuster, kwam vrijwel ge-
lijktijdig met het verlies van Pension Grillparzers B-klassering.

Herr Theobald was dood. Op een avond was hij, grij-
pend naar zijn hart, neergevallen in de bovengang waar hij
op onderzoek was uitgegaan naar een vermeende insluiper.
Maar het was slechts Duna geweest, de mopperige beer, die
gekleed ging in het krijtstreepjespak van de dromenverteller. Waarom Theobalds zuster het dier zo had uitgedost,
werd mij niet duidelijk; maar de aanblik van het nukkige
dier, dat daar rondfietste in de achtergebleven kleren van
een waanzinnige, was genoeg om Herr Theobald zich
dood te laten schrikken.

De man die alleen maar op zijn handen kon lopen, was

ook al in ernstige moeilijkheden geraakt. Zijn polshorloge was met het bandje blijven haken aan de trede van een roltrap, zodat hij er niet af had kunnen springen; zijn stropdas, die hij overigens maar zelden droeg omdat het ding altijd over de grond sleepte, was onder de afdekplaat boven aan de roltrap geschoven – zodat hij ter plaatse werd gewurgd. Achter hem vormde zich een hele rij mensen die allemaal pas op de plaats maakten door telkens een stap achteruit te doen, zich daarna door de roltrap te laten opschuiven en vervolgens weer een stap achteruit te doen. Het duurde geruime tijd voordat iemand de moed opbracht om over hem heen te stappen. De wereld kent vele, onbedoeld wrede mechanismen die niet geschapen zijn voor mensen die op hun handen lopen.

Daarna, vertelde Theobalds zuster, zakte Pension Grillparzer van klasse c tot erger. Naarmate de last van de bedrijfsvoering zwaarder op haar begon te drukken, had ze minder tijd voor Duna. De beer werd seniel en kreeg onbehoorlijke gewoonten. Eenmaal joeg hij brullend een postbode van een marmeren trap af – en wel met zo'n woeste vaart, dat de man viel en zijn heup brak. Het voorval werd doorgegeven aan de autoriteiten en een oude gemeenteverordening, die het verblijf van onaangelijnde dieren op openbare plaatsen verbood, werd van toepassing verklaard. Duna kreeg huisarrest in Pension Grillparzer.

Een tijdlang zette Theobalds zuster de beer in een kooi op de binnenplaats van het gebouw, maar daar werd hij getreiterd door honden en kinderen en vanuit de huizen aan de achterkant werd voedsel (en erger) in zijn kooi gegooid. Hij werd on-beerachtig en achterbaks – zo kon hij zich bijvoorbeeld urenlang slapend houden – en op een dag at hij een flink stuk op van iemands kat. Daarna kreeg hij tweemaal vergif binnen, zodat hij bang werd om nog iets te eten in deze gevaarvolle omgeving. Er zat niets anders op – ze moesten hem ten geschenke geven aan de dierentuin van Schönbrunn, maar zelfs daar betwijfelde men of hij er te handhaven zou zijn. Hij had geen tanden meer en was ziek, misschien besmettelijk ziek, en de lange jaren waarin hij als een mens behandeld was, hadden hem niet bepaald voorbereid op het veel zachtzinniger bestaan in een dierentuin.

Zijn slaapverblijf, in de openlucht op de binnenplaats van Pension Grillparzer, had zijn reumatiek nog doen toenemen en zijn enige talent, het fietsen op de eenwieler, was reddeloos verloren gegaan. Toen hij het in de dierentuin nog eens probeerde, viel hij. Iemand lachte. En zodra er werd gelachen om iets wat Duna deed, legde Theobalds zuster uit, wilde Duna zoiets nooit meer doen. Ten slotte werd hij in Schönbrunn een soort liefdadigheidsgeval en na korte tijd stierf hij er dan ook, nog geen twee maanden nadat hij zijn nieuwe onderkomen had betrokken. Volgens Theobalds zuster was Duna ten onder gegaan aan geestelijke vernedering – het directe gevolg van een huiduitslag die zich in een oogwenk verspreid had over zijn brede borst, welke daarom moest worden kaalgeschoren. En een kaalgeschoren beer, had een oppasser van de dierentuin gezegd, schaamt zich dood.

Op de koude binnenplaats van het pension keek ik in de lege berekooi. De vogels hadden geen klokhuispitje achtergelaten, maar in de hoek van de kooi lag een hoog oprijzende berg steenhard geworden uitwerpselen – evenzeer ontdaan van leven, ja zelfs van geuren, als de versteende lijken die overvallen waren door de algemene slachting in Pompeji. Of ik wilde of niet, ik moest aan Robo denken; van de beer was meer overgebleven dan van hem.

In de auto werd ik nog mistroostiger bij de ontdekking dat er niet één kilometer op de teller was bijgekomen, dat er niet één kilometer stiekem mee was gereden. Er was niemand meer die zich zulke vrijheden veroorloofde.

'Als we een flink eind van jouw dierbare Pension Grillparzer vandaan zijn,' zei mijn tweede vrouw, 'moet je me toch eens vertellen waarom je me hebt meegenomen naar dat haveloze geval.'

'Het is een lang verhaal,' gaf ik toe.

Ik dacht aan het verslag dat Herr Theobalds zuster mij had gegeven; merkwaardig genoeg had ik daarin enthousiasme noch bitterheid kunnen beluisteren. In haar verhaal klonk de matheid door van iemand die gelaten de ongelukkige afloop ervan heeft aanvaard. Alsof haar leven en haar metgezellen in *haar* ogen nooit iets buitenissigs hadden bezeten – alsof ze altijd al bezig waren geweest met een lachwekkende, steeds tot mislukken gedoemde poging tot opwaardering.

DE KONING VAN DE ROMAN:
EEN INLEIDING BIJ GREAT EXPECTATIONS

1. *Waarom ik van Charles Dickens hou; waarom sommige
   mensen niet van hem houden.*

Great Expectations was de eerste roman waarvan ik, toen
ik hem had gelezen, wilde dat ik hem zelf geschreven had;
het is de roman die bij mij de wens deed ontstaan om
romanschrijver te worden – om precies te zijn, om een
lezer te ontroeren zoals ikzelf werd ontroerd. Naar mijn
mening heeft *Great Expectations* de meest fantastische en
meest perfect geconstrueerde plot van alle in de Engelse
taal geschreven romans; tegelijkertijd wijkt de roman geen
moment af van zijn opzet om je te laten lachen en huilen.
Maar er is meer dan één aspect aan dit boek waar sommige
mensen niet van houden – en er is één aspect in het bijzonder dat ze in Dickens als zodanig laken. Boven aan het
lijstje van zaken waar ze niet van houden staat het volgende: het feit dat een roman van Charles Dickens de in-
tentie heeft om je emotioneel en niet intellectueel te beroe-
ren; en Dickens wil je sociaal beïnvloeden met emotionele
middelen. Dickens is geen analyticus; zijn werk is niet
analytisch – ofschoon het wel didactisch kan zijn. Zijn
genie is beschrijvend; hij kan iets zo levendig beschrijven –
en zo krachtig – dat niemand er daarna nog op dezelfde
manier tegen aankijkt.

Je kunt niet worden geconfronteerd met de gevangenis-
sen in de romans van Dickens en toch volmaakt de overtuiging zijn toegedaan dat gevangenen krijgen wat ze verdienen; als je eenmaal een advocaat met de gruwelijke ge-
spletenheid van Mr. Jaggers bent tegengekomen zul je jezelf nooit meer zonder reserves toevertrouwen aan een

jurist – Jaggers vormt, hoewel hij in *Great Expectations* maar een ondergeschikte rol speelt, mogelijk de grootste aanklacht in onze literatuur tegen het leven volgens abstracte regels. Dickens heeft me zelfs het definitieve zinnebeeld van de criticus meegegeven; dat is Bentley Drummle, 'de op één na eerste erfgenaam van een baronetstitel', en 'zo'n knorrige figuur dat hij zelfs boeken opnam alsof de schrijvers ervan hem onrecht hadden aangedaan'.

Ofschoon zijn persoonlijke ervaringen met sociale misstanden plaatsvonden in zijn jonge jaren, en maar kort duurden, bleven ze Dickens zijn hele leven lang achtervolgen – de vernedering dat zijn vader de Marshalsea-gijzeling in moest; de drie maanden dat hijzelf (als elfjarige) etiketten op potten zat te plakken in een zwartselmagazijn aan de Hungerford Stairs; en alle verhuizingen van de familie, veroorzaakt door zijn vaders geldproblemen – met name die naar een armoediger woning in Chatham; en kort daarop, uit het Chatham van zijn jeugd vandaan. 'Ik vond dat het leven beroerder was dan ik had verwacht,' schreef hij. Maar zijn verbeelding verpauperde niet; in *David Copperfield* schreef hij (terugdenkend aan zijn lezersbestaan op de zolderkamer aan St. Mary's Place in Chatham): 'Ik ben Tom Jones geweest (de Tom Jones van een kind, een onschadelijk schepsel).' Ook Don Quichot was hij *geweest* – en verder al die nog onwerkelijker helden uit de Victoriaanse sprookjes van zijn tijd. Zoals Harry Stone heeft geschreven: 'Het is moeilijk te zeggen wat zich het eerst voordeed, Dickens' belangstelling voor sprookjes of zijn beïnvloeding erdoor.' De voortreffelijke Dickens-biograaf Edgar Johnson typeert de bronnen van diens schrijversverbeelding op een soortgelijke manier, en is daarbij van mening dat Dickens 'een nieuwe literaire vorm' schiep, 'een sprookjesachtig genre dat tegelijk humoristisch, heroïsch en realistisch is'.

Dickens roept het Chatham uit zijn kindertijd in *Great Expectations* krachtig op – met de grafzerken op het kerkhof dat hij vanuit zijn zolderkamer kon zien liggen, en ook met het donkere gevangenisschip dat hij, 'als de ark van een verdorven Noach', buitengaats zag liggen tijdens de boottochten die hij maakte over de Medway naar de Thames; daar heeft hij ook zijn eerste veroordeelden gezien. In het landschap van *Great Expectations* zien we zo veel terug van het landschap van Chatham: de dampige moerassen, de riviernevel; en de herberg waarop hij de Blue Boar baseerde bevond zich in het nabijgelegen Rochester, evenals het huis van oom Pumblechook – en Satis House, waar Miss Havisham woont. De wandelingen die hij met zijn vader maakte, van Gravesend naar Rochester, werden steevast onderbroken in Kent; daar bekeken ze dan het deftige huis boven op een driehonderd meter hoge heuvel die Gad's Hill werd genoemd; zijn vader vertelde hem dat hij, als hij heel hard werkte, daar eens misschien zou kunnen gaan wonen. Het moet de kleine Charles, gegeven de omstandigheden waarin de familie in Chatham leefde, moeilijk zijn gevallen om dit te geloven, maar later zou hij er inderdaad gaan wonen – gedurende de laatste twaalf jaar van zijn leven; hij schreef er *Great Expectations*, en hij stierf er. De lezers die vinden dat Dickens te fantastisch schrijft, moeten maar eens naar zijn leven kijken.

Zijn verbeelding werd gevoed door de klappen die hij zelf had gekregen en door de geestdrift van de maatschappijhervormer. Zoals veel mensen die succesvol zijn, maakte hij gebruik van zijn teleurstellingen – hij raakte er niet door van slag, maar ontleende er energie aan, een aan bezetenheid grenzende werklust. Toen hij vijftien was ging hij van school af; met zeventien jaar was hij rechtbankjournalist; met negentien jaar parlementair verslaggever. Als twintigjarige was hij getuige van de werkloosheid, de honger en de cholera van de winter van 1831-1832 – en zijn eerste literaire succes, toen hij eenentwintig was, werd overschaduwd door het verdriet om zijn eerste liefde. Zij was een bankiersdochter, en haar familie moest Dickens niet; jaren later kwam ze bij hem terug, pijnlijk gerijpt – ze was dik en saai geworden, en nu moest hij haar niet meer. Maar toen hij na die eerste ontmoeting door haar werd afgewezen ging hij alleen nog maar harder werken; Dickens zat nooit te kniezen.

Hij bezat datgene wat Edgar Johnson omschrijft als een 'grenzeloos vertrouwen in de menselijke wilskracht'. In een van de eerste recensies over zijn werk (geschreven door zijn toekomstige schoonvader, nota bene!) werden zijn talenten volledig op hun waarde geschat. 'Hij observeert karakter en gedrag nauwlettend,' schreef George Hogarth over de vierentwintigjarige Dickens. 'Hij heeft een sterk gevoel voor het bespottelijke en het vermogen om het dwaze en absurde in de menselijke natuur op treffende wijze in een hoogst zonderling en amusant perspectief te plaatsen. Hij is daarbij in staat om je zowel te laten huilen als te laten lachen. Zijn beschrijvingen van het kwaad en de ellende waarvan deze stad overloopt, zullen ook de onverschilligste en ongevoeligste lezer niet onberoerd laten.'

Het grote succes van de jonge Dickens deed dat van Robert Seymour, de eerste illustrator van de *Pickwick Papers*, dusdanig verbleken, dat deze zichzelf voor het hoofd schoot met een voorlader. In 1837 was Dickens al beroemd door Mr. Pickwick. Hij was nog maar vijfentwintig; hij nam zelfs zijn ongelukkige ouders onder zijn hoede; nadat hij zijn vader tweemaal had vrijgekocht uit de gevangenis, verhuisde hij zijn ouders met krachtige hand van Londen naar Exeter – om zo te voorkomen dat zijn futloze vader zich op naam van zijn beroemde zoon hopeloos in de schulden zou steken.

Dickens' waakhondengedrag tegenover de sociale misstanden van zijn tijd kunnen, in politieke zin, het beste worden omschreven met de term 'hervormingsliberalisme'; hij laat zich echter niet in één definitie vangen. Hij sprak zich uit voor het afschaffen van de doodstraf, bijvoorbeeld, omdat hij geloofde dat misdaden daar in geen enkel opzicht door werden voorkomen – niet omdat hij zo met de boosdoeners meevoelde. 'Het voornaamste kwaad' – schrijft Johnson – 'dat Dickens erin zag was het psychologische effect dat het vreselijke drama van het ophangen had op de verdierlijkte massa die zich eraan verlustigt.' Hij gaf onvermoeibaar steun aan opvoedingshuizen voor vrouwen en aan talloze diensten en instellingen voor de armen; tegen de tijd dat hij *Dombey and Son* schreef (1846-1848) beschikte hij over een stevig ontwikkelde moraal inzake de menselijke hebzucht zoals die zich openbaarde in de harde zakenwereld – en gaf hij krachtig uitdrukking aan zijn morele verontwaardiging over de onverschilligheid waarmee men het welzijn van de misdeelden tegemoet trad; in de tijd dat hij *Oliver Twist* schreef (1837-1839) begon hij in te zien dat slechtheid en wreedheid niet willekeurig over alle individuen werden verdeeld bij de geboorte, maar door de maatschappij werden gevormd. En lang vóór de tijd van *Bleak House* (1852-1853) was hij er al hardnekkig van overtuigd geraakt dat 'het beter is om een groot onrecht te ondergaan dan om je heil te zoeken in het veel grotere onrecht van de wet'.

Hij was dertig toen hij zijn eerste poging ondernam om 'een groot progressief dagblad' uit te geven, dat gewijd was aan de 'principes van vooruitgang en hervorming, van onderwijs, burgerlijke en religieuze vrijheid, en een rechtvaardige wetgeving'; de krant hield het maar zeventien dagen vol. *Household Words* deed het veel beter; het tijdschrift was even succesrijk als veel van zijn romans, en het zat vol met 'sociale mirakels, zowel goede als kwade', zoals hij het zelf noemde. Hij was een van de eersten die het werk van George Eliot bewonderden, en tevens een van de eersten die raadden dat ze een vrouw was. 'Ik heb dingen waargenomen die me zo vrouwelijk schijnen,' schreef hij haar, 'dat de verklaring op de titelpagina me zelfs nu nog niet bevredigt. Als die dingen niet van een vrouw afkomstig zijn, dan is het volgens mij nog nooit in de hele geschiedenis voorgekomen dat een man zichzelf, geestelijk, zo vrouwelijk maakte.' Ze voelde zich gestreeld, natuurlijk – en bekende hem de waarheid.

Hij was zo produktief dat hij (zijn ruimdenkendheid ten spijt) zelfs van het werk van zijn eigen vrienden niet onder de indruk was. 'De besten van hen hebben doorgaans zo'n gruwelijke degelijkheid over zich,' schreef hij, '– een kleine, beperkte, geijkte routine die me op de een of andere vreemde manier tekenend lijkt voor de staat waarin Engeland zelf verkeert.' Toch kwam hij altijd op voor de verdrukten – in het gelispelde en innige pleidooi dat Mr. Sleary in *Hard Times* voor de circusartiesten houdt bijvoorbeeld: 'Weef niet boof op onf arme vagebonden. Menfen moeten ook plefier hebben. Fe kunnen niet altijd leren, en fe kunnen ook niet altijd werken, fo fijn fe niet gemaakt. We fijn nu eenmaal nodig, heer. Doe het wijfe en het goede, en maak het befte van onf; niet het slechtfte!' Het is deze eigenschap van Dickens die door Irving Howe wordt geprezen wanneer hij zegt dat 'in [zijn] sterkste romans de vermaker en de moralist elkaar in evenwicht houden – en uiteindelijk zijn het twee stemmen uit dezelfde mond'.

Dickens kan met een situatie zo moeiteloos zowel je sympathie als je lachlust opwekken – en die daarbij zijn felle verontwaardiging meegeven, zijn 'woedende verkettering van sociale misstanden', zoals Johnson het formuleert. En toch liggen de grootste risico's die Dickens, als schrijver, neemt niet op het terrein van de sociale ethiek. Het minst bang is hij voor sentimentaliteit – voor kwaadheid, voor hartstocht; hij durft zichzelf emotioneel en psychologisch bloot te geven; hij neemt zichzelf niet in bescherming; hij is nooit voorzichtig. Met het huidige, postmodernistische eerbetoon aan het schrijven *als vak* – aan het subtiele, het delicate – zouden we best eens het hart uit de roman kunnen hebben weggeraffineerd. Dickens zou meer pret hebben gehad om de literaire snobs en minimalisten van vandaag de dag dan om Mr. Pumblechook en

Mrs. Jellyby. Hij was de koning van de roman, in de eeuw die die vorm zijn modellen gaf.

Dickens was groot als humoristisch schrijver – op alle niveaus – en als melodramatisch schrijver. Aan het slot van de eerste fase van Pips verwachtingen schrijft Dickens: 'De hemel weet dat we ons nooit voor onze tranen hoeven schamen, want ze zijn de regen op het doffe aardse stof dat over onze harde harten ligt.' Maar we schamen ons *wel* voor onze tranen. We leven in een tijd waarin de kritische smaak ons leert dat gevoeligheid synoniem is aan sulligheid; we staan zo onder invloed van de televisie-rommel dat we zelfs overdrijven als we ons ertegen verzetten – we vinden *iedere* poging om het publiek te laten huilen of lachen schandelijk; het is óf tv-komedie, óf goedkoop melodrama, óf beide tegelijk.

Edgar Johnson heeft gelijk wanneer hij vaststelt: 'Er is vaak gesproken over de Victoriaanse geremdheid, maar in emotioneel opzicht zijn wij geremd, niet zij. Zeer vele moderne lezers, met name zij die "erudiet" worden genoemd, wantrouwen iedere ongebreidelde overgave aan gevoelens. Helemaal wanneer het gevoel nobel, heroïsch of teder is, deinzen ze met sceptische argwaan of afkeer terug. Ze vinden het overdreven, hypocriet of beschamend wanneer er innige gevoelens te berde worden gebracht.' En Johnson geeft daar een reden voor. 'Er zijn natuurlijk verklaringen voor die zonderlinge vrees van ons dat sentiment identiek is aan sentimentaliteit. In de populaire fictie, een genre dat een enorme groei heeft doorgemaakt, hebben vulgaire naapers de methoden die ze van grote schrijvers hebben overgenomen versimpeld en de manier waarop die schrijvers gevoelens beschreven grover gemaakt. En juist door zijn kwaliteiten werd Dickens zo'n gewillig model voor dergelijke navolging.'

De moderne lezer oordeelt te vaak dat een schrijver, wanneer hij het risico neemt om sentimenteel te zijn, bij voorbaat al fout zit. Maar het zou laf zijn wanneer een schrijver zo bang was voor het sentimentele dat hij het sentiment daarom maar zou mijden. Het is typerend – en vergeeflijk – dat aankomende schrijvers halfzachtheid proberen te vermijden door simpelweg te weigeren om over mensen te schrijven, of door te weigeren hun karakters aan extreme emoties bloot te stellen. Een kort verhaal over een maaltijd van vier gangen, geschreven vanuit het gezichtspunt van een vork, zal nooit sentimenteel worden; maar het zal ons vermoedelijk ook niet zo heel veel doen. Dickens nam zonder reserves sentimentele risico's. 'Zijn wapens waren de karikatuur en het burleske,' schrijft Johnson, 'het melodrama en het ongeremde sentiment.'

En dan is er nog zoiets prachtigs aan hem: zijn werk is nooit ijdel – ik bedoel dat hij nooit origineel probeerde te zijn. Hij heeft nooit de pretentie gehad dat hij een ontdekkingsreiziger was die veronachtzaamde kwaden opspoorde. En hij was niet zo ijdel dat hij dacht dat zijn liefde voor of zijn gebruik van de taal nou zoiets bijzonders was; hij kon heel elegant schrijven als hij dat wilde, maar hij had nooit zo weinig te zeggen dat hij elegante taal als het doel van zijn schrijven beschouwde; ook in dat opzicht vond hij originaliteit niet belangrijk. De compleetste romanschrijvers hebben zich nooit geïnteresseerd voor dergelijk origineel taalgebruik – Dickens, Hardy, Tolstoj, Hawthorne, Melville… hun zogenaamde stijl is iedere stijl; ze gebruiken alle stijlen. Voor zulke romanciers is origineel taalgebruik louter mode; het gaat voorbij. De grotere, gewonere dingen – de dingen die hen bezighouden, hun obsessies – die dingen blijven: het verhaal, de karakters, het lachen en de tranen.

Maar niettemin hebben schrijvers die men beschouwt als stilistische meesters de technische brille van Dickens bewonderd, terwijl ze inzagen dat die intuïtief was – dat die nooit kon worden aangeleerd of onderwezen. In *Charles Dickens: A Critical Study* geeft G.K. Chesterton een zowel prijzende als precieze karakterisering van de technieken

van Dickens. 'Ofschoon zijn romanfiguren dikwijls kari-
katuren waren, waren ze dat minder dan zij die dergelijke
figuren nog nooit hadden ontmoet, dachten,' schrijft
Chesterton. 'En de critici hadden die figuren nooit ontmoet; want de critici leefden niet het gewone leven van het
Engelse volk, en Dickens wel. Engeland was een veel grap-
piger en vreselijker oord dan het de mensen die kritieken
schreven toescheen.'

Het is interessant dat zowel Johnson als Chesterton Dickens' liefde voor het *gewone* benadrukken; de Dickens-
critici benadrukken zijn excentriciteit. 'Aan het belang van
Dickens als uniek evenement in de geschiedenis der mensheid kan niet worden getwijfeld,' schrijft Chesterton. 'Een
naakte vlam van louter genie, ontbrandend in een man
zonder cultuur, zonder traditie, zonder hulp van historische religies en filosofieën of van de grote buitenlandse
scholen, dat echter een licht voortbracht zoals er op de
ganse aarde nog nooit geweest was, alleen al vanwege die
lange, fantastische schaduwen die het van de gewone dingen wierp.'

Vladimir Nabokov heeft erop gewezen dat Dickens niet
iedere zin schreef alsof zijn reputatie ervan afhing. 'Wanneer Dickens zijn lezer door middel van dialoog of beschouwing ergens over wil informeren, is zijn beeldspraak
over het algemeen onopvallend,' schrijft Nabokov. Dickens wist hoe hij een lezer kon blijven boeien; hij vertrouwde evenzeer op zijn verhalende kracht als op zijn
beschrijvende vermogen – zoals hij ook vertrouwde op zijn
vermogen om de lezers emotioneel te binden aan zijn karakters. Simpel gezegd: verhalende kracht en emotionele
belangstelling voor de romanfiguren zijn de aspecten die
een roman op pagina 300 dwingender leesbaar maken dan
op pagina 30. 'De uitbarstingen van intense beeldspraak
zijn gedoseerd,' zoals Nabokov het formuleert.

Maar overdreef hij niet alles? vragen zijn critici.

'Als mensen zeggen dat Dickens overdrijft,' schrijft

George Santayana, 'wekken ze bij mij altijd de indruk dat ze geen ogen en oren hebben. Ze hebben waarschijnlijk alleen *ideeën* over wat dingen en mensen zijn; ze aanvaarden ze conventioneel, op hun diplomatieke waarde.' En tegen die mensen die beweren dat niemand zo sentimenteel is, of dat er nooit mensen zijn geweest als Wemmick of Jaggers of Bentley Drummle, zegt Santayana: 'De verfijnde wereld liegt, zulke mensen *zijn* er; wij zijn zelf zulke mensen, op onze ware momenten.' Santayana verdedigt ook de stilistische excessen van Dickens: 'Juist deze eigenschap, die hem tot een volmaakte komedieschrijver maakt, heeft hem vervreemd van die latere generatie waarin mensen met smaak estheten waren en deugdzame snobs van niveau; zij wilden gemaniëreerde kunst, en hij gaf hun omstandige improvisatie, zij wilden analyse en ontwikkeling, en hij gaf hun de perfecte komedie.'

Geen wonder dat Dickens – zowel door als ondanks zijn populariteit – dikwijls verkeerd werd begrepen, en vaak bespot. Tijdens zijn eerste bezoek aan Amerika viel hij de Amerikanen meedogenloos aan op het feit dat ze het internationaal auteursrecht negeerden; ook had hij een afkeer van de slavernij, iets waar hij rond voor uitkwam, en vond hij de Amerikaanse gewoonte om – volgens Dickens – praktisch overal te *spugen* walgelijk en lomp. Hij kreeg lik op stuk voor zijn commentaar van onze critici, die hem een 'namaakjournalist' en 'de fameuze broodschrijver' noemden; van zijn geest zei men dat die 'grof, vulgair, schaamteloos en oppervlakkig' was; hij werd 'bekrompen' genoemd, en 'verwaten', en van alle bezoekers die 'dit oorspronkelijke en opmerkelijke land' ooit had gekend werd hij gezien als 'de meest onnozele – de meest kinderachtige – de meest minderwaardige – de meest verachtelijke...'

Natuurlijk had Dickens vijanden; maar aan zijn fantastische intuïtie deden ze niets af, en tegen zijn onstuimige leven konden ze niet op. Voordat hij aan *Great Expectations* begon, zei hij: 'Ik moet alles uit dit boek halen wat erin zit – zou de titel goed zijn?' En òf het een goeie titel was, een titel die veel schrijvers maar al te graag zouden willen gebruiken, en die bij tal van prachtige romans zou hebben gepast: *The Great Gatsby*, *To the Lighthouse*, *The Mayor of Casterbridge*, *The Sun Also Rises*, *Anna Karenina*, *Moby Dick* – allemaal grote verwachtingen, natuurlijk.

2. Een gevangene van het huwelijk; het 'enige geluk dat ik in mijn leven heb gemist...'

Maar hoe zit het met de plot? vragen zijn critici. Zijn zijn plots dan niet onwaarschijnlijk?

Tsjonge, wat zijn ze toch 'onwaarschijnlijk'. Ik vraag me af hoeveel mensen die een plot 'onwaarschijnlijk' noemen, zich ooit realiseren dat ze eigenlijk helemaal niet van plots houden. Een plot is *van nature* onwaarschijnlijk. En wanneer je veel moderne romans hebt gelezen, ben je niet zo aan plots gewend; als je er nu eentje zou tegenkomen, dan zou je dat zeker onwaarschijnlijk vinden. Maar toen de Engelsen in 1982 afvoeren naar hun kleine oorlogje met Argentinië, maakten ze gebruik van een luxe passagiersboot, de *Queen Elizabeth II*, om troepen te transporteren. En wat werd het eerste militaire doel van de Argentijnse strijdkrachten die in deze confrontatie zo werden overvleugeld? Dat passagiersschip tot zinken brengen natuurlijk, de *Queen Elizabeth II* – om dan toch op zijn minst datgene te behalen wat men een 'morele overwinning' noemt. Ongelofelijk! Maar in het nieuws accepteren we veel onwaarschijnlijker gebeurtenissen dan in boeken. Een boek is beter van constructie dan het nieuws, en moet dat ook zijn; plots, zelfs de meest onwaarschijnlijke, zitten beter in elkaar dan het werkelijke leven.

Laten we eens naar het huwelijk van Charles Dickens kijken; het verhaal van zijn huwelijk zou ons, wanneer we het in een roman zouden lezen, zeer onwaarschijnlijk

voorkomen. Toen Dickens trouwde met Catherine Hogarth, kwam Catherines jongere zuster Mary, die toen nog
maar zestien was, bij hen inwonen; Mary aanbad haar zus-
ters echtgenoot, en ze was een immer vrolijke verschijning
in huis – die mogelijk nog opgewekter en gelijkmoediger
leek doordat Catherine van die stuurse en schuwe perioden
had. Gast-zijn is immers veel gemakkelijker dan echtge-
note-zijn; en het werd nog erger toen Mary op zeventienja-
rige leeftijd stierf, zodat ze zich een ongerepte schrijn ver-
overde in Dickens' geheugen – en, in de latere jaren van zijn
huwelijk met Kate (Catherine werd Kate genoemd), een
nog onmogelijker idool werd, waarmee de arme Kate nooit
kon concurreren. Mary was een droombeeld van de vol-
maaktheid als meisjesonschuld natuurlijk, en ze zou in de
romans van Dickens steeds opnieuw opduiken – ze is
Kleine Nell in *The Old Curiosity Shop*, ze is Agnes in
David Copperfield, ze is Kleine Dorrit. Haar goedheid
vind je zeker ook terug in Biddy uit *Great Expectations*,
ofschoon Biddy's vermogen om Pip te bekritiseren uit
krachtiger bouwstoffen moet zijn gevormd dan hetgeen
Dickens aan Mary Hogarth kan hebben ontleend.

Terwijl Dickens tijdens zijn eerste bezoek aan Amerika
maar weinig aandacht schonk aan de spanningen die Kate
bij het reizen ervoer (en met name haar zorgen om de
kinderen die in Engeland waren gebleven), viel het hem wel
op dat Kates meid volstrekt geen interesse toonde voor
Amerika. Kate zelf, noteerde hij, was – bij het op- en af-
stappen tijdens de boot-, postkoets- en treinreizen – 743
maal gevallen. Nu was dit natuurlijk overdreven, maar de
stunteligheid van Mrs. Dickens sloeg inderdaad menig re-
cord; Johnson suggereerde dat ze een nerveuze aandoening
had, want haar gebrek aan fysieke coördinatie was opmerkelijk. Dickens gaf haar eens een rol in een van de uitvoe-
ringen van zijn amateurtoneelgezelschap – het was een
klein rolletje waarin Kate maar dertig regels hoefde te zeggen; toch speelde ze het klaar om op het toneel door een

valluik te vallen, en haar enkel zo ernstig te verstuiken dat
ze moest worden vervangen. Het lijkt een wat extreme
methode om de aandacht van Dickens te trekken; maar het
staat vast dat Kate op haar eigen manier evenzeer onder de
echtverbintenis leed als haar man.

En natuurlijk woonde er weer een van Kates jongere
zussen bij hen in huis toen Dickens' drieëntwintigjarige
huwelijk met Kate spaak liep. Dickens vond Georgina 'een
zeer bewonderenswaardig en aanhankelijk meisje'; en
Georgina's genegenheid voor hem was zo groot dat ze,
nadat Dickens en Kate waren gescheiden, bij Dickens
bleef. Misschien was ze verliefd op hem en deed ze veel
meer voor hem dan hem alleen maar helpen met de kinderen (Kate schonk Dickens tien kinderen), maar er bestaat
geen enkele aanwijzing voor een seksuele relatie tussen hen
– hoewel daar indertijd kletspraatjes over gingen.

In de tijd dat hij en Kate uit elkaar gingen was Dickens
waarschijnlijk verliefd op een achttienjarige actrice uit zijn
amateurtoneelgezelschap – ze heette Ellen Ternan. Toen
Kate een armband ontdekte die Dickens Ellen cadeau
wilde geven (hij had de gewoonte om zijn favoriete acteurs
en actrices kleine presentjes te geven), beschuldigde Kate
hem ervan dat hij met Ellen had geslapen – terwijl dat
vermoedelijk pas een paar jaar nadat Dickens en Kate waren gescheiden werkelijk gebeurde. (De relatie tussen Dickens en Ellen Ternan moet bijna even ongelukkig en door
schuld bezwaard zijn geweest als zijn huwelijk.) Ten tijde
van de scheiding verspreidde Kates moeder het gerucht dat
Dickens toen al een verhouding had met Ellen Ternan.
Dickens publiceerde, onder de kop 'PERSOONLIJK', een
verklaring op de voorpagina van zijn eigen, zeer populaire
tijdschrift (*Household Words*) waarin stond dat dergelijke
'onjuiste voorstellingen' omtrent zijn karakter 'volkomen
uit de lucht gegrepen' waren. Het feit dat Dickens zichzelf
met zo veel heilige verontwaardiging verweerde, moest wel
tot controverse leiden; ieder detail van zijn huwelijk en

scheiding werd breed uitgemeten in de Newyorkse *Tribune* en in alle Engelse kranten. Stel je dat eens voor!

Het was 1858. In drie jaar tijd zou Dickens de naam *Household Words* veranderen in *All the Year Round* en ondertussen de slopende gewoonte aanhouden om zijn romans in feuilletonvorm te gieten voor het tijdschrift; hij zou al die gloedvolle openbare voorleesavonden gaan houden die zijn gezondheid ondermijnden (tot zijn dood in 1870 gaf hij meer dan vierhonderd voorlezingen) en zowel *A Tale of Two Cities* als *Great Expectations* voltooien. 'Ik kan niet rusten,' vertelde hij zijn oudste en beste vriend, John Forster. 'Ik ben er heel zeker van dat ik zou roesten, instorten en doodgaan als ik mezelf zou sparen. Ik ga liever al werkende dood.'

Zijn huwelijk met Kate was, in zijn eigen ogen, een gevangenis geweest; maar toen hij het vaarwel zei, leverde hem dat een zeer groot publiek schandaal op, en daarbij een weifelende geliefde – de relatie met Ellen Ternan zou nooit uitbundig worden gevierd. De liefdeloosheid van zijn huwelijk bleef hem achtervolgen – zoals het stof uit de gijzeling Mr. Dorrit achtervolgde, zoals de kille nevels van de moerassen de kleine Pip naar Londen volgden, en zoals de 'smet' van Newgate om Pip heen hangt wanneer hij zo hoopvol wacht op Estella's koets.

Pip is weer een van die wezen van Dickens, maar hij is nooit zo puur als Oliver Twist en nooit zo aardig als David Copperfield. Het is niet alleen maar een jong mens met onrealistische verwachtingen; het is een kleine wijsneus die de superieure manieren van een heer aanneemt (een onverdiende positie) terwijl hij zijn nederige afkomst veracht en zich schaamt in het gezelschap van mensen uit een hogere sociale klasse dan hijzelf. Pip is een snob. 'Het is walgelijk om je voor je eigen thuis te schamen,' geeft hij toe; maar wanneer hij zich op weg naar Londen begeeft om van de voorzieningen te profiteren die zijn onbekende weldoener voor hem heeft getroffen, laadt Pip 'massa's laatdunkendheid op iedereen uit het dorp'.

Dickens moet indertijd aan zichzelf hebben getwijfeld – hij heeft in ieder geval zijn zelfrespect opnieuw gedefinieerd. Hij had zijn periode in het zwartselmagazijn geheim gehouden voor zijn eigen kinderen. Dickens moet zijn eigen afkomst, ofschoon die minder laag was dan die van Pip, toch bepaald armelijk hebben gevonden. Hij zou nooit vergeten hoe vernederend het voor hem was geweest dat hij etiketten op potjes moest plakken aan de Hungerford Stairs.

Voelde hij zich dan misschien ook schuldig, en beschouwde hij zijn eigen ondernemingen bijwijlen als louter deftige (en inhoudsloze) pretentie? De aristocratische doeleinden die de jonge Pip nastreeft, krijgen de nodige kritiek in *Great Expectations*; de mysterieuze en uitgebreide voorzieningen die Pip in staat stellen om 'probleemloos te leven', om 'boven het werk te staan', blijken hem geen goed te doen. Niemand hoort 'boven het werk te staan'. Aan het eind wordt – zoals dat bij Dickens dikwijls het geval is aan het eind – het oordeel verzacht; het arbeidsethos, dat grote bolwerk van de middenklasse, wordt met enig hoffelijk respect bejegend. 'We deden geen grootse zaken,' zegt Pip over zijn werk, 'maar we hadden een goede naam, we werkten voor onze winst en we deden het heel behoorlijk.' Dit is een voorbeeld van wat Chesterton bedoelt wanneer hij zegt: 'Dickens schreef niet wat de mensen wilden. Dickens wilde wat de mensen wilden.' Dit is een belangrijk onderscheid, met name wanneer de populariteit van Dickens in het geding is; hij schreef niet zozeer *voor* het publiek, maar gaf veeleer uitdrukking aan de behoeften van dat publiek – hij wist de angsten, dromen en verlangens van dat publiek op verbluffende wijze tot leven te wekken.

In onze tijd moet men de populariteit van een schrijver vaak verdedigen; van tijd tot tijd wordt populair-zijn in de literaire mode als een bewijs van slechte smaak gezien – als een schrijver populair is, hoe kan hij dan ooit goed zijn? En het zijn dikwijls de mindere geesten die zich laatdunkend uitlaten over de verdiensten van schrijvers met een omvangrijker publiek en een grotere reputatie dan zijzelf. Oscar Wilde, bijvoorbeeld, was nog geen twintig toen Dickens stierf; over het sentiment van Dickens merkte Wilde op dat 'men wel een hart van steen moet bezitten om niet te lachen om de dood van Kleine Nell'. Wilde heeft eveneens gezegd dat de conversatie van Flaubert hetzelfde niveau had als de conversatie van een varkensslager; maar Flaubert zat niet in de conversatie-branche – die op den duur wel eens Wildes meest blijvende bijdrage aan onze literatuur zou kunnen blijken. Naast Dickens of Flaubert *schrijft* Wilde althans als een varkensslager. Chesterton, die vier jaar na Dickens' dood werd geboren en leefde in een literaire periode waarin populariteit (bij een schrijver) verdacht was, maakte zeer korte metten met de kritiek op de populariteit van Dickens. De geschiedenis zou Dickens aandacht moeten geven, zei Chesterton – omdat de man, heel eenvoudig, 'een menigte leidde'.

Dickens gaf overdadige en fantastische beschrijvingen; de atmosfeer die alles omgeeft – en het voelbare, alle details die intens, met hart en ziel, door hem werden *gevoeld*. Daarin toonde hij zijn kracht als schrijver; en wanneer hij ook zwakheden bezat, dan neemt men die bij hem gemakkelijker waar aan het slot dan in de begin- of middendelen. Aan het eind wil hij, als een goed christen, vergeven. Vijanden reiken elkaar de hand (soms trouwen ze zelfs met elkaar!); iedere wees vindt een familie. Miss Havisham, toch echt een afschuwelijk mens, roept tegen Pip, die ze heeft gemanipuleerd en bedrogen, uit: 'Wie ben ik, in godsnaam, dat ik zo vriendelijk ben?' Maar als ze hem om vergeving vraagt, vergeeft hij haar. Magwitch mag, ofschoon hij een 'ruig leven' leidde, met een glimlach om de lippen sterven, in de wetenschap dat zijn dochter nog in leven is. Over *onwaarschijnlijk* gesproken! Pips vreselijke zuster gaat ten

slotte dood, zodat de goede Joe de gelegenheid krijgt om
een werkelijk goede vrouw te trouwen. En in de herziene
versie van het slot wordt Pips onbeantwoorde liefde recht-
gezet; hij ziet 'geen schaduw van een nieuwe scheiding' van
Estella. Dit is mechanisch gekoppel; het is niet realistisch,
het is te netjes – alsof de keurige *vorm* van de roman eist dat
alle figuren bij elkaar orden gebracht. Dit kan ons, met
onze cynische verwachtingen, onmatig optimisme lijken.

Het optimisme dat iedereen van *A Christmas Carol* laat
houden, wordt onder vuur genomen wanneer Dickens het
in *Great Expectations* gebruikt; als Kerstmis voorbij is treft
het optimisme van Dickens veel mensen als ijdele hoop.
Dickens' oorspronkelijke slot aan *Great Expectations*,
waarin Pip en zijn onmogelijke liefde, Estella, gescheiden
moeten blijven, wordt door de meeste moderne critici beschouwd als het juiste (en zeker het moderne) besluit –
waarvoor Dickens uiteindelijk terugschrok; en omdat hij
hier van houding verandert beticht men hem ervan dat hij
concessies doet. Nadat hij als jongeman aanvankelijk oppervlakkige doeleinden heeft nagestreefd, moet Pip ten
slotte de valsheid van zijn oogmerken – en van Estella –
inzien, en bedroefd maar gerijpt leeft hij voort. Tal van
lezers hebben zich op het standpunt gesteld dat Dickens
ongeloofwaardig wordt wanneer hij ons – in zijn herziene
slot – wil laten geloven dat Estella en Pip nog lang en
gelukkig met elkaar kunnen leven; of dat er überhaupt
mensen zijn die dat kunnen. Tegen een vriend merkte Dickens zelf over zijn nieuwe slot – waarin Pip en Estella met
elkaar worden herenigd – op: 'Ik heb het door een heel
aardig stukje vervangen, en het verhaal zal zonder twijfel
acceptabeler worden door deze verandering.' Dat Estella
voor Pip – of voor wie dan ook – een afschuwelijke vrouw
zou zijn is het punt niet. 'Denk maar niet dat ik een zegen
voor hem ben,' zegt ze sluw tegen Pip wanneer die treurt
omdat ze met een andere man is getrouwd. Het gaat erom
dat Estella en Pip met elkaar verbonden zijn; het noodlot

heeft hen tot elkaar gebracht – of hen dat nu gelukkig maakt of niet.

Hoewel Dickens de suggestie dat hij het oorspronkelijke slot moest herzien kreeg van zijn vriend Bulwer-Lytton, die wilde dat het boek wat gelukkiger eindigde, wijst Edgar Johnson er terecht op dat 'het gewijzigde slot een vertwijfelde hoop weerspiegelde die Dickens niet uit zijn eigen hart kon wegbannen'. Die hoop is geen verandering die er op de valreep aan is vastgeplakt, maar simpelweg de culminatie van een hoop die door de hele roman heen latent aanwezig is: dat Estella zal veranderen. Pip verandert, ten slotte (hij is de eerste hoofdfiguur uit een roman van Dickens die, zij het langzaam, op realistische wijze verandert). Het boek is niet voor niets *Great Expectations* genoemd. De titel heeft naar mijn mening niet alleen maar een bittere lading – ofschoon ik mijn eigen standpunt kan ondermijnen door eraan te herinneren dat we de mededeling dat Pip 'een jongeman met grote verwachtingen' is voor het eerst vernemen uit de mond van de onheilspellende en cynische Mr. Jaggers, die doorgewinterde dikhuid die Pip adviseert: 'Ga nooit op je eerste indruk af; kijk altijd naar de bewijzen. Een betere regel is er niet.' Maar dat is nooit het motto van Dickens zelf geweest. Mr. Gradgrind, uit *Hard Times*, geloofde nergens in en ging uitsluitend af op de feiten; maar Dickens luistert naar het advies van Mr. Sleary: 'Doe het wijfe en het goede.' Dat Pip en Estella elkaar ten slotte vinden is zowel het goede als het 'wijfe'.

In feite is de eerste versie van het slot vreemd – voor Dickens, en voor de roman. Met pijn in het hart zegt Pip, wanneer hij Estella heeft ontmoet (na twee jaar lang alleen maar geruchten over haar te hebben gehoord): 'Achteraf was ik heel blij dat ik haar had gesproken, want aan haar gezicht en haar stem, en ook aan haar aanraking, merkte ik duidelijk dat het lijden het van de lessen van Miss Havisham had gewonnen, en haar een hart had gegeven waarmee ze kon begrijpen hoe mijn hart vroeger was geweest.' Hoewel deze toon – hooghartig en klaaglijk – moderner is dan de romantische herziening van Dickens, zie ik niet in hoe wij of onze literatuur hiermee beter af waren geweest. Er zit een hedendaagse afstand in, en bovendien een zekere zelfingenomenheid. Vergeet dit niet: wanneer Charles Dickens zich gelukkig voelde was hij actief en uitbundig; wanneer hij zich ongelukkig voelde werkte hij twee keer zo hard. In de eerste versie zit Pip te kniezen: dat deed Dickens nooit.

Het herziene slot luidt: 'Ik nam haar hand in de mijne, en we verlieten de plaats waar het huis had gestaan; en zoals de ochtendnevels lang geleden waren opgekomen toen ik voor het eerst de smidse verliet, zo kwamen nu de avondnevels op, en in die hele uitgestrekte vloed van rustig licht die ze me toonden zag ik geen schaduw van een nieuwe scheiding.' Een heel aardig stukje, zoals Dickens opmerkte, en voor eeuwig open – nog altijd meerduidig (Pips hoop is al eens eerder de bodem ingeslagen) – en een veel betere weerspiegeling van het vertrouwen dat de roman als geheel de lezer meegeeft. Dit hoopvolle einde laat de tegenstrijdigheden waarom we Dickens moeten liefhebben ten volle uitkomen; het accentueert én ondermijnt al het voorafgaande. Pip is in essentie goed, in essentie lichtgelovig; hij is aanvankelijk menselijk, hij leert van zijn fouten – doordat hij zich voor zichzelf gaat schamen – en hij blijft uiteindelijk menselijk. Dat ontroerende gegeven lijkt, ofschoon onlogisch, niet alleen ruimhartig maar ook waarachtig.

'Ik hield gewoon van haar omdat ik haar onweerstaanbaar vond,' zegt Pip mistroostig; en over verliefd worden in het algemeen merkt hij op: 'Hoe kon ik, arme, verdwaasde dorpsjongen, aan die prachtige ongerijmdheid ontkomen waaraan de besten en de wijsten dagelijks ten prooi raken?' En wat heeft Miss Havisham ons te zeggen over de liefde? 'Ik zal je zeggen wat echte liefde is,' zegt ze. 'Het is blinde toewijding, jezelf onvoorwaardelijk vernederen, de uiterste onderwerping, vertrouwen en geloven tegen jezelf en tegen de ganse wereld in, jezelf met je hele hart en ziel aan de verwoester geven – zoals ik heb gedaan!'

In haar verbitterde woede blijft Miss Havisham haar bruidsjurk de rest van haar leven dragen en verkilt ze, zoals ze zelf toegeeft, Estella's hart – om Estella beter in staat te stellen de mannen in haar leven te gronde te richten zoals zijzelf te gronde werd gericht. Miss Havisham is een van de grootste heksen uit de sprookjesgeschiedenis, omdat ze werkelijk ís wat ze eerst lijkt. Ze lijkt Pip gemener en wreder wanneer hij haar ontmoet dan de weggelopen veroordeelde die hem als kind aansprak in de moerassen; later maakt ze gretig misbruik van Pips waanidee (dat ze niet de heks is die hij aanvankelijk in haar had gezien, maar een excentrieke toverfee). Ze weet dat hij zich in haar vergist, maar toch moedigt ze hem aan; ze betrekt graag anderen in haar slechtheid. Uiteindelijk blijkt ze natuurlijk de heks te zijn die ze altijd al was. Dit is echte magie, echt stof voor sprookjes – en de excentriciteit van Miss Havisham maakt haar voor veel Dickens-critici een van zijn minst geloofwaardige scheppingen.

Het zou zijn critici mogelijk verbazen wanneer ze wisten dat Miss Havisham niet uitsluitend aan zijn verbeelding is ontsproten. Als kleine jongen had hij dikwijls een krankzinnige vrouw gezien op Oxford Street, over wie hij een beschouwing schreef voor zijn tijdschrift *Household Words*. Hij noemde het artikel: 'Toen we volwassen werden', en hij gaf er een beschrijving in van 'de Witte Vrouw… geheel in het wit gekleed… We weten dat ze zich, met haar witte laarzen, wel een weg baant door het wintervuil. Het is een verwaand oud wijf, dat zich koud en vormelijk gedraagt, en ze is duidelijk alleen op persoonlijke gronden stapelgek geworden – ongetwijfeld omdat de een of andere rijke Quaker niet met haar wilde trouwen. Ze heeft haar bruidsjurk aan. Ze is altijd op weg naar de kerk om daar de gemene Quaker te huwen. Aan haar afgemeten tred en haar koude blik zien we dat ze hem geen gemakkelijk leven gaat bezorgen. We waren volwassen geworden toen we inzagen dat de Quaker geluk had gehad toen hij aan de Witte Vrouw ontsnapte.' Dit werd jaren vóór *Great Expectations* geschreven. Drie jaar eerder had hij in een van de maandelijkse bijvoegsels bij *Household Words* (die *Household Narrative* heetten) de waar gebeurde geschiedenis verteld van een vrouw die zichzelf in brand stak met een verlichte kerstboom; ze werd, met ernstige brandwonden, van de dood gered door een jongeman die haar tegen de grond gooide en in een tapijt rolde – de brandende Miss Havisham, en Pips redding, vrijwel exact.

Dickens was niet zozeer een fantasierijke en grillige bedenker van onwaarschijnlijke figuren en situaties, als wel een meedogenloos scherp waarnemer van de slachtoffers uit het werkelijke leven van zijn tijd; hij koos de lijders uit, de mensen die door het noodlot schenen te zijn uitverkoren of die door hun eigen maatschappij onder de voet waren gelopen – niet de zelfgenoegzamen aan wie de rampen van hun tijd voorbijgingen, maar de mensen die die rampen zijdelings of rechtstreeks ervoeren. De tegen hem geuite beschuldigingen dat hij op sensatie uit was, zijn afkomstig van de onbedreigde en zelfingenomen burgers – die zeker weten dat het leven in het midden veilig en rechtvaardig en om die reden het enige ware is.

'De grote romanfiguren van Dickens,' schrijft Chesterton, 'kenmerken zich met name door het feit dat het allemaal grote dwazen zijn. Tussen een grote dwaas en een kleine dwaas bestaat hetzelfde verschil als tussen een grote dichter en een kleine dichter. De grote dwaas is een wezen dat niet onder, maar boven de wijsheid staat.' Een van de voornaamste en boeiendste kenmerken van 'de grote dwaas' is, uiteraard, zijn vermogen om te vernietigen – ook om zichzelf te vernietigen, maar daarnaast om op allerlei manieren verwoesting aan te richten. Kijk eens naar Shakespeare, denk eens aan Lear, Hamlet, Othello – *allemaal* 'grote dwazen' natuurlijk.

En één weg schijnen de grote dwazen uit de literatuur dikwijls zonder aarzeling in te slaan: ze raken in de problemen door hun eigen leugens, en/of door hun gevoeligheid voor de leugens van anderen. Een verhaal met een grote dwaas erin bevat bijna onvermijdelijk ook een grote leugen. De voornaamste onoprechtheid in *Great Expectations* is natuurlijk die van Miss Havisham; zij liegt door bepaalde zaken te verzwijgen. En Pip liegt tegen zijn zuster en Joe over zijn eerste bezoek aan Miss Havisham; hij vertelt hun dat Miss Havisham *in* huis 'een zwartfluwelen koets' heeft, en dat ze gezamenlijk hebben gespeeld dat ze in de stilstaande koets reden, terwijl vier 'immens grote' honden 'vochten om kalfskoteletjes uit een zilveren korf'. Pip kan niet weten dat zijn leugen minder absurd is dan de waarheid omtrent Miss Havishams leven in Satis House, die hij later zal leren kennen, en omtrent de verbindingen met haar leven waar hij in de zogenaamde buitenwereld op zal stuiten.

De veroordeelde Magwitch, die Pip op de eerste pagina's van het boek dreigt dat hij hem zijn leven en zijn lever zal ontnemen, blijkt later een nobeler inborst te bezitten dan onze jonge held zelf. 'Een man die droop van het water, onder de modder zat, en verlamd was door de rotsen, die snijwonden had van vuurstenen, geprikt was door brandnetels, en geschramd door doornstruiken; een man die trekkebeende, en huiverde, en dreigend keek en gromde' – een man die Pip in de moerassen ziet verdwijnen bij 'een galg, waaraan nog enkele kettingen hingen die daar eens voor een piraat waren aangebracht … alsof het de piraat zelf was, die weer tot leven gekomen en neergedaald was en nu terugging om zichzelf opnieuw vast te haken' – dat juist deze man later het toonbeeld van deugdzaamheid zal blijken te zijn, maakt onderdeel uit van de grote trucage, het pure genot, van de plot van *Great Expectations*. Plot is

voor Dickens amusement, het is iets waarvan hij zijn publiek wil laten genieten – wat dan nog versterkt wordt door
het feit dat de meeste van zijn romans in feuilletonvorm
verschenen; tot de geschenken die hij voor zijn feuilletonle-
zers in petto had behoorden onder meer grote en verrassende toevalligheden. Een criticus die schimpt op gelukkige
ontmoetingen en andersoortige incidentele ontwikkelingen
in een Dickens-vertelling, moet wel een zeer onderontwik-
keld gevoel voor amusement hebben.

Dickens richtte zich tot zijn lezers, zonder zich ervoor te
schamen. Hij gispte hen, verleidde hen, schokte hen; hij gaf
hun slapstick en sermoenen. Hij wilde, schrijft Johnson,
'niet de magen van zijn lezers doen omkeren, maar hun
harten raken'. Ik heb echter sterk het vermoeden dat Dickens in de wereld van vandaag, waarin de harten veel meer
zijn verhard, wel magen zou willen doen omkeren – als het
enige middel dat er overblijft om die verharde harten te
bereiken. Dat streefde hij schaamteloos na; hij vleide zijn
lezers; hij liet hen voluit genieten, zodat ze hun ogen open
zouden houden en zijn visioenen van het groteske, zijn
vrijwel voortdurend aanwezige morele woede, niet zouden
schuwen.

In *Great Expectations* had hij misschien het gevoel dat hij
Pip en Estella – en zijn lezers – al genoeg pijn had bezorgd.
Waarom zou hij Pip en Estella dan ten slotte niet bij elkaar
brengen? Charles Dickens zou nooit dat 'enige geluk dat ik
in mijn leven heb gemist, en de enige vriend en makker die ik
nooit heb gehad' vinden. Maar Pip zou hij die vreugde niet
onthouden; hij zou Pip zijn Estella schenken.

*3. 'Geen hulp of mededogen in heel die schitterende
menigte'; in 'de verwoeste tuin'.*

Maar hoe zit het met de *plot*? blijven zijn critici vragen. Hoe
kun je zoiets geloven?

Heel simpel: ga er maar van uit dat iedereen die emotioneel belang voor jou heeft, verbonden is met alle anderen die emotioneel belang voor je hebben; die banden hoeven natuurlijk geen familiebanden te zijn, maar de mensen die je leven in emotioneel opzicht veranderen – al die mensen, van verschillende plaatsen, uit verschillende tijden, die bij tal van volkomen los van elkaar staande gebeurtenissen horen – zijn niettemin 'met elkaar verbonden'. We associëren mensen om emotionele, niet om feitelijke redenen met elkaar – mensen die elkaar nog nooit hebben gezien, die niet van elkaars bestaan afweten; zelfs mensen die ons zijn vergeten. In een roman van Charles Dickens zijn zulke mensen écht met elkaar verbonden – soms zelfs doordat ze familie van elkaar zijn, maar vrijwel altijd door omstandigheden, door toevalligheden, en bovenal door de plot. Kijk eens naar de grote invloed van Miss Havisham; iedereen die van enig belang is voor Pip blijkt een of andere relatie met haar te hebben (of te hebben gehad)!

Miss Havisham is zo weloverwogen vals, zo willens en wetens gemeen. Ze is bepaald niet alleen maar een kwaadaardige oude vrouw die vals en zonderling is geworden door haar eigen hysterische egoïsme (hoewel ze ook dat is); ze probeert eigenhandig Pip te *verleiden* – ze is er bewust op uit om Estella Pip te laten kwellen. Wanneer je maar zo weinig verbeeldingskracht hebt dat je denkt dat dergelijke mensen niet bestaan, dan zul je toch op zijn minst moeten erkennen dat wij (de meesten van ons) even gemakkelijk als Pip te verleiden zouden zijn. Pip wordt gewaarschuwd, Estella zelf waarschuwt hem. Het verhaal gaat niet zozeer over de absolute slechtheid van Miss Havisham als wel over Pips verwachtingen die hem het gezonde verstand uit het oog doen verliezen. Maar is dat geen zwakheid die we kunnen terugvinden bij onszelf?

Val Dickens niet aan op zijn excessen. *Great Expectations* kent maar weinig zwakke plekken, en dan zijn het nog de plekken waar te weinig staat – niet de plekken waar hij overdrijft. De zeer snel, eigenlijk vrijwel onmiddellijk, gevormde vriendschap tussen Pip en Herbert wordt niet echt ontwikkeld of sterk gevoeld; Herberts absolute goedheid moeten we maar voor lief nemen (er worden nergens echt overtuigende bewijzen voor aangedragen) – het feit dat Herbert Pip 'Handel' noemt vind ik ronduit idioot! Ik vind Herberts goedheid veel moeilijker te aanvaarden dan Miss Havishams slechtheid. En Dickens weet, met al zijn liefde voor amateurtoneelspelers, Mr. Wopsle en de ambities van die arme drommel niet interessant te maken. De hoofdstukken 30 en 31 zijn saai; misschien zijn ze haastig geschreven, en anders heeft de interesse van Dickens zelf daar even ontbroken. Maar hoe dan ook, ze zijn in elk geval géén voorbeelden van zijn beruchte overdrijving; alles wat hij te veel deed, deed hij in ieder geval met tomeloze energie.

Johnson schrijft: 'Dickens mocht mensen of hij had een hekel aan hen; hij was nooit alleen maar onverschillig. Hij had lief en lachte en bespotte en verachtte en haatte; hij deed nooit minzaam of uit de hoogte.' Kijk eens naar Orlick: hij is gevaarlijk als een mishandelde hond; er wordt maar weinig sympathie getoond voor de sociale omstandigheden die Orlicks slechtheid hebben gevormd; hij is slecht, zonder meer – hij wil moorden. Kijk eens naar Joe: trots, eerlijk, hardwerkend, nooit klagend, en van eindeloze goede wil, ondanks het schreeuwende gebrek aan waardering dat hem omgeeft; hij is goed, zonder meer – hij zal niemand kwaad doen. Ofschoon hij een sterk gevoel voor sociale verantwoordelijkheid had en inzag hoe de maatschappij mensen conditioneerde, geloofde Dickens ook in goed en kwaad – hij geloofde dat er werkelijk goede en werkelijk slechte mensen bestonden. Hij hield van iedere echte deugd, en van elke vriendelijkheid; hij verafschuwde de vele vormen van wreedheid, en hij toonde de grootst mogelijke minachting voor hypocrisie en zelfzuchtigheid. Hij kon niet onverschillig zijn.

Hij prefereert Wemmick boven Jaggers; maar ten op-
zichte van Jaggers toont hij niet zozeer afkeer als wel vrees.
Voor verachting is Jaggers te gevaarlijk. Toen ik een tiener
was dacht ik dat Jaggers altijd zijn handen waste en met een
pennemesje onder zijn vingernagels pulkte vanwege de
morele verwerpelijkheid (de morele bezoedeling-vuilheid)
van zijn cliënten; het ging er hier om dat de jurist zijn
lichaam probeerde te zuiveren van de verontreiniging die
hij opliep door zijn betrokkenheid bij het criminele leven.
Ik denk nu dat dat slechts gedeeltelijk verklaart waarom
Jaggers nooit helemaal schoon kan zijn; ik ben ervan overtuigd dat het vuil dat Jaggers in zijn werk verzamelt vuil is
van het wetswerk zelf – het is de smeerlapperij van zijn
eigen beroep die aan hem blijft zitten. Daarom is Wemmick humaner dan Jaggers; het valt Pip op dat Wemmick
wanneer hij tussen de gevangenen loopt 'veel weg had van
een tuinman tussen zijn planten' – maar toch blijkt Wemmick zijn 'Walworth-sentimenten' te kunnen hebben;
thuis, bij zijn 'bejaarde ouder', is Wemmick de goedheid
zelve. De verontreiniging is permanenter bij Jaggers; bij
hem thuis gaat het bijna even zakelijk toe als op zijn kantoor, en de aanwezigheid van zijn huishoudster Molly –
duidelijk een moordenares, aan de galg ontkomen omdat
Jaggers haar vrij wist te pleiten, en niet omdat ze onschuldig was – werpt het cachot-floers van Newgate over Jaggers' eettafel.

Wel valt er van Jaggers natuurlijk het een en ander te
leren: mede door de aandacht die hij geeft aan dat door-
trapte schoelje Drummle, krijgt Pip oog voor het onrecht
in de wereld – de wereld ijkt haar waarden aan geld en
klasse, en aan het zekere welslagen van ruwe agressie. Door
zijn haat jegens Drummle leert Pip ook iets over zichzelf –
'we begaan onze ergste misstappen en laagheden gewoon-
lijk ten behoeve van de mensen die we het meest ver-
achten', stelt hij vast. We zouden Pips vooruitgang in de
roman kunnen omschrijven als de autobiografie van een

langzame leerling. Hij denkt te weten wie Pumblechook is, van het begin af aan al; maar Pumblechooks wérkelijke hypocrisie, zijn kruiperigheid, zijn oneerlijkheid, en zijn kwade trouw – gebaseerd op de positie die mensen bekleden en onmiddellijk aangepast wanneer de fortuin haar hielen licht – vormen voor hem een voortdurende bron van verbazing en lering. Pumblechook is een sterke bijfiguur, geschikt om te worden gehaat. Wij missen – in onze huidige literatuur – zowel het vermogen om te prijzen zoals Dickens kon prijzen (onvoorwaardelijk) als het vermogen om te haten zoals hij kon haten (volkomen). Komt dat door onze vreesachtigheid, of doordat de complexere manier waarop de socioloog en de psycholoog tegen slechtheid aankijken niet alleen de absolute slechteriken, maar ook de absolute helden uit onze literatuur hebben verwijderd?

Dickens voelde een unieke liefde voor zijn romanfiguren, dikwijls ook voor zijn slechteriken. 'De saaie pieten in zijn boeken zijn levendiger dan de slimmeriken in andere boeken,' zegt Chesterton. 'Twee dingen waar Dickens vóór alles naar streefde, je te laten huiveren en je te laten schuddebuiken, gingen ... in zijn geest zij aan zij,' schrijft Chesterton. Het was de liefde van Dickens voor het theater die van elk van zijn karakters – in zijn ogen – een *acteur* maakte. Omdat ze allemaal acteurs zijn, en daarom allemaal belangrijk, gedragen de personages van Dickens zich allemaal dramatisch – en krijgen helden én schurken onvergetelijke karaktertrekken.

Magwitch is mijn held, en het meest opwindende en diepzinnige van het *Great Expectations*-verhaal is gedrapeerd rond deze veroordeelde, die zijn leven waagt om te zien hoe zijn creatie het ervan af heeft gebracht. Typisch Dickens weer, dat Magwitch het werkelijke antwoord niet te horen krijgt: zijn creatie heeft het er niet zo heel goed van afgebracht. En wat een verhaal, dat verhaal van Magwitch! Het is Magwitch die het dramatische begin van het boek kleur geeft; als ontsnapte gevangene dwingt hij een klein jongetje om voedsel voor hem te halen en hem een vijl voor zijn voetboei te bezorgen: en door, als opgejaagde man, terug te keren naar Londen, draagt Magwitch niet alleen maar bij tot de dramatische ontknoping van het boek omdat hij Pips verwachtingen even gemakkelijk fnuikt als hij ze heeft geschapen. Het is eveneens Magwitch die ons de ontbrekende schakel verschaft in het verhaal van Miss Havishams ongelukkige liefde – door hem komen we aan de weet wie Estella is.

In 'de verwoeste tuin' van Satis House bederft het welig tierende onkruid dat wat schoonheid had kunnen zijn; over de beschimmelde bruidstaart ijlen spinnen en muizen. Pip kan zichzelf (en bij uitbreiding ook Estella) niet verlossen van de gevangenis-'smet'. De onverklaarbare verbinding met de misdaad die de jonge Pip tijdens de cruciale momenten in zijn vrijage met Estella voelt, wijst, uiteraard, vooruit naar de onthulling dat Pip nauwere banden heeft met de veroordeelde Abel Magwitch dan hij beseft. Als hij ontdekt heeft hoe het werkelijk is gelopen in zijn leven, houdt Pip maar weinig humor over. Zelfs als misdeeld kind bezit Pip het vermogen om blijk te geven van humor (althans in zijn herinnering); hij vertelt dat hij 'onthaald werd op de schilferige velletjes van de kippebouten, en op die duistere hoekjes varkensvlees die het varken, bij zijn leven, het minst aanleiding hadden gegeven om de borst vooruit te steken'. Maar we treffen maar weinig geestigheid meer aan in Dickens' taalgebruik nadat Pip heeft vernomen wie zijn weldoener is. De taal zelf wordt kariger naarmate de plot aan snelheid wint.

Zowel in de overdadigheid van zijn taalgebruik, op de plaatsen waar Dickens overdadig wil zijn, als in zijn soberheid wanneer hij je alleen maar het verhaal wil laten volgen, is hij zich steeds bewust van zijn lezers. Hij begon betrekkelijk laat in zijn leven voorlezingen te houden, maar toch was zijn taalgebruik er altijd op gericht geweest om hardop te worden gelezen – het gebruik van herhalingen, van refreinen; de rijke, beschrijvende opsommingen die iedere figuur of omgeving die hij introduceert vergezellen; de overvloed aan interpunctie. Dickens gebruikt zeer veel interpunctie; hij maakt lange en potentieel ingewikkelde zinnen langzamer maar makkelijker leesbaar – alsof hij met zijn interpunctie het hardop lezen regisseert; of alsof hij zich ervan bewust is dat veel van zijn lezers zijn romans in feuilletonvorm lazen en vrijwel voortdurend moesten worden bijgestaan. Hij is overduidelijk. Hij bedient zich meesterlijk van dat instrument dat korte zinnen lang doet schijnen, en lange zinnen leesbaar – de puntkomma! Dickens wil de lezer nooit laten zwemmen; maar hij wil evenmin dat de lezer *vluchtig* leest. Het zal je niet meevallen om Dickens vluchtig te lezen; je mist te veel om het geheel nog te kunnen volgen. Hij maakte iedere zin makkelijk leesbaar omdat hij wilde dat je iedere zin las.

Stel je voor dat je deze terloopse uitweiding over het huwelijk mist: 'Ik mag hier wel opmerken dat ik mezelf beter bekend acht dan alle deskundigen op dat gebied met het ribbelige effect van een trouwring die liefdeloos over het menselijk gelaat gaat.' De jonge Pip vertelt hier natuurlijk hoe zijn zuster hem het gezicht boende, maar de zorgvuldige lezer leest er een verwijzing in naar de schaduwzijden van het huwelijk als zodanig. En wie zou zich niet kunnen voorstellen dat Dickens' eigen vermoeienissen en vernederingen in het zwartselmagazijn aan de basis staan van Pips gevoeligheid voor de geestdodende arbeid in de smidse? 'In de kleine wereld waarin kinderen hun leven doorbrengen... is er niets dat zo scherp wordt waargenomen en zo scherp wordt gevoeld als onrecht.' Want Dickens schreef altijd over 'onrecht' – en hij richt zijn woede het sterkst tegen het onrecht dat kinderen wordt aangedaan. Niet alleen de gevoeligheid van een kind, maar ook de kwetsbaarheid van een schrijver die de ouderdom ziet naderen (en weet dat het geluk voor het overgrote deel achter hem ligt, en dat het grootste deel van zijn eenzaamheid hem nog wacht) versterken het gevoel dat de jonge Pip 's nachts in de moerassen overvalt. 'Ik keek naar de sterren, en bedacht hoe afschuwelijk het voor een mens moest zijn om zijn gezicht daarheen te wenden terwijl hij doodvroor, en geen hulp of mededogen zag in heel die schitterende menigte.'

Great Expectations betovert je evenzeer door dergelijke briljante beelden als door zijn prachtige figuren en tot bescheidenheid manende verhaal. Dickens was getuige van een wereld die met grote snelheid voortjoeg naar raderwerken die machtiger waren maar minder menselijk; hij zag de slachtoffers van de begeerte en haast van de samenleving. 'In dat vuur van groots geweld,' schrijft Johnson, 'brak hij een lans voor de gulden middenweg.' Hij geloofde dat men de waardigheid van de mens moest verdedigen door het individu terzijde te staan en te koesteren.

Toen Dickens *Great Expectations* had geschreven, was hij bijna aan het eind van zijn leven; hij was al uitgeput. Hij zou nog maar één roman schrijven (*Our Mutual Friend*, 1864-1865); *The Mystery of Edwin Drood* bleef onvoltooid. Op de dag dat hij werd getroffen door een hersenbloeding, werkte hij nog een volle dag aan dat laatste boek. Dit is de laatste zin die hij eraan schreef: 'De koude stenen tomben van eeuwen her worden warm; en lichtvlekjes schieten naar de grimmigste marmeren uithoeken van het bouwwerk, fladderend als vleugels.' Later probeerde hij nog een paar brieven te schrijven; in een ervan, zo laat Johnson ons weten, citeerde hij broeder Lorenzo's waarschuwing aan Romeo: 'Heftig genot komt heftig aan zijn eind.' Misschien had hij een voorgevoel; in zijn romans maakte hij graag gebruik van voorgevoelens.

Charles Dickens overleed op een warme juni-avond in 1870, aan de gevolgen van een hersenbloeding; toen hij stierf waren zijn ogen gesloten, maar over zijn rechterwang

liep een traan. Hij was achtenvijftig jaar oud. Hij lag drie
dagen lang in een open graf in Westminster Abbey – er
waren duizenden en duizenden mensen die om hem treur-
den en die de laatste eer kwamen bewijzen aan de man die
eens kinderarbeid had verricht en zo nederig had moeten
zwoegen in het zwartselmagazijn aan de Hungerford
Stairs.

KURT VONNEGUT EN ZIJN CRITICI

Meer dan tien jaar geleden had John Casey, auteur van de roman *An American Romance* en van de recente verhalenbundel *Testimony and Demeanor*, een vraaggesprek met Kurt Vonnegut voor een tijdschrift dat destijds in West Branch in Iowa uitkwam en inmiddels is opgeheven. In dat vraaggesprek zei Vonnegut:

> We moeten erkennen dat de lezer iets doet wat heel moeilijk voor hem is, en de reden dat je niet al te vaak van gezichtspunt verandert is dat hij anders de draad kwijtraakt, en de reden dat je zo vaak een nieuwe alinea begint is dat zijn ogen anders moe worden, en zo krijg je hem zonder dat hij het merkt mee door het hem wat gemakkelijker te maken. Hij moet jouw show in zijn hoofd opnieuw ensceneren, hij moet de kostuums en de belichting verzorgen. Hij heeft het niet gemakkelijk.

En Vonnegut ook niet. Het is moeilijk om het een lezer gemakkelijk te maken, al is Vonnegut op dit punt vaak verkeerd begrepen. Zo noemde Jack Richardson Vonnegut in de *New York Review of Books* een 'gemakkelijke schrijver' en hij verweet Vonnegut onder meer dat hij geen Voltaire was. In het vraaggesprek met Casey vertelt Vonnegut hoe hij op een cocktailparty kennis maakte met Jason Epstein, een redacteur van Random House – door Vonnegut 'een vreselijk machtige cultuurcommissaris' genoemd. Toen ze aan elkaar werden voorgesteld, dacht Epstein even na, zei: 'Science fiction', draaide zich om en liep weg. 'Hij moest me gewoon in een vakje stoppen, dat was het,' zei Vonnegut. Andere 'cultuurcommissarissen' hebben jarenlang getracht Vonnegut 'in een vakje te stoppen'; maar meestal vertellen ze ons, net als Richardson, wat Vonnegut niet is. Als hij bijvoorbeeld geen Voltaire is, is hij mogelijk ook geen Swift. Ik denk dat het deels zijn kinderlijk eenvoudige stijl, de vlotte en gemakkelijk leesbare buitenkant is, waar Vonneguts critici zo'n moeite mee hebben.

De veronderstelling dat wat gemakkelijk te lezen is ook gemakkelijk te schrijven was, is bij leken een vergeeflijke misvatting, maar het pleit niet voor de vele critici die (in zekere zin) zelf schrijvers zijn, dat ze Vonnegut 'gemakkelijk' noemen. In een van de felste tirades tegen Vonnegut die ooit zijn gepubliceerd (in de *New York Times Book Review* onder het mom van een recensie van *Slapstick*), leek Roger Sale zich vooral zorgen te maken om Vonneguts publiek – 'jongeren met een minimum aan intelligentie', zo noemde hij het. 'Vonnegut zou me, denk ik, minder zorgen baren als het niet een van mijn belangrijkste taken was geweest te proberen moeilijke vragen te stellen voor de semi-geletterde jongeren,' aldus de lijdzame heer Sale, die zich afbeult in de loopgraven der onwetendheid. Deze kritiek heeft iets egoïstisch; het zijn de opmerkingen van een criticus die wil dat een boek hém nodig heeft – misschien om het aan ons uit te leggen. 'Niets zou gemakkelijker kunnen zijn,' verzekert Sale ons in verband met Vonneguts werk. Anderzijds, vertelt Sale, 'vergt het volharding, vastbeslotenheid en een krankzinnige intelligentie om Thomas Pynchon te lezen'. Wat een zelfgenoegzaamheid – Sale is geen gemakkelijke lezer, dat moeten we hem nageven. En ondanks Sales uitnodiging tot vergelijking wens ik niet af te geven op Thomas Pynchon, een schrijver die zijn werk even serieus opvat als Vonnegut; ik zou wel willen stellen dat er veel 'serieuze mensen zijn die de roman serieus nemen' (zoals Sale ons noemt) en die menen dat werk als dat van Pynchon het gemakkelijkst te schrijven is. En het moeilijkst te lezen: een worsteling met ideeën en taal waarbij vooral wij, de lezers, moeten worstelen en waarbij

de schrijver misschien niet hard genoeg heeft geworsteld
om leesbaarder te zijn.

Waarom is het tegenwoordig zo slecht om 'leesbaar' te
zijn? Ik ken 'serieuze mensen' die een voldaan gevoel krijgen als ze zich moeten inspannen om te begrijpen wat ze
lezen; zoals Vonnegut zegt: 'zo is het nu eenmaal'. Laat ze
maar voldaan zijn. Het werk van een schrijver die de zware
taak op zich heeft genomen om helder te schrijven, geeft
mij, die net als Roger Sale vele moeilijke uren heeft geworsteld met de 'semi-geletterde jongeren', vaak een veel vol-
daner gevoel. Vonneguts streven naar luciditeit is een
zware en moedige onderneming in een literaire wereld
waarin pure chaos vaak wordt gezien als het bewijs dat
iemand met 'moeilijke vragen' heeft geworsteld. Goede
schrijvers hebben altijd geweten dat moeilijke vragen ook
duidelijk en goed moeten worden gesteld en beantwoord.
Het is net of Roger Sale – hij is beslist niet de enige; hij staat
voor vele anderen – een voorvechter is van literatuur voor
studenten, een literatuur die afhankelijk is van interpreta-
tie; en natuurlijk zullen wij, in onze schandelijke semi-
geletterdheid, misschien een beroep moeten doen op de
'krankzinnige intelligentie' van iemand als de heer Sale om
die literatuur voor ons te interpreteren.

Sale stelt dat het hem zou verbazen als Robert Scholes,
'die ooit verklaarde van Vonnegut te houden', nog steeds
zo weg is van Vonnegut. Mij zou het verbazen als Scholes
zich niet gesterkt voelde in zijn vroegere oordeel. In een
stuk over *Slachthuis Vijf* in de *New York Times* uitte Scholes enige kritiek op hen die, zoals Roger Sale, Vonnegut
moeilijk serieus kunnen nemen. Scholes merkte op dat
Vonneguts critici al te vaak warhoofdige ernst aanzien
voor diepzinnigheid – dat wil zeggen, als je serieus klinkt,
moet je het ook wel zijn. Sale schijnt inderdaad te willen
zeggen dat een gecompliceerd werk dat ontzettend stroef
leest, wel serieus moet zijn; en zoals Sale ons voorhoudt in
het geval van Joseph Hellers *Something Happened*, is een

andere waardevolle maatstaf voor een serieus boek het aantal jaren dat het schrijven ervan heeft gekost. (Heller is een serieus en goed schrijver, maar niet door het aantal jaren tussen zijn boeken.) De logica van Roger Sale leidt tot het volgende: als het een helder en scherpzinnig werk is en het verhaal loopt als een trein, dan moeten we erop verdacht zijn dat het simplistisch is, even licht en weinig serieus als vogelveertjes. Dit is natuurlijk simplistische kritiek; het is ook gemakkelijke kritiek.

Er is geen gebrek aan dit soort kritiek; Vonnegut is er vaak het mikpunt van. Niet minder dan vijf van mijn studenten hebben me in de afgelopen elf jaar met alle plezier attent gemaakt op de volgende polemiek van Middleton Murry (alsof ze een bijzondere ontdekking hadden gedaan): 'De kritiek zou minder bescheiden moeten zijn; ze zou openlijk moeten erkennen dat haar eindoordelen moreel van aard zijn.' Nee maar; des te meer reden dus om voorzichtig te zijn met die oordelen. We moeten schrijvers beoordelen op wat ze hebben gedaan en op wat ze bedoelen – niet op hun publiek of de reacties in de pers (of het ontbreken daarvan). Iemand anders die graag wordt geciteerd – bij niet minder dan vier vakgroepen Engelse letterkunde waar ik heb gewerkt – is Cyril Connolly. 'Prijs nooit. Lofprijzingen verraden je leeftijd.' Misschien, maar lang niet zo erg als opmerkingen als Epsteins 'science fiction' en Richardsons 'gemakkelijk schrijver'.

'Het is de plicht van de criticus,' schrijft Alvin Rosenfeld in de *Southern Review*:

om het een goede dichter moeilijker te maken, want alleen door het overwinnen van grote moeilijkheden ontstaat sterke poëzie. Een gevolg van deze opvatting… is dat een criticus zijn werk zo moet doen dat hij het ook de lezer moeilijker maakt, en wel om dezelfde redenen, namelijk om tot veeleisende interpretaties te komen die passen in hun tijd.

Mijn reactie hierop is misschien weinig exact, maar wat is dàt een flauwekul! Voor wie is die moeilijkheid bevredigend? Goede schrijvers hebben altijd 'in hun tijd gepast'; ze hebben zelfs altijd moeten vechten tegen het vervelende en beperkende van louter in je tijd passen.

Op de vraag – in *Playboy* in 1973 – waarom hij dacht dat zijn boeken zo populair waren onder jongeren (de 'semigeletterden' voor wie Roger Sale ons waarschuwde) antwoordde Vonnegut:

Ik ben helemaal niet uit op de jongerenmarkt of zo. Ik heb mijn vinger niet aan de pols gehouden; ik schreef gewoon. Misschien komt het doordat ik me bezighoud met adolescentenproblemen die volwassenen als opgelost beschouwen. Ik heb het erover hoe God is, wat Hij zou kunnen willen, is er een hemel en zo ja, hoe zou die er dan uitzien? Dat houdt jongeren bezig; dat zijn de vragen die ze graag besproken zien. En volwassener mensen vinden die onderwerpen doodvermoeiend, alsof ze zijn opgelost.

Dat is mooi, dat '...alsof ze zijn opgelost'. Juist die 'volwassenen' begaan in de romans van Vonnegut vaak de creatiefste stommiteiten die de grootst mogelijke ellende veroorzaken. Hij mag dan gemakkelijk te lezen zijn, hij is niet gemakkelijk te verteren.

In zijn inleiding tot het werk van Céline schrijft Vonnegut:

Hij gedroeg zich uitermate onbeschaafd, waarmee ik bedoel dat hij alle voordelen had van een opleiding, arts was geworden en veel had gereisd door Europa, Afrika en Noord-Amerika – en toch geen zin heeft geschreven die voor even bevoorrechte lieden aangaf dat hij in zekere zin een heer was.

Hij scheen niet te begrijpen dat aristocratische beheersing en fijngevoeligheid, hetzij geërfd hetzij aangeleerd, grotendeels verantwoordelijk waren voor het luister- rijke van de literatuur. In mijn ogen heeft hij een literaire waarheid van hogere en ontzagwekkender orde ontdekt door de gefnuikte woordenschat van dames en heren te mijden en in plaats daarvan zich te bedienen van de rij- kere taal van gehaaide en getreiterde straatschoffies.

Iedere schrijver staat bij hem in het krijt, net als ieder- een die het leven van een mens in alle details wil bespre- ken. Met zijn onbeschaafdheid bewees hij dat misschien wel de helft van het hele leven, de dierlijke helft, was verborgen achter goede manieren. Geen enkele eerlijke schrijver of spreker zal ooit nog beschaafd willen zijn.

'De rijkere taal van gehaaide en getreiterde straatschoffies' is natuurlijk ook de taal waar Vonnegut zo van houdt en die hij zo vaardig hanteert. 'Mijn drijfveren zijn politiek,' geeft hij toe in het interview in *Playboy*:

Ik ben het met Stalin, Hitler en Mussolini eens dat de auteur zijn maatschappij behoort te dienen. Ik verschil met de dictators van mening over de vraag hoe auteurs moeten dienen. Grof gezegd vind ik dat ze veranderin- gen moeten bewerkstelligen – en dat is ook hun biologi- sche taak. Ten goede, hopen we dan. Schrijvers zijn ge- specialiseerde cellen in het maatschappelijk organisme. Het zijn evoluerende cellen. De mensheid probeert iets anders te worden; ze experimenteert voortdurend met nieuwe ideeën. En schrijvers zijn het instrument om nieuwe ideeën in de maatschappij te introduceren, en tevens een instrument om op symbolische wijze op het leven te reageren.

Vonnegut erkent dat hij niet zou kunnen leven met zijn eigen pessimisme als hij niet 'een of ander zonnig droompje' had. In zijn werk wemelt het van dergelijke dromen – 'onschuldige onwaarheden', noemde hij ze (in *Geen kind en geen wieg*). Religies, liefdadigheidsinstellingen, wereldontwerpers, utopisten, dromerige uitvinders verzot op verandering, wereldverbeteraars die boeten voor vreselijke misdaden (of ongelukken), aardige en minder aardige mensen met macht en mensen met geld: ze schieten allemaal te kort, hun pogingen om de soort te verbeteren lopen meestal uit op een goedbedoelde, geestige mislukking. 'Het hardst wordt er gelachen,' heeft Vonnegut gezegd, 'bij de grootste teleurstellingen en de grootste angsten.' Dat is niets nieuws; zoals Vonnegut graag opmerkt, heeft Freud al geschreven over galgenhumor. 'Dat is de lach van mensen die politiek machteloos staan,' zegt Vonnegut. 'Ik heb altijd geschreven over machteloze mensen die dachten dat ze weinig konden doen aan hun situatie.'

'Het is in strijd met de Amerikaanse verhalende traditie,' zegt Vonnegut,

> om iemand in een situatie te plaatsen waar hij niet uit kan komen, maar volgens mij is dat heel gewoon in het leven. Er zijn mensen, met name domme mensen, die grote moeilijkheden hebben en er nooit uit komen, omdat ze niet intelligent genoeg zijn. En ik vind het afschuwelijk en komisch tegelijk dat in onze cultuur wordt verwacht dat iedereen altijd zijn problemen kan oplossen. Er wordt stilzwijgend aangenomen dat het probleem altijd kan worden opgelost als je maar wat meer energie hebt, wat meer strijdlust. Ik kan wel janken – of lachen – want dat klopt helemaal niet.

Hij merkt op dat de science-fictionpassages in *Slachthuis Vijf*

> vergelijkbaar zijn met de clowns van Shakespeare. Als Shakespeare vond dat het publiek een voldoende dosis ernst had gehad, deed hij het even wat kalmer aan,

voerde een clown of een idioot van een herbergier of zo
iemand op voordat hij weer ernstig werd. En reizen naar
andere planeten, evident komische science fiction, zijn
vergelijkbaar met nu en dan een clown opvoeren voor
een luchtiger toon.

In feite spréékt Vonnegut zelfs lucide over zijn eigen werk
– een onderwerp waarover zelfs lucide schrijvers soms onbeholpen spreken. Als je bedenkt hoe helder hij is geweest,
is het opmerkelijk dat hij zo verkeerd wordt begrepen.
Hoor maar eens: 'Een goed criticus is,' volgens Jacob Glat-
stein, 'gewapend voor de strijd. En kritiek is oorlog tegen
een kunstwerk – de criticus verslaat het werk of het werk
verslaat de criticus.' Maar als er zulke eisen aan een criticus
worden gesteld, kun je altijd alles wel verkeerd begrijpen.
   Vonnegut is natuurlijk ook geen Shakespeare, maar in
dat gekkenhuis waar men probeert te bewijzen wat Vonnegut niet is, staat Shakespeare dichter bij hem dan sommige
anderen. Beiden vinden dat kunst en amusement geen
slecht paar vormen; ze vinden zelfs dat kunst amusant behoort te zijn. Maar die opvatting is in de literaire wereld
niet populair. William Gass – de welbespraakte filosoof
met zijn voor mij wonderbaarlijk mooie taal en heldere
ideeën – heeft kort geleden omschreven wat er volgens hem
gebeurt met 'bijna iedere schrijver die enige populariteit
heeft verworven'. Die populariteit is, volgens Gass, 'haast
altijd gebaseerd op het zwakste aspect van het werk van de
schrijver en vervolgens heeft de schrijver de neiging de
kwaliteit die deze zwakte bevordert te accentueren in
plaats van tegen te gaan.' Een merkwaardig idee: zou gebrek aan populariteit een garantie zijn dat een schrijver
geen zwakke punten heeft? En is het niet vreemd, gezien
het feit dat de meeste serieuze schrijvers altijd het gevoel
hebben gehad dat ze spraken voor dovemansoren (ook
Vonnegut), te veronderstellen dat een schrijver – als hij
eenmaal populair is – zou toegeven aan zijn zogenaamde

zwakte door voor een publiek te schrijven? Een schrijver
wantrouwt zijn publiek altijd, of hij de lezers nu bedriegt,
verleidt of negeert (en het zichzelf gemakkelijk maakt); ik
denk dat een schrijver zijn publiek vooral wantrouwt als
hij merkt dat hij een publiek heeft. De theorie van Gass is
intrigerend, maar hij wekt de indruk weinig van mensen –
en van schrijvers in het bijzonder – te begrijpen, wat vast
niet kan kloppen. Zijn theorie houdt echter verband met
zijn bedenkingen over amusement en kunst. 'Zelfs mensen
met een grote intelligentie zijn niet in literatuur op zichzelf
geïnteresseerd,' heeft Gass gezegd. 'Ze willen dingen die in
diepste wezen niet verwarrend zijn. Ze willen amusement.'
Een vies woord voor Gass – 'amusement'. (Misschien is het
net zoiets als 'leesbaar'.) Ja en nee, mensen willen inderdaad amusement, maar ik denk dat ze ook dingen willen
die in diepste wezen verwarrend zijn, wat goede literatuur
– makkelijk of moeilijk leesbaar – meestal is. Catharsis –
misschien is dat tegenwoordig ook een impopulair of althans ouderwets begrip – berust op het in verwarring brengen van lezers. Angst kun je uitbannen door angst op te
roepen, pijn zuiver je door pijn toe te brengen, je baadt het
hart in tranen. Vonnegut kan kwetsen en dat doet hij ook;
dat is zijn bedoeling ook. Wanneer de zonnige dromen en
de onschuldige onwaarheden verdwijnen – en dat gebeurt
altijd – zien we een verwoeste planeet; door zijn boeken
wensen we dat we beter waren. Dat is de strenge moraal die
hij in ieder geval met Conrad en Dickens deelt; Dickens
was trouwens ook een amusant schrijver. Vonnegut laat
ons misschien niet huilen om kleine Nell; er zijn geen
kleine Nells of andere personages als zij in zijn kale boeken. In zijn boeken huilen we juist om onszelf. Wat me
doet denken aan iets dat Vonnegut meer dan tien jaar geleden zei over wat je met een lezer doet: '...je krijgt hem
zonder dat hij het merkt mee door het hem wat gemakkelijker te maken'. Zoals de apotheker die precies weet wat
goed voor je is: hij begrijpt waarom sommige erg bittere

pillen verguld moeten worden. Veel critici van Vonnegut
hebben alleen het verguldsel gezien – of de pillen: zijn
grimmige onbeschaafdheid (zoals hij over Céline zou zeggen). Juist in de combinatie van dromen en werkelijkheid
in zijn werk wordt zijn grote ambitie verwezenlijkt.

Eén criticus van Vonnegut heeft iets meer zijn best gedaan dan bepaalde anderen, en dat is John Gardner – al
wordt Vonnegut, net als bijna iedereen, neergesabeld in
Gardners vrome kruistocht om de literatuur weer optimis-
tisch te maken. 'De literaire rechtervleugel die al het moderne werk wil afschaffen en terug wil in de armen van hun
negentiende-eeuwse literaire grootvaders, steekt hij naar
de kroon,' luidt de beschuldiging van John Barth aan het
adres van Gardner; dat klopt wel aardig. Maar Gardners
'moraal' – zijn politieke drijfveren om te schrijven, om de
wereld te verbeteren – verschilt niet veel van wat Vonnegut
voor ogen staat en Gardner ziet beter dan anderen wat
Vonnegut doet. Vonneguts 'probleem' is volgens Gardner
dat hij 'te veel zelfkritiek heeft en zijn morele uitspraken
voortdurend censureert en herziet'. Dat is het soort 'probleem' waar meer schrijvers last van zouden moeten hebben, vind ik. Gardner zegt vervolgens dat dit 'een verklaring kan vormen voor de schijnbare kilheid en oppervlak-
kigheid van zijn bekende commentaar op het Amerikaanse
bombardement op Dresden: "zo gaat het nu eenmaal" –
een wanhopige, te sterk gecensureerde houding die ge-
dachteloos wordt overgenomen door apathische en cynische mensen'. En hier vervalt Gardner in de oude zonde
een schrijver verantwoordelijk te stellen voor zijn publiek.
Toch merkt Gardner wijselijk op dat 'Vonneguts cynische
discipelen hem verkeerd begrijpen'. Hij voegt eraan toe:
'Vonnegut wijst zelf op de immense, systematische moderne kwaden die hij vervolgens lijkt weg te wuiven of om
een of andere reden aan God wijt. Maar het is logisch dat
hij verkeerd wordt begrepen. Vonneguts morele impuls,'
zoals Gardner het noemt, 'verslapt voortdurend, zijn

vechtlust verkeert telkens in slapstick.' Ja, maar slapstick is Vonneguts reactie op wanhoop; Gardner keurt wanhoop af. John Updike (die Vonnegut buitengewoon goed heeft begrepen) heeft over Gardner gezegd: 'In fictie bestaat moraal uit nauwkeurigheid en waarheid. De wereld is veranderd en in zekere zin is wanhoop ons aller erfdeel. We kunnen dat beter onder ogen zien en de waarheid vertellen, hoe grimmig die ook is, dan de opwekkende dingen doen die [Gardner] voorstelt.' Gardner beweert dat Vonnegut in moreel opzicht 'zucht, grijnst en steels wegloopt. Hij is het meest zichzelf wanneer... hij onverbloemd hartelijk en komisch is,' klaagt Gardner. 'Door zijn gebrek aan betrokkenheid – in laatste instantie een gebrek aan belangstelling voor zijn personages – wordt zijn werk onbeduidend.' Maar wat Gardner 'onbeduidend' noemt – of erger, 'een gebrek aan belangstelling' – is in werkelijkheid de vreselijke kern van Vonneguts wereldbeeld zelf: Vonnegut ziet weinig licht aan het einde van de tunnel, al blijft hij kijken; Gardner wil dat hij meer licht ontdekt. Het is de esthetische opvatting van Gardner, en niet per se die van Vonnegut, dat 'kunst eerst en vooral moreel is – dat wil zeggen, bezielend – dat geldt voor het scheppingsproces en voor de inhoud'. Wel, Vonnegut is inderdaad een wereldverbeteraar, maar volgens Gardner kan niemand de wereld genoeg verbeteren.

Het verbaast me alleen omdat ik – op grond van andere, verstandiger dingen die Gardner heeft geschreven – had verwacht dat hij nog het meest op Vonnegut gesteld zou zijn. 'Afstomping is de aartsvijand van de kunst,' schrijft Gardner. 'Iedere generatie kunstenaars moet een nieuwe manier zoeken om de vetrandjes van de werkelijkheid te snijden. En Vonnegut doet dat heel knap: zijn romans zijn skeletten van mensen en gebeurtenissen, in zo'n koud, hard licht dat we al ons onheil en al onze hoop wel moeten herkennen – en dat liefdevol tot in het extreme. 'Van nature,' schrijft Gardner ook, maakt de kritiek dat kunst intellectueler lijkt dan ze is – overwogener en systematischer... De beste kritische geest, die verbanden kan leggen die de kunstenaar zelf niet ziet, is op zichzelf een verheven iets; maar bij het scheppen van kunst zal een scherp intellect oppervlakkig werk opleveren, ofwel kunst die een en al gevoel is, ofwel kunst die uitsluitend gedachte is. Dat zien we overal waar kunst overduidelijk geconstrueerd is om aan een theorie te beantwoorden, zoals in de muziek van John Cage of in de recente roman van William Gass.

Ik geloof dat dit een geoorloofde generalisatie is, maar je kunt Vonnegut er niet van beschuldigen dat hij op die manier aanrommelt. Ook kun je hem niet beschuldigen van een andere vorm van rommelen, die Gardner schitterend beschrijft. 'Het triviale heeft een eigen plaats,' schrijft Gardner. Hij voegt eraan toe:

Ik kan geen enkele goede reden bedenken waarom iemand zich niet zou specialiseren in het gedrag van de haartjes op de linkerhelft van een olifanteslurf. Net als kunst is kritiek op haar beste, ernstigste momenten gedeeltelijk een spel, zoals alle goede critici weten. Mijn bezwaar geldt niet het spel, maar het feit dat de meeste huidige critici het doel van hun spel uit het oog hebben verloren, zoals de kunstenaars in het algemeen het doel van hun spel uit het oog hebben verloren. Friemelen aan de haartjes op een olifanteslurf is onfatsoenlijk als de olifant toevallig net op het kind staat.

Maar Vonnegut bekommert zich altijd om het kind, hij friemelt niet aan haartjes – zelfs niet aan de olifant. Ik zou denken dat Gardner dat in hem zou waarderen. Vonneguts romans gaan – ruwweg – altijd over de teloorgang van de menselijke individualiteit door de teamsportmentaliteit van corporaties en door het technologische tijdperk, over de oorsprong van ons heelal en het bewijs dat er geen leven is na de dood, over het kwaadaardige karakter van politieke propaganda en de definitie van 'oorlogsmisdadiger', over het einde van de wereld als gevolg van gestoei met technologie en de moraal van krankzinnigen, over het probleem dat de rijken zoveel geld hebben en steeds rijker worden, terwijl de armen armer worden en ook dommer, nogmaals over oorlogsmisdaden, over de moeilijkheid om het te maken, wat 'het' ook is, als je te oud bent om ervan te genieten – wat het ook mag zijn – en over een ander einde van de wereld. In feite gaat het bij hem altijd weer over het einde van de wereld. Dat is een vrij fors kind; dat is geen gefriemel aan de haren op een olifanteslurf. Dat zou Vonnegut beslist 'onfatsoenlijk' vinden.

Het is (duidelijk) mijn bedoeling hem te prijzen; als geen andere nog levende auteur – behalve John Hawkes en Günter Grass – bezit hij een onuitputtelijke verbeeldingskracht. Hij is niemand anders, noch een versie van iemand anders, en hij is een auteur met een ideaal. Hij heeft het graag over ons vermogen bij 'kunstmatig uitgebreide families' te horen en hij wil blijven proberen ons erbij te laten horen – ondanks onszelf. Hij is uniek en wijs, hoffelijk en aardig, en hij is bedrieglijk 'gemakkelijk' te lezen – als je niet goed nádenkt. In het voorwoord bij *Slapstick* schreef hij over zijn broer Bernard, een natuurwetenschapper, en zichzelf:

Door het verstand dat wij bij onze geboorte hebben gekregen en ondanks onze warrigheid, horen Bernard en ik bij kunstmatige families, waardoor we een beroep kunnen doen op verwanten overal ter wereld.

Hij is een broer van alle wetenschappers. Ik ben een broer van alle schrijvers.

Dat is voor ons allebei leuk en bemoedigend. Het is prettig.

Het is ook een geluk, want mensen hebben alle familieleden nodig die ze kunnen krijgen – als mogelijke gevers of ontvangers van gewone vriendelijkheid, zo niet liefde.

Als ideaal – om niet te zeggen literair thema – verdient 'gewone vriendelijkheid' alle lof. Ik ben niet bang dat ik daardoor 'gedateerd' ben. John Middleton Murry schreef ook: 'De criticus mag niet goedkoop zijn.' En ik zou eraan toe willen voegen dat het soms moeilijker en waardiger is lof te verwoorden dan minachting. Zoals Thomas Mann zei:

> Wij allen hebben wonden; lof is een verzachtend, zo niet noodzakelijkerwijs helend balsem. Als ik echter op mijn eigen ervaring mag afgaan, staat onze ontvankelijkheid voor lof in geen verhouding tot onze gevoeligheid voor gemene minachting en rancuneuze schimpscheuten. Hoe dom dergelijke schimpscheuten ook zijn, hoe duidelijk ze ook zijn ingegeven door persoonlijke rancune, als uitdrukking van haat houden ze ons veel meer en langer bezig dan hun tegendeel. Wat buitengewoon dom is, want vijanden zijn natuurlijk een onvermijdelijk bijverschijnsel van een gezond leven, ze bewijzen juist hoe sterk dat leven is.

Kurt Vonnegut heeft duidelijk vijanden. Niet alleen wegens hen, maar ook wegens de continuïteit van zijn lichtduistere werk is hij onze sterkste schrijver. Nu komt hij met *Bajesvogel*, zijn negende roman.

Kilgore Trout, het science-fictiongenie, is terug. 'Hij redde het niet in de maatschappij,' schrijft Vonnegut. 'Het is geen schande. Veel goede mensen redden het niet in de maatschappij. Voor mij is het een wonder dat ik het heb gered.' Kilgore Trout zit in de gevangenis, zo blijkt. In *Bajesvogel* lezen we dat Trout alleen maar een van de pseudoniemen was van dr. Robert Fender, 'veearts en de enige Amerikaan die in de Koreaanse oorlog wegens verraad werd veroordeeld'. Hij werd verliefd op een Noordkoreaanse en probeerde haar te laten onderduiken, en nu is hij tot levenslang veroordeeld en werkt hij in het magazijn van een federaal verbeteringsgesticht voor volwassenen in Georgia; in het magazijn draait hij de hele dag platen van Edith Piaf – hij is weg van het liedje 'Non, je ne regrette rien'. Oftewel: 'Nee, ik heb nergens spijt van.'

Fender alias Trout vertelt ons, zoals zo vaak in Vonneguts boeken, verhalen over wezens van andere planeten. Onder het pseudoniem Frank X. Barlow vertelt hij over de planeet Vicuna. Een gevluchte rechter legt uit dat de 'mensen' op zijn planeet één woord hadden voor 'hallo', 'dag', 'alstublieft' en 'dank u wel'. Dat woord was 'ting-e-ling'. De rechter vertelt dat 'op Vicuna de mensen hun lichaam even gemakkelijk konden aan- en uittrekken als aardbewoners zich konden verkleden. Als ze buiten hun lichaam verkeerden, waren ze een gewichtloos, doorzichtig, zwijgend en gevoelig bewustzijn.' De rechter is eigenlijk naar de aarde gekomen op zoek naar een lichaam voor zichzelf; hij begaat een ernstige vergissing met zijn keuze van een lichaam; hij kiest een afgeleefde oude man, een medegevangene van Kilgore Trout – tevens de held van *Bajesvogel* – Walter F. Starbuck, betrokken bij het Watergate-schandaal en voormalig buitengewoon adviseur van president Richard M. Nixon voor jeugdzaken (een positie die zo ondergewaardeerd werd door Nixon dat Starbuck een raamloos kantoor heeft in de kelder en nooit een secretaresse krijgt). Maar voordat de rechter zijn vergissing maakt en bezit neemt van Walter F. Starbucks lichaam, krijgen we te horen wat er op de planeet Vicuna is gebeurd.

'De tijd raakte op,' zegt de rechter.

Het tragische was dat de wetenschappers van de planeet methoden hadden gevonden om tijd uit de grond, de

oceanen en de atmosfeer te winnen als brandstof voor de
verwarming van hun huizen, voor hun speedboten en als
mest voor hun gewassen, om te eten, om kleren te maken, enzovoort. Bij elke maaltijd aten ze tijd, ze gaven
het aan hun huisdieren, alleen maar om te laten zien hoe
rijk en knap ze waren. Ze lieten grote brokken tijd wegrotten in hun overvolle vuilnisbakken.

'Op Vicuna,' zei de rechter, 'leefden we alsof er geen
toekomst bestond.'

De patriottische tijdvuren waren het ergste, zegt hij.
Toen hij klein was tilden zijn vader en moeder hem op
om te kraaien en te juichen van pret terwijl de brand
werd gestoken in miljoenen jaren toekomst ter gelegenheid van de verjaardag van de koningin. Maar toen hij
vijftig was waren er nog maar een paar weken toekomst
over. Overal verschenen diepe scheuren in de werkelijkheid. Ze konden door muren lopen. Van zijn eigen
speedboot bleef niets anders over dan het stuurrad. In
braakliggende landjes waar kinderen speelden ontstonden gaten waar ze in vielen.

Alle Vicuniërs moesten dus hun lichaam verlaten en
zomaar de ruimte in vliegen. 'Ting-e-ling,' zeiden ze tot
Vicuna.

'Ting-e-ling' is een van de schrille, steeds weerkerende uitdrukkingen in de roman. Wanneer Walter F. Starbuck zijn
straf wegens Watergate heeft uitgezeten en nog een kans
heeft gehad 'in de maatschappij', wordt hij weer als misda-
diger betrapt – 'enzovoort, enzovoort', zoals Vonnegut
zegt. 'Ik ben een recidivist,' zegt Starbuck uiteindelijk, wat
hij definieert als iemand die gewoontegetrouw terugvalt in
misdadig of antisociaal gedrag. Starbuck krijgt een telegram van de goeie, ouwe Kilgore Trout, die levenslang
heeft – bij wijze van welkom-thuis-kaart voordat hij terug-
keert naar de nor. 'Ting-e-ling' staat er in het telegram.

Andere uitdrukkingen in *Bajesvogel* zijn: 'Niemand

thuis', 'De wonderen zijn de wereld nog niet uit', 'Het is een kleine wereld', 'Stel je voor', 'Rust', 'De tijden veranderen' en 'Wat vliegt de tijd'. Mijn favoriet is 'Dat is niet mis', omdat het boek inderdaad lang niet mis is en Vonnegut vaardiger dan ooit onze clichés opfrist en ze inzet op de momenten dat de waarheid ervan het gemakkelijkst tot ons doordringt.

Een ander, omvattender 'cliché' dat hij op een verrassend openhartige wijze inzet is de bergrede. Dat is de rede over de armen van geest die het Koninkrijk der Hemelen beërven; zij die hongeren naar gerechtigheid zullen die ook vinden en de barmhartigen zullen barmhartig worden behandeld; de reinen van hart zullen God te zien krijgen en de vreedzamen zullen Gods kinderen worden genoemd; 'enzovoort enzovoort'. Walter F. Starbuck is een idealist; hij lijdt aan een ziekte die Vonnegut al in *Gods rijkste zegen, Mr. Rosewater* (1965) heeft beschreven, want Eliot Rosewater lijdt er ook aan – 'Ze treft de uiterst zeldzame personen die tot biologische rijpheid komen en nog steeds van hun medemensen houden en dezen willen helpen'. Starbucks idealisme verdwijnt zelfs niet in het Witte Huis van Nixon, zelfs niet in de gevangenis, zelfs niet wanneer hij – voor zijn laatste arrestatie – onderdirecteur van de Down Home Platenmaatschappij van het RAMJAC-bedrijf wordt. RAMJAC bezit van alles in de tijd dat Starbuck er werkt, onder andere McDonald's en de *New York Times*. Walter F. Starbucks zoon, die hem haat – en een zeer onaangenaam mens is –, werkt zelfs als boekrecensent bij de *Times*; 'stel je voor'. Toch beweert Walter F. Starbuck dat hij nog altijd gelooft 'dat vrede, overvloed en geluk op een of andere manier kunnen worden gerealiseerd'. Hij erkent ook: 'Ik ben een dwaas.' Wat zijn jaren onder Nixon in het Witte Huis als buitengewoon presidentsadviseur voor jeugdzaken betreft, moet zelfs Starbuck tot de conclusie komen dat hij even goed iedere week hetzelfde telegram 'naar boven' had kunnen sturen in plaats van zijn talloze memo's aan de president op te stellen. Het telegram luidt als volgt: 'JONGEREN WEIGEREN NOG STEEDS HET EVIDENTE FEIT TE ZIEN DAT MONDIALE ONTWAPENING EN ECONOMISCHE GELIJKHEID ONMOGELIJK ZIJN. MOGELIJK FOUT VAN NIEUWE TESTAMENT.'

Op het eerste gezicht is er weinig dat Vonnegut weigert te zien; hij probeert althans de mogelijkheden voor verbetering van de mens te zien. Maar hij misleidt ons, zoals we ook voortdurend worden misleid door ons optimisme, ons idealisme, onze goede bedoelingen.

In het begin van *Slachthuis Vijf* geeft hij toe dat het schrijven van een anti-oorlogsboek zoiets is als het schrijven van een anti-gletsjerboek; en vervolgens probeert hij het toch. De oorlog komt toch. Hij noemt *Slachthuis Vijf* een mislukking – 'en dat kon ook niet anders', schrijft hij, 'want het is geschreven door een zoutpilaar'. Hij zegt dat Lots vrouw hem dierbaar is omdat ze omkijkt naar het zwavel en vuur terwijl God haar had bevolen niet om te kijken, 'want het was zo menselijk'. Hij besluit: 'Mensen mogen niet omkijken.' Zoals in bijna iedere roman van Vonnegut komt ook in *Bajesvogel* een zoutpilaar voor.

Walter F. Starbuck is de zoon van immigranten die werken als huisbedienden, maar zijn weldoener – Alexander Hamilton McCone, de man die de jonge Starbuck naar Harvard stuurt en hem vertelt hoe hij zich moet gedragen – is een schatrijke zoutpilaar. McCone is getuige van de belegering van het brug- en staalbedrijf van zijn familie in Cleveland door wilde stakers; Vonneguts bedenksel, het bloedbad van Cuyahoga, vindt plaats in de jaren negentig van de vorige eeuw; scherpschutters van detectivebureau Pinkerton schieten een aantal stakers, hun vrouwen en hun kinderen neer, en dat is voor McCone zo'n traumatische ervaring dat hij een ziekelijke stotteraar wordt, hij trekt zich uit het bedrijfsleven terug en gaat een kluizenaarsbestaan als maecenas van de schone kunsten leiden. In Vonneguts boeken komen vaak zieke rijken voor, en Vonnegut heeft altijd oog gehad voor de geborgenheid van de schone kunsten. *Bajesvogel* is in sociaal opzicht zijn openhartigste roman.

De geschiedenis van Sacco en Vanzetti, de uit het leven gegrepen helden van het boek, wordt met Vonneguts stem opnieuw verteld. Walter F. Starbuck heeft mooie idealen, maar zoals een ex-vriendin hem uitlegt gaat zijn hart dom- weg niet uit naar de arbeidersrevolutie. 'Het geeft niet,' zo probeert ze hem gerust te stellen (haar laatste woorden). 'Jij kon het niet helpen dat je zonder hart werd geboren. Je hebt tenminste geprobeerd te geloven wat mensen met een hart geloofden – dus je was toch een goed mens.' Dat is niet mis, maar de gewone man en economische gelijkheid, vor- men van een menselijk socialisme, maken allang deel uit van Vonneguts pleidooi voor menselijke waardigheid en gewone vriendelijkheid. Ten slotte worden echter zelfs die weggevaagd. 'Weten jullie wat nog eens de ondergang van deze planeet zal worden?' probeert Starbuck zijn vrienden te vertellen op zijn afscheidsfeestje voordat hij naar de ge- vangenis teruggaat. 'Een totaal gebrek aan ernst,' zegt hij. 'Het kan niemand iets verdommen wat er werkelijk ge- beurt, wat er straks gaat gebeuren en hoe we er zo'n puin- hoop van hebben kunnen maken.' Maar zijn vrienden zijn allemaal 'volwassenen' en kunnen dit natuurlijk alleen maar dolkomisch vinden; ze barsten in lachen uit. Ze ver- tellen elkaar moppen. De ontroerendste relatie in het boek – die van Starbuck met een meisje dat hij liefheeft maar met wie hij nooit naar bed is geweest, een meisje dat hem de bons geeft en met zijn beste vriend trouwt – is een relatie die is gebaseerd op moppen tappen, soms interlokaal (over de telefoon). Ze werkt in een ziekenhuis en is op haar best op de dagen dat de meeste patiënten sterven.

'Ik heb het maar opgegeven nog iets ernstigs te zeggen,' vertelt Starbuck aan het eind en hij gaat zitten om te luiste- ren naar een bandopname van zijn laatste opmerkingen tegen afgevaardigde Nixon, toen die hem vroeg waarom hij, 'als zoon van immigranten die zo goed waren behandeld door de Amerikanen, als een man die door een Amerikaanse kapitalist als zijn eigen zoon was behandeld en naar Harvard was gestuurd', waarom hij 'zich zo ondankbaar had betoond tegenover het Amerikaanse economische stelsel'. In zijn jonge jaren was hij communist – dat bedoelt Nixon eigenlijk; Starbucks antwoord is, zoals hij zelf toegeeft, niet erg origineel. Zijn antwoord aan Nixon luidt: 'Waarom? De bergrede, mijnheer.'

Het is een zwak antwoord, maar wijs als hij is wil Vonnegut niet onze intelligentie beledigen met iets hoogdravends of ronduit ongeloofwaardigs; hij heeft geen grootsere pretenties. Zijn helden zijn aan het eind ingezakt, ze hebben het opgegeven, terwijl ze allemaal enthousiast, vol goede bedoelingen beginnen. Ten slotte kunnen ze hooguit proberen aardig te zijn; ze vergeven iedereen die maar vergeven wil worden, maar ze zijn extreem pessimistisch.

Starbucks hond is schijnzwanger. Ze gelooft dat een rubberen ijshoorn met een piepertje erin haar jong is. 'Ze sjouwt ermee de trap van mijn duplexwoning op en af,' vertelt Starbuck.

Ze scheidt er zelfs melk voor af. Ze krijgt injecties om haar daarmee te laten ophouden.

Ik zie hoe de Natuur maakt dat ze een rubberen ijsco, een bruin rubberhoorntje met roze rubberijs, bloedserieus neemt. Onwillekeurig vraag ik me af welke even belachelijke banden ik met allerlei prullen heb. Niet dat het er iets toe doet. Wij zijn hier zonder doel, als we er niet een verzinnen. Daar ben ik van overtuigd. In een exploderend heelal zou er niets, maar dan ook niets zijn veranderd in de situatie van de mens als ik niet had geleefd zoals ik heb geleefd, maar zestig jaar lang een rubberen ijshoorntje van de ene kast naar de andere kast had gedragen.

Dr. Robert Fender, alias Kilgore Trout, levenslang in de gevangenis, schrijft een 'verhaal over een planeet waar on- dankbaarheid de grootste misdaad was. Er werden de hele tijd mensen terechtgesteld wegens ondankbaarheid.' De immigranten Sacco en Vanzetti hadden zich natuurlijk ook aan ondankbaarheid schuldig gemaakt. Wie vinden we on- dankbaarder dan een anarchist? Met name een 'buiten- landse' anarchist. Kilgore Trout schreef zoals altijd over onze planeet. Hij leve – zelfs in de gevangenis – in vrede!

De door de staat (Massachusetts) benoemde leden van de commissie die ons moest adviseren wat te doen met Sacco en Vanzetti, waren twee voorzitters van het college van bestuur van een universiteit (van Harvard en het MIT) en een gepensioneerd civiel rechter. Tegen het advies van on- der anderen Albert Einstein, George Bernard Shaw, Sin- clair Lewis en H.G. Wells in verklaarde dit triumviraat dat het recht gediend zou zijn met de elektrokutie van Sacco en Vanzetti. 'En dat is dan de wijsheid van de allerwijste men- sen,' zegt Walter F. Starbuck. 'En ik voel me nu genood- zaakt me af te vragen of wijsheid ooit heeft bestaan of ooit kan bestaan. Zou wijsheid misschien net zo onmogelijk zijn in dit universum als een perpetuum mobile?'

Eerder roept Starbuck waarschuwend uit: 'Er wordt wat gejankt in dit boek!' O ja, en hij erkent nog meer pijnlijke zaken. 'Het pijnlijkste van deze autobiografie is voor mij wel de aaneenschakeling van bewijzen voor het feit dat ik nooit een man van formaat ben geweest. Ik ben in de loop der jaren heel wat keren in moeilijkheden geweest, maar dat was allemaal toeval. Nooit heb ik mijn leven of zelfs maar mijn welvaart op het spel gezet voor de mensheid. Ik moest me schamen.' En zo beschaamt Vonnegut ons alle- maal.

Natuurlijk zullen niet veel mensen zich gedwongen voe- len tot actie over te gaan. Sommigen zouden misschien alleen maar willen dat ze beter waren. Geen van beide reacties is het standaardantwoord op nihilisme, het gemak-

kelijkste verwijt dat Vonnegut ooit is gemaakt. Als iets
pessimistischer is dan jij nodig acht, noem het dan maar
nihilisme. Als ik dat wat Vonnegut doet een naam zou
moeten geven, zou ik iets kiezen als 'verantwoorde soap-
opera' – 'soap-opera' is naar mijn mening een prima genre;
de soap-opera heeft alleen een slechte naam gekregen door
slechte kunst. Goede soap-opera betekent gewoon over
mensen schrijven alsof die mensen belangrijk zijn; 'verantwoorde' soap-opera betekent dat je mensen zo voorstelt als ze werkelijk zijn. 'Nergens ter wereld werd dit
soort toneel meer opgevoerd,' schrijft Walter Starbuck
over de soap-opera van zijn eigen leven. 'Ik weet niet of
moderne impresario's er wat aan hebben, ik weet uit ervaring dat het melodrama nog altijd een groot publiek kan
trekken.'

Starbucks werkelijke misdaad – niet die van Watergate,
die maar een ongelukje is, en niet de misdaad waarmee het
boek eindigt, waarvoor hij weer naar de gevangenis moet
(het is namelijk een enigszins heldhaftige misdaad) – is dat
hij 'een halve waarheid heeft verteld, die nu voor de hele
waarheid kan doorgaan'. Hij is 'de zoveelste malloot die op
het verkeerde moment op de verkeerde plaats was en daardoor de klok voor de medemenselijkheid een volle eeuw
kon terugzetten'. Een krasse uitspraak, maar niet ongewoon – in Vonneguts beste werk. In de woorden van Starbuck: 'Veel geklets over het menselijk leed en wat eraan te
doen valt en verder kinderachtige lol om op te vrolijken.'
Dat is niet mis.

Het doet me denken aan Eliot Rosewaters heldenver-
ering voor Kilgore Trout lang geleden. Vonnegut weet me
op een of andere manier het gevoel te geven dat de prestaties van zijn tijdgenoten toch minder zijn – hoewel ik weet
dat hij de eerste zou zijn om dat te ontkennen. Zoals Vonnegut zegt over de kijk van de oude senator Rosewater op
Kilgore Trout: 'De senator bewonderde Trout omdat hij
dacht dat hij een schoft was die alles kon rationaliseren,

maar hij begreep niet dat Trout nooit had geprobeerd iets anders dan de waarheid te vertellen.' En de waarheid kan, zoals men zegt, kwetsend zijn.

Als iemand ons dieper kwetst dan wij eerlijk vinden, kan het bevredigend zijn als we hem een 'nihilist' kunnen noemen. Wie dat van Vonnegut zegt, is echter toondoof, want uit de toon van zijn stem spreekt altijd een pleidooi voor mededogen, voor gewone vriendelijkheid. Hij was altijd al meer dan louter een satiricus.

Hij bouwt zijn romans ook zo meesterlijk op dat we hem alleen daarom al zouden kunnen prijzen. Dickens zou hebben genoten van zijn intriges – met name die van *Bajesvogel*; het zou afbreuk doen aan zijn verrassingen als ik het verhaal van *Bajesvogel* zou vertellen. Het is een prachtig Dickensiaans verhaal, ingewikkeld en gewaagd, met een begin, een midden en een einde. Het heeft zelfs een epiloog. Bij Vonnegut is er altijd een soort epiloog, omdat hij de dingen in hun geheel ziet, iets wat veel schrijvers niet kunnen. De epiloog van *Bajesvogel* begint als volgt: 'Er was meer. Er is altijd meer.' En we worden er in het hele boek op voorbereid door weloverwogen aankondigingen: iedere personage wordt geïntroduceerd met een minigeschiedenis, en vaak krijgen we bij de eerste introductie al te horen wat er van hen zal worden. Er is ook een proloog, waarin Vonnegut de onbenulligste vorm van autobiografie naadloos laat aansluiten bij de gedurfdste bedenksels en ons laat zien hoe ze bij elkaar horen. Daarbij geeft hij een beoordeling van zijn eigen werk, ontvangen van een middelbare-scholier uit Indiana. De leerling stelt dat één idee de kern van Vonneguts werk tot dusverre vormt. 'Liefde mag dan ontbreken, maar hoffelijkheid zal er zijn.' Vonnegut schrijft dat dit hem waar en volledig in de oren klinkt, maar hij is altijd bescheiden geweest. 'Onze taal is veel uitgebreider dan nodig,' schrijft hij: een harde waarheid die vele schrijvers door schade en schande moeten leren. En ik moet toegeven dat de leerling uit Indiana Vonnegut beslist beter begrijpt dan sommige van zijn meest uitgesproken critici.

Bajesvogel is Vonneguts beste boek sinds *Slachthuis Vijf*; het evenaart dat boek, evenals *Sirens of Titan, Rosewater, Moeder nacht* en *Geen kind en geen wieg*. Het is typisch Vonnegut. 'Er wordt wat gejankt in dit boek.' Precies. Het laatste woord – met een toepasselijke kilte, een toepasselijke droefenis – is 'Dag'.

Weet u nog Salingers familie Glass? Midden in *Seymour: An Introduction*. Seymour, een schrijver, discussieert met zijn broer Buddy, ook een schrijver, over de vraag waarom het noodzakelijk is te geloven in een soort esthetica van toegankelijkheid; bij het beoordelen van zijn eigen werk denkt Seymour altijd aan de oude bibliothecaresse uit zijn kindertijd, een zekere juffrouw Overman. 'Hij zei dat hij het aan juffrouw Overman verschuldigd was nauwgezet en onafgebroken te zoeken naar een vorm van poëzie die beantwoordde aan zijn eigen specifieke maatstaven en toch, ook op het eerste gezicht, niet geheel onverenigbaar was met de smaak van juffrouw Overman.' Buddy spreekt hem tegen; hij wijst Seymour op juffrouw Overmans 'tekortkomingen als beoordelaarster of zelfs als lezeres van poëzie'. Maar Seymour houdt voet bij stuk. Aldus Buddy:

> Toen herinnerde hij mij eraan dat juffrouw Overman, al dan niet ongeschikt als beoordelaarster van poëzie, op zijn eerste dag in de openbare bibliotheek (alleen, op zijn zesde) een boek had opengeslagen bij een afbeelding van Da Vinci's katapult en het blijmoedig aan hem had voorgelegd en dat het hem geen genoegen deed als hij een gedicht eindigde in de wetenschap dat juffrouw Overman moeite zou hebben er verheugd of geboeid aan te beginnen.

En dus krabbelt Buddy terug, hij geeft toe dat:

er niet te praten valt met iemand die gelooft, of alleen
maar hartstochtelijk vermoedt, dat de taak van de dichter niet is te schrijven wat hij moet schrijven, maar te
schrijven wat hij zou schrijven als zijn leven afhing van
de vraag of hij de verantwoordelijkheid zou nemen om
te schrijven wat hij moet schrijven in een stijl die bedoeld
is om voor zover menselijk mogelijk geen van zijn oude
bibliothecaresses buiten te sluiten.

Dat lijkt me bewonderenswaardig. Het is geen neerbui-
gende esthetica en het is niet je tot de lezer verlagen. Het is
een esthetica van de meest veeleisende orde. Kurt Vonneguts 'oude bibliothecaresses' en wij allemaal zouden trots
op hem moeten zijn.

MIJN DINER IN HET WITTE HUIS

Waarin de schrijver een verslag geeft van de Amerikaanse
verkiezingen, terwijl hij zit te dubben over de zoveelste (en
waarschijnlijk laatste) uitnodiging om te dineren met een
president van de Verenigde Staten.

Op dat hoopvolle moment, 21 oktober 1992, toen de debatten voor de Amerikaanse presidentsverkiezingen voorbij waren, leek George Bush niet alleen verslaanbaar, maar al verslagen. Toch waren de Democraten de volgende dag weer mismoedig; het vertrouwen in hun man, Bill Clinton, was wankel. Hoe zou Clinton nog kunnen verliezen? Of kon het toch gebeuren? De Democraten hadden er immers een gewoonte van gemaakt te verliezen – twaalf jaar lang. En op dat moment, twaalf dagen voor de verkiezingen, werd er een foto genomen toen president Bush in Atlantic City naar zijn helikopter liep. Op de foto, die op de voorpagina van de *New York Times* verscheen, loopt de president achteruit; we vermoeden dat hij nog eenmaal naar zijn aanhangers wuift. Zijn witte regenjas steekt af tegen het grauwe platform. Om hem heen zien we zes in donkere pakken gestoken veiligheidsmensen die allemaal vooruit lopen, maar twee van hen kijken – geheel in de stijl van de geheime dienst – over hun schouder. Hun schaduwen vallen schuin naar links, als bewijs te meer voor president Bush' aantijging dat de pers sympathieën in die richting heeft – en tegen hem is.

Dezelfde dag liet Bush in New Jersey alle omzichtigheid ten aanzien van de aanhangers van Perot varen. Perot had 'rare ideeën' en deed 'idiote uitspraken', beweerde Bush. 'Ik wil niet dat de mensen hun stem verspillen,' zei de president. En Bush kwam weer met zijn bekende, beperkte repertoire aan kritiek op gouverneur Clinton. Clinton was 'op uw portemonnee uit, mensen', luidde de beschuldiging van de president. Gedurende de afgelopen twaalf jaar van Reagan en Bush hadden de Republikeinen met succes het sprookje verkondigd dat de lasten van de modale of arme Amerikaan zouden stijgen door de filosofie van belasten en potverteren van de Democraten; ditmaal had Clinton duidelijk verklaard dat de door hem voorgestelde nieuwe belastingen uitsluitend de Amerikanen met een bruto-inkomen van meer dan 200.000 dollar zouden treffen en dat hij de belasting voor de middenklasse juist zou verlagen. De reactie van de Republikeinen zou in de laatste dagen voor de verkiezingen allengs emotioneler worden; ze beweerden domweg dat je geen woord kon geloven van wat Bill Clinton zei.

In Ridgefield in New Jersey maakte president Bush een gedenkwaardige blunder. Voor een menigte van 15.000 mensen zei hij dat hij hun 'lovely recession' zeer waardeerde. Hij bedoelde natuurlijk 'reception', maar hij was bekaf. Met nog twaalf dagen voor de boeg leek de president ongewoon kwetsbaar, sikkeneurig en zeurderig.

Bush hamerde erop dat 'het karakter telt, het karakter van belang is'. Maar het feit dat Bill Clinton als student in Oxford tegen de oorlog in Vietnam had gedemonstreerd, kwam in de opiniepeilingen niet naar voren als een kwestie van 'karakter', zoals de president het telkens weer noemde. 'Ik heb er begrip voor als iemand dat in zijn eigen land doet,' zei de president keer op keer. 'Maar niet in het buitenland... niet toen onze jongens uit het getto in Vietnam hun leven gaven.'

In het eerste debat voor de presidentsverkiezingen had Bush benadrukt dat zijn twijfels niet Clintons vaderlandsliefde golden, maar diens karakter. Clinton profiteerde van deze kritiek: de gouverneur beweerde dat zijn vaderlandsliefde wel degelijk ter discussie werd gesteld en beschul-

digde Bush ervan de duistere dagen van wijlen senator Joseph McCarthy terug te halen – aan de beschuldiging van
'on-Amerikaanse activiteiten' kleven nog steeds bittere
herinneringen. Maar Bush deinsde niet terug voor een
lastercampagne, wat in de strijd om het presidentschap met
gouverneur Michael Dukakis ook succes had gehad. In de
New Yorker van 19 oktober merkte de altijd scherpzinnige
Elizabeth Drew op dat 'Bush zich schuldig maakte aan
pure demagogie – je reinste McCarthyisme – toen hij in [de
televisietalkshow] "Larry King Live" (waar zijn campagne
zich voor een groot deel afspeelde) insinueerde dat Clinton
op een reis naar Moskou in 1969 zich verdacht had gedragen.' Dat was ook weer in zijn Oxford-tijd en mevrouw
Drew noemde de tactiek van de president terecht 'vuilspuiterij'. Maar het was geen nieuwe vuilspuiterij, althans niet
in de campagnes der Republikeinen. Communistenjacht
gecombineerd met onjuiste veronderstellingen was niet bepaald nieuw voor de Republikeinen; evenmin als het oude
vertrouwde Amerikaanse anti-intellectualisme waarvan
president Bush zich weer bediende toen hij bescheiden zei
dat hij géén Oxford-debater was.

En zoals altijd werd er een beroep gedaan op nationalis-
tische paranoia. (Weet u zeker dat u een dienstontduiker
als opperbevelhebber wenst? Dat soort dingen.) Hoewel
Bush Clinton een 'dienstontduiker' noemde, was dat niet
de algemeen gebruikte term voor degenen die geen uitstel
wegens studie meer kregen en van plan waren zich aan te
sluiten bij het Trainingscorps voor Reserveofficiers. In december 1969 kreeg Clinton bij de loting een hoog nummer
toegewezen en hij begreep dat hij niet zou worden opgeroepen; toen schreef hij het Trainingscorps dat hij zich bij
nader inzien terugtrok. Het ging wel erg ver om Clinton
wegens zulk verstandig en normaal gedrag 'dienstontduiker' te noemen, maar de president had (al in het begin van
zijn campagne tegen Bill Clinton) verklaard dat hij alles
zou doen 'wat er maar nodig was om herkozen te worden'.

Natuurlijk merkten maar weinig waarnemers op dat de president vroeger anders had gehandeld.

Je hoefde alleen maar te bedenken dat Bush ook de kandidaat was geweest die het in 1980 tegen Ronald Reagan had opgenomen in de strijd om de nominatie van de Republikeinse partij, en die (destijds) voor vrije keus in het abortusvraagstuk was, die zich verzette tegen iedere vorm van steun aan Reagans geliefde 'vrijheidsstrijders' in Nicaragua en die Reagans op de supply-side gerichte economische beleid als eerste 'voodoo' noemde. Was hij veranderd door het feit dat hij Reagans vice-president was geweest? Bush, inmiddels mordicus tegen abortus en bekeerd tot de economische theorieën van de voormalige acteur, leed totaal geen gezichtsverlies toen hij een van de flagrantste leugens van het verkiezingsjaar debiteerde. Bush drong er zelfs bij Clinton op aan dat hij 'open kaart speelde' over zijn reis als student naar Moskou, 'zoals ik dat heb gedaan over de Iran-Contra-affaire'. Maar als de president open kaart had gespeeld over zijn rol in de Iran-Contra-affaire, dan zou Bill Clinton iedereen kunnen vertellen dat hij in Vietnam had gevochten.

Er waren nog andere tekenen die erop wezen dat de campagne van Bush doodbloedde. Clinton las de regering de les over een rapport waaruit bleek dat ambtenaren van Binnenlandse Zaken niet alleen in zijn paspoortdossier maar ook in dat van zijn moeder hadden gesnuffeld. Als dat een wanhopige poging van het kamp van Bush was geweest om Clinton in de laatste dagen voor de verkiezingen in verlegenheid te brengen, was het resultaat des te gênanter voor Binnenlandse Zaken. Over zijn moeder zei Bill Clinton alleen maar dat ze 'notoir subversief' was; Bush stond voor gek.

Maar de berichten uit Wall Street waren ernstiger en onheilspellender voor Bush. De marktdeskundigen, die Clintons economische plannen hadden bestudeerd, stelden

investeringen voor in precies de industrieën waar naar ze
vermoedden de voorkeur van de gouverneur vermoedelijk
naar uitging. De experts inventariseerden de bedrijven die
volgens hen het meest zouden profiteren van een regering
onder leiding van Clinton. Welhaast iedere deskundige
voorspelde dat Clinton zou winnen en dat de economie
althans een bescheiden opleving te zien zou geven. En was
het uitblijven van die ongrijpbare 'opleving' niet juist de
ware reden dat de president het zo moeilijk had? Rechts
had geen succes met het gebruikelijke gesar van de Democratische kandidaat; deze omhooggevallen 'dienstweige-
raar' leek zelfs immuun voor de bangmakerij die de campagnes van de Republikeinen bezielde. De oude klacht uit
de Koude Oorlog, als zou iedere vermeende progressieve-
ling te toegeeflijk zijn voor communisten en te zwak zijn
als opperbevelhebber, had aan kracht ingeboet. Hadden de
Amerikaanse stemgerechtigden niet gehoord dat de Koude
Oorlog voorbij was? George Bush had het hun immers zelf
verteld.

Op de Republikeinse conventie eiste de president de eer
op voor het einde van het communisme; hij eiste alle eer
op, zodat een toeschouwer zonder enig historisch besef –
en zonder veel gezond verstand – het idee had kunnen
krijgen dat George Bush persoonlijk de Berlijnse muur had
afgebroken. De president beweerde zelfs dat de Berlijnse
muur er nog zou hebben gestaan als Carter, Mondale of
Dukakis in het Witte Huis hadden gezeten (in plaats van
Reagan, Reagan en Bush). Voor degenen die kort na de val
van de muur Dana Carvey's imitatie van George Bush hadden gezien in 'Saturday Night Live', was die bewering
extra absurd. (Dana Carvey's imitatie van George Bush in
een komisch tv-programma dat bekend staat om zijn politieke satire was vier jaar lang zeer populair onder Democraten.) Carvey (als de heer Bush) had het simpel geformu-
leerd: 'Vóór George Bush... Berlijnse muur! Ná George
Bush... geen muur!' Het treurigste van de bewering van de

president op zijn eigen conventie was, achteraf gezien, dat Dana Carvey's versie van de val van de muur overtuigender was.

En de vermeende harde opstelling van de president in de buitenlandse politiek zou een steeds bescheidener rol gaan spelen in zijn allengs eenzijdiger campagne. In de laatste dagen hamerden de aanhangers van Bush nog maar op één ding: is Bill Clinton te vertrouwen? Ineens waren er geen lauweren meer waarop de regering kon rusten – niet eens het snelle succes van de Golfoorlog, waar destijds hoog van werd opgegeven. Door de beschuldigingen van Ross Perot in het laatste debat – dat de regering-Bush Saddam Hoessein 'in de watten had gelegd' en onder meer een 'aanbod' had gedaan bestaande uit ten minste een deel van Koeweit (alleen niet zoveel als de tiran van Bagdad probeerde binnen te halen) – was misschien zelfs dat ene, lichtende beeld van de president als doortastend opperbevelhebber bezoedeld. Het geld en de wapens die vóór de oorlog naar Irak gingen, waren niet bepaald lichtende voorbeelden uit de Amerikaanse diplomatie.

Wat kon Bush anders doen dan Clinton aanvallen? Voorheen had Clinton zo'n gemakkelijk doelwit geleken. Hij hield een platvloerse rede op de Democratische conventie, een werkelijk slaapverwekkende toespraak op een overigens opwindende dag, en de luidste staande ovatie kreeg hij toen hij het partijstandpunt over eigen keuze in abortus herhaalde; maar over abortus in de komende campagne zweeg hij in alle talen. Clinton maakte het de Republikeinen gemakkelijk om ook op hun conventie te zwijgen over dat onderwerp. En de Republikeinen waren wel zo slim om een opzettelijk verwarrend signaal te geven; ze wisten dat de ultraconservatieve leden van religieus rechts het standpunt van de president al zouden kennen, maar ze hoopten ook dat sommige kiezers, zolang de kwestie onbesproken bleef, in hun verwarring zouden denken dat de Republikeinen het hele abortusvraagstuk aan ieders eigen

geweten zouden overlaten. Zelfs voormalig president
Gerry Ford was in de war gebracht, al zeuren de critici van
Ford dat hij altijd in de war is. Op een vraag over het
merkwaardige feit dat de president een fel aanhanger van
de Recht-op-leven-beweging was, terwijl de kwestie op de
Republikeinse conventie niet ter sprake was gekomen, antwoordde Ford dat hij en zijn vrouw altijd voor eigen keuze
waren geweest en dat hij ervan uitging dat George en Barbara Bush dat ook waren. Ford kende Bush immers al heel
lang. (Het was president Ford die George Bush aanstelde
als directeur van de CIA.) Ford noemde Bush zelfs gematigd, en Bush was inderdaad een 'gematigd' Republikein
geweest in de tijd dat Ford hem het beste had gekend. Maar
Ford had niet gemerkt hoe de president was veranderd.
Wat abortus betrof was Bush in moreel opzicht een kame-
leon.

Toch waren de Democraten ongerust; er waren wel eerder verkiezingen verloren aan morele kameleons. Nu de
Koude Oorlog voorbij was – zonder dat de regering Bush
ook maar enige lof toezwaaide aan Lech Walesa, Vaclav
Havel, Michail Gorbatsjov of de vele anderen die wel degelijk hadden geholpen een einde aan die oorlog te maken –,
begon de Amerikaanse middenklasse misschien eindelijk
ander prioriteiten te stellen. Of vond iederééén het lachwek-
kend dat Bush alle eer opeiste voor de overwinning van het
Westen? Clinton in ieder geval wel, en hij merkte gevat op
dat president Bush, die de verantwoordelijkheid opeiste
voor het einde van de Koude Oorlog, leek op 'de haan die
de verantwoordelijkheid opeiste voor de dageraad'. Maar
ex-president Gorbatsjov reageerde scherper op de arrogantie van Bush. 'Bush heeft me in vertrouwen gewaarschuwd geen aandacht te schenken aan wat hij tijdens de
presidentscampagne zou zeggen,' zei Gorbatsjov in een
interview in de *New Yorker*. 'Ik veronderstel dat dit in een
campagne onvermijdelijke zaken zijn, maar als hij het
meent, dan is het een grote misvatting.'

Voor de meeste Amerikaanse kiezers was het misschien het belangrijkste dat de Russen geen bedreiging meer vormden. Ronald Reagan werd beschouwd als iemand die geen duimbreed week voor het communisme, maar wie had nu nog behoefte aan Ronald Reagan? Het enige wat telde was de economie en Clinton had een plan. 'Let niet op mijn woorden,' zei hij in het laatste debat, 'let op mijn plan.' Eerlijk gezegd leek het mij nog niet genoeg, maar het was een plan. Natuurlijk werd het door de aanhang van Bush gekritiseerd. Het enige wat Bush nu nog deed was Clinton kritiseren. Had Bush wel iets gedaan waarop hij kon bogen?

Met die gedachte in het achterhoofd ontwikkelden de Republikeinen in de laatste dagen een serie reclameboodschappen rondom de gewone man. Op de televisie zien we een groep Amerikanen uit de gemiddelde en lage inkomensklassen, die staan te kletsen over wat Clinton misschien zou kunnen doen. De woorden 'niet te vertrouwen' of 'niet vertrouwen' zijn keer op keer te horen; herhaaldelijk wordt de mening geuit dat voor iedereen de belasting omhoog zal gaan – niet alleen voor de rijke patsers die meer dan 200.000 dollar verdienen. Natuurlijk komt er in deze publiciteitscampagne niemand voor die zoveel verdient; sommigen lijken bijna arm, en de meesten zijn duidelijk arbeiders (zowel qua kleding als qua taalgebruik). Deze boodschappen leden echter aan een gebrek aan geloofwaardigheid: de meeste mensen in de filmpjes zagen eruit als Democraten.

Ik onderbreek dit verslag voor een aardrijkskundeles. Mijn vrouw en ik wonen in de Groene Bergen in het zuiden van Vermont; het is vier uur rijden naar New York, dat pal ten zuiden van ons ligt, en vier uur naar Montreal in Quebec, dat pal ten noorden van ons ligt. Zowel onze Canadese als onze Amerikaanse vrienden zouden zeggen dat we 'nergens' of althans 'in de rimboe' wonen, maar u zou zich

vergissen als u dacht dat we van de wereld zijn afgesneden.
Waarom? Omdat je, als je in Vermont woont, het volgende
doet: je zoekt een mooi stukje grond, je bouwt een smaakvol huis en dan plant je een reusachtige schotelantenne op
een opvallende plek, bijvoorbeeld vlak voor de neus van je
naaste buren. Onze schotel is gitzwart en lijkt op het reu-
zenoor van een mammoetvleermuis. Dat heb je nodig als je
vijfenzeventig kanalen vol seks en geweld en sport wilt
zien, en dat willen wij.

Wat het nieuws aangaat: we ontvangen de grote Amerikaanse netwerken via een reeks aangesloten maatschap-
pijen (Boston, New York, Raleigh-Durham, Atlanta, Chicago, Denver en Los Angeles); we kunnen CNN ontvangen,
we krijgen zelfs het journaal – althans ik denk dat dit het
journaal is – uit Tokio. Helaas hebben we geen kanalen van
Vermont en we hebben dan ook geen flauw idee wat voor
weer we krijgen. Maar verder weten we alles. En we kunnen Canada ontvangen, zij het pas na een dubieuze ecolo-
gische beslissing; om kort te gaan: we moesten een boom
vellen die onze ontvangst van de Canadese sterren verhin-
derde. Mij zou de keuze tussen Canadese televisie en de
boom zwaar zijn gevallen, maar mijn vrouw nam het besluit zonder enige gewetenswroeging. Janet is Canadese en
staat tevens aan het hoofd van Curtis Brown Canada (het
literair agentschap); ze beweert dat ze Robertson Davies
niet naar behoren zou kunnen vertegenwoordigen als ze
niet iedere dag het nieuws uit Canada kon zien. U ziet wel
dat de boom een zakelijke beslissing was (zoals voor zovele
bomen geldt), maar nu weet u ook waarom we zo goed op
de hoogte zijn. Het gekke is dat we zelden de tv aanzetten
als we in Toronto zijn – en daar zijn we vaak (we hebben er
een appartement). Als je in een stad woont, lijk je het
nieuws haast als het ware door osmose te absorberen; als je
buiten woont – met name zonder vijfenzeventig televi-
siekanalen –, voel je je beroofd van de noodzakelijke dosis
schrik en angst.

Wat de geschreven pers betreft: onze postbode in Vermont wordt wanhopig van de stroom uit Canada en New York. Maar ik zal niet de moeite nemen alle merendeels bekende media in ons huis op te sommen, want ik zou niet willen dat mijn Europese lezers denken dat ik over speciale of uitzonderlijke informatie beschik; de vele bronnen waaruit ik put zijn volstrekt alledaags. Ook is mijn geheugen niet beter dan het uwe, behalve als het om autostickers gaat. Als je wilt weten wat de Amerikaan denkt, moet je goed letten op de sympathieën en antipathieën die hij op zijn auto afficheert. Er is eens een sticker geweest over de vermeende affaire van gouverneur Clinton en Gennifer Flowers; zelfs in Vermont heb ik er één kunnen zien:

STEM CLINTON
EN SLUIT DAN JE DOCHTERS EN JE REVUEZANGERESSEN OP

Maar in de uitzonderlijk snel voorbijvliegende tijd van de politiek was dat nieuws alweer op de achtergrond geraakt. In de dagen van de verkiezingen leek Bill Clintons verleden bijna even oud en irrelevant als de autosticker die bij wijze van commentaar in alle Amerikaanse verkiezingen die ik me kan herinneren is opgedoken:

I LIKE IKE

Andere liefhebbers van autostickers betreuren misschien dat het braakincident tijdens het bezoek van de president aan Japan in vergetelheid raakte. Zelfs in Vermont waren er een tijdje stickers met de tekst KOTS IN AZIË! En vele plaatselijke grappenmakers onderschreven de theorie dat dit moment van zwakte het beslissendste, althans het duidelijkste beleid was geweest dat de heer Bush sinds zijn ambtsaanvaarding had gevoerd. De Democraten hoopten dat die misselijkheid het enige zou zijn wat we ons van George Bush zouden herinneren, maar ook de braakepisode was

snel vergeten. Misschien is het nog te vroeg voor een president die naar het buitenland reist en op regeringsleiders
kotst, al dringen zich meteen allerlei denkbeelden op...
over de plaatsen waar Bush daarna heen had moeten gaan.
Hoe dan ook, alle overgeef-stickers verdwenen gewoon,
terwijl in november de gedoemde uitspraak van de president LET OP MIJN WOORDEN nog altijd een prominente
plaats innam onder de autostickers en hem nog steeds
schade berokkende.

In de loop van zijn campagne tegen gouverneur Dukakis in
1988 kon president Bush nog opmerkingen maken die een
idee gaven van het 'vriendelijkere, mildere land' dat hij
voor zich zag. 'Het is voor mij haast een obsessie... hoe de
kinderen in onze binnensteden leven,' had de president
gezegd. Toen klonken de woorden van de heer Bush bijna
oprecht. Maar in 1992 zou een dergelijke uiting van bezorgdheid niet overtuigend zijn geweest. De president had
de binnensteden van zich vervreemd. En de vice-president
had bijgedragen aan het isolement van Bush; Dan Quayle
had praktisch een klassenstrijd ontketend.

Als Quayle geen last wilde hebben van critici, kon hij in
juni 1992 bijna alleen nog spreken op de anti-abortusbij-
eenkomst waar hij zijn aanval op Murphy Brown, het personage uit de televisieserie, voortzette met nog fellere reto-
riek. (Een ongehuwde moeder was een slecht rolmodel
voor onze samenleving, had Quayle gezegd.) Hij zou, zo
verklaarde de vice-president, zijn standpunt verdedigen,
'ook al vinden de culturele elites op bepaalde redacties, in
bepaalde studio's voor televisiekomedies en in bepaalde
conversatiezalen op de universiteit dat misschien niet
leuk'. Van hetzelfde niveau was de anti-intellectualistische
taal geweest waarmee gouverneur Dukakis werd afgeschil-
derd als een produkt van de 'Harvard-boetiek'. Maar Clinton had al in juni 1992 laten weten dat hij zich er niet toe
zou laten verleiden op dat niveau over abortus of andere

'gezinswaarden' te spreken; tot de teleurstelling van vele Democraten sprak de gouverneur op geen enkel niveau over abortus, maar zijn koele reactie op Quayle zette de toon. 'Ik krijg genoeg van mensen die de verantwoorde-lijkheid voor het Amerikaanse volk dragen – zoals de vice-president – en doen alsof het gebrek aan waarden het enige probleem is,' zei Clinton.

Zelfs de twistzieke Ross Perot nam niet de moeite met Dan Quayle in discussie te gaan. 'Als iemand het verhaal van Murphy Brown kan begrijpen, dan zijn het wel de Republikeinen in het Witte Huis, want hun hele leven wordt geregeerd door waarderingscijfers,' verklaarde Pe-rot. 'Murphy Brown kreeg haar kind juist zo vanwege de waarderingscijfers.'

President Bush stemde in met Quayles afkeurende reac-tie op Murphy Brown – die een kind kreeg terwijl ze niet getrouwd was – en voegde er slechts aan toe dat 'een buite-nechtelijk kind beter is dan abortus'. Maar het belangrijk-ste was dat eigenlijk niemand zich er iets van aantrok.

Het komt zelden in de Amerikaanse politiek voor dat een strijdlustige dwaas er niet in slaagt om met een stuk of wat tactloze opmerkingen een storm van verontwaardiging te ontketenen. Dan Quayle bleef echter tactloze opmer-kingen maken met als enig resultaat een vloedgolf van poli-tieke spotprenten. 'Als we niet slagen, lopen we het risico van een mislukking,' had de vice-president in november 1989 gezegd. In augustus '90 had Quayle in een restaurant van Hardee in Chicago een vrouw begroet en getracht haar de hand te schudden. 'Ik ben Dan Quayle, wie bent u?' had de vice-president gevraagd. 'Ik ben uw veiligheidsagent,' had de vrouw geantwoord. Datzelfde jaar had de vice-president in Californië verklaard: 'Ik houd van Californië. Ik ben opgegroeid in Phoenix. Mensen vergeten dat vaak.' (De meeste Europeanen en énkele Amerikanen weten dat Phoenix in Arizona ligt.) Maar Quayles domheid kon nog verbijsterender vormen aannemen. 'Ik heb in het verleden

234 DE REDDING VAN PIGGY SNEED

goede beslissingen genomen,' had hij ooit gezegd. 'Ik heb
in de toekomst goede beslissingen genomen,' had de vice-
president eraan toegevoegd. Als het om het gezin ging kon
geen van zijn uitspraken over Murphy Brown op tegen
deze typische Quayle-opmerking uit december '91: 'Republikeinen begrijpen het belang van de bondage van moeder en kind,' had de vice-president ons voorgehouden. (En
wij dachten dat Henry Kissinger Engels sprak alsof het een
vreemde taal was!) Dus toen Quayle een fantasiefiguur
hekelde omdat ze ongehuwd moeder was, gebeurde er eigenlijk weinig, alleen de media sloegen op hol. Toen de
opwinding zakte, was niemand van mening veranderd –
Dan Quayle al helemaal niet.

Maar Quayles idiote gesnater over 'gezinswaarden' had
meer gevolgen voor mij dan voor de opiniepeilingen, want
kort tevoren had ik een persoonlijke brief ontvangen van
de vice-president. Mijn vrouw betichtte me van heimelijke
rechtse activiteiten en – erger nog – vroeg zich af of ze
getrouwd was met een crypto-Republikein (of een geheim
golfspeler). Ik verzekerde haar dat ik Dan niet kende; ik
had hem zelfs nooit ontmoet. Toen kalmeerden we allebei
en lazen we de rest van de brief. Vanzelfsprekend was het
alleen maar een uitnodiging en lang niet zo 'persoonlijk' als
deze had geleken. Natuurlijk was het ook een gênante vergissing; ik ben lid van de Democratische partij en mijn
vrouw heeft de Canadese nationaliteit, en nu werden we
uitgenodigd om lid te worden van iets wat de Republikeinse Kring van Intimi heette. We begrijpen dat je gemakkelijk op de verkeerde mailinglijst terecht kunt komen,
maar toch waren we in de verleiding ons bij hen aan te
sluiten. Sinds we in Vermont wonen, hebben de Democraten noch de Canadezen ons uitgenodigd om van wat dan
ook lid te worden.

Helaas twijfelde mijn vrouw evenwel aan mijn motieven
om een uitnodiging voor een diner van de vice-president
aan te nemen. Ik moet wel toegeven dat de brief van Dan

Quayle wat onduidelijk was. We wisten niet zeker of het gewenste resultaat geld of roem was; maar naar het scheen zouden we wel in het Witte Huis dineren – gratis. Bovendien werd de indruk gewekt dat het hier om een intiem gezelschap ging, wat erop duidde dat we misschien zelfs een vertrouwelijk gesprek (gedurende het aanzitten aan de maaltijd) mochten verwachten met zowel de vice-president als de president.

Maar na het braakincident in Japan wisten we dat het gevaarlijk was al te dicht bij de heer Bush te zitten als hij at; daar moesten we niets van hebben. Het is echter ongeveer tien uur rijden van Vermont naar Washington; uit de buurt van de president blijven uit angst voor vérspugen onder het eten werd afgewogen tegen de potentiële verveling in de nabijheid van de vice-president. We vroegen ons af of het de moeite waard zou zijn helemaal uit Vermont te komen voor de heer Quayles 'vertrouwelijke gesprekken'. Mijn repertoire aan anekdotes over golfen is wat beperkt; van het vooruitzicht een avond lang clubtarieven te vergelijken kreeg ik het Spaans benauwd. Anderzijds zouden mijn vrouw en ik het niet erg vinden een avondje met mevrouw Quayle te praten, maar we meenden dat het niet aan ons was een tafelschikking voor te stellen waardoor wij naast Marilyn terecht zouden komen.

Ik moet mijn Europese lezers geruststellen dat we de invitatie voor het diner met de Quayles hadden ontvangen lang voordat we hoorden dat Dan geen 'potato' kon spellen en ook voordat Marilyn in 'The Today Show' optrad (een nieuws- en praatshow in de ochtend) en verklaarde dat het 'gewoonweg vreselijk' was dat iemand als Ross Perot het presidentschap 'kon kopen' zonder ooit voor zijn meningen uit te komen. Het was meteen afgelopen met het ontbijt. Wat bedoelde ze precies? Was het niet bij mevrouw Quayle opgekomen dat het Amerikaanse volk iemand die zijn meningen verkondigt misschien niet eens gelooft? Dat soort uitspraken was meestal toch onwaar; een man zonder

meningen – of een man die besloten had zijn meningen
voor zich te houden – had wel iets verfrissends. Maar Marilyn snapte het gewoon niet, hoewel de logica van Perot in
wezen heel simpel was, net als de meeste succesvolle politieke ideeën; namelijk, wij (het publiek) geloofden duidelijk dat zowel Bush als Clinton leugenaars waren, terwijl
we niets wisten van Perot (en we zouden van hém in ieder
geval niets wijzer worden). Zo'n sprong in het duister is
immers niets anders dan het begin van anarchie – of althans
het ontstaan van een derde politieke partij?

De aanvankelijke belangstelling voor Perot kwam in
ieder geval voort uit een afkeer van alle beroepspolitici.
Aan die gedachte lag het idee ten grondslag dat zelfs een
rijke loodgieter een kans mag hebben op het presidentschap. Of nee, dat is te extreem – we hebben nogal slechte
ervaringen met loodgieters. Maar is dat niet juist wat Perot
beweert? 'Ik bén de Amerikaanse droom,' zo formuleerde
hij het. Om vervolgens te zeggen dat hij het liefst zou zien
dat andere Amerikanen ook deze gok konden wagen.

Als het meer dan een gerucht was dat het land aan de
rand van de afgrond stond, betekende de voorkeur voor
Perot in elk geval dat het land liever zelf uitmaakte hoe het
in de afgrond stortte. We konden als president een man
kiezen die de Amerikaanse mythe – dat iedere Amerikaan
uiteindelijk president kon worden – belichaamde. Al dacht
ik dat Ronald Reagan die mythe al overtuigend had waar-
gemaakt; veel aanhangers van Perot waren ook dol geweest
op Reagan, wat (onder meer) betekende dat ze lang niet zo
radicaal waren als de kandidaat van hun keuze. In werkelijkheid was de heer Perot een atavisme – een soort conservatief à la Barry Goldwater. Perots kritiek op George Bush
luidde dat Bush de conservatieven in de steek had gelaten.
Perot had een tweeledige uitleg hiervoor. Ten eerste was
Bush niet conservatief genoeg geweest – in economisch
opzicht – en ten tweede had Bush de zuiverheid van het
ware conservatisme bezoedeld door toe te geven aan reli-

gieus rechts. Uit Perots onomwonden verdediging van het recht op abortus bleek duidelijk dat hij niets moest hebben van geloofsfanatici, terwijl Bush (net als Reagan) toenaderingspogingen tot hen had gedaan. Maar al wat Marilyn Quayle kon zeggen over de kwestie Perot was dat het 'gewoonweg vreselijk' was. Mevrouw Quayle leek geen enkel idee te hebben waaruit de kracht van Ross Perot voortkwam, namelijk uit een diepgeworteld gebrek aan vertrouwen in de rest.

Het zou te ver gaan te concluderen dat Perot de zwakte van het tweepartijenstelsel heeft blootgelegd, maar hij heeft de zwakten van de kandidaten van beide partijen wel uitgebuit. En niemand weet precies wat er in november had kunnen gebeuren als Perot niet verder van zijn campagne had afgezien. (Perot was in juli gestopt en had zich in oktober opnieuw in de strijd geworpen.) Maar één ding meen ik te weten: de kwelgeest met de gekke oren en de borrelpraat vol aforismen komt terug. Misschien zal de kandidaat de volgende keer niet Ross Perot zijn maar een andere manifestatie van Perots beeldenstorm van schijnoplossingen. En de volgende keer zal hij, wie hij ook is, nog populairder zijn – met een nog fatalere aantrekkingskracht. Zelfs als de kandidaat de volgende keer wel Ross Perot is.

Laten we het effect van Perot één week voor de verkiezingen in herinnering roepen. Op zaterdagavond sprak Ross Perot in 'Sixty Minutes', het nieuwsprogramma van CBS. Perot was nijdig omdat veel Amerikanen hem een lafaard vonden; hij onthulde dat hij zich uit de strijd had teruggetrokken om zijn dochter te beschermen. Hoewel hij geen bewijs leverde, beweerde Perot dat vrienden en een niet nader genoemde 'hooggeplaatste Republikein' hem hadden gewaarschuwd voor de 'smerige spelletjes' die de Republikeinen gingen spelen met zijn dochter Carolyn. Ze zou binnenkort trouwen en de Republikeinen waren van plan haar bruiloft te bederven door het gerucht te verspreiden dat ze lesbisch was. Hoewel de *New York Times* Perot afschilderde als iemand die 'sinds jaar en dag geloofde in uitgebreide, onbewezen samenzweringen, vaak tegen hemzelf gericht', leek Perots beschuldiging de president in een controverse te kunnen betrekken die zijn verkiezings- sores alleen maar zou vergroten. Een enquêteur voor Bill Clinton werd geciteerd: Perots beschuldiging zou ook tot gevolg kunnen hebben dat hij 'zichzelf uitschakelde'. Wie zou immers geloven dat de president van de Verenigde Staten een dergelijke aanval zou lanceren op het huwelijk van een jonge vrouw? Maar waarom zou je het niet gelo- ven?

Had de heer Bush niet zelf verklaard dat hij alles zou doen om herkozen te worden? De televisieboodschappen van Bush in de laatste week van de campagne bewezen dat in elk geval. Op het moment van Perots schokkende ver- klaring waren die nieuwe boodschappen al op tv versche- nen. Eerst zit Bush in zijn werkkamer. De dreiging van een kernoorlog is voorbij, vertelt hij; Bush ziet er wat ver- moeid uit van alle inspanningen om de kernoorlog te ver- slaan, maar hij is positief. Nu is het tijd om ons meer in- spanningen thuis te getroosten, zegt de president. Ineens zien we een klaslokaal vol schoolkinderen, dan het beeld van een gelukkige, zwangere vrouw. Scholing en gezond- heidszorg eisen onze aandacht op; dat is de boodschap. Maar is dat niet wat de Democraten altijd zeiden? De nieuwe film leverde het duidelijke bewijs van een van Ross Perots eerdere beweringen over de Repubikeinen in het Witte Huis, namelijk dat 'hun hele leven wordt geregeerd door waarderingscijfers'. Bedoelde Bush dit, toen hij zei dat hij alles zou doen om herkozen te worden? Dat hij zich zelfs als een Democraat zou voordoen?

Een andere nieuwe reclameboodschap herhaalde een nog ouder en bekender Republikeins liedje: steun aan kleine bedrijven – en níet nieuwe belastingen, níet meer overheidssubsidies – was de sleutel tot de herleving van de economie. Een van de geportretteerde kleine bedrijven was een kapperszaak – een vertrouwd Amerikaans symbool. Maar zou echt iemand geloven dat nieuwe projecten voor gezondheidszorg en scholing in ons land betaald konden worden zonder nieuwe belastingen en zonder nieuwe overheidssubsidies? Slikte iemand het idee dat goede gezondheidszorg en scholing tot stand konden worden gebracht door de winsten af te romen van 'kleine bedrijven', met name uit ongelooflijk florerende kapperszaken? Dit was de laatste week van tegenspraken die de Republikeinen te bieden hadden: enerzijds herhaalden ze telkens dat we Clinton niet konden vertrouwen en dat Clinton de belasting voor iedereen zou verhogen; anderzijds wilden ze ons doen geloven dat zíj – de Republikeinen – de nieuwe Democraten waren. En daar had je Ross Perot, die zei dat de Republikeinen nog meer smerige spelletjes in petto hadden – een trucfoto van zijn dochter als lesbienne, niets meer en niets minder! 'Het is helemaal van de gekke,' zei de woordvoerder van het Witte Huis, Marlin Fitzwater, tegen de verslaggevers. En eerlijk is eerlijk, wie kon dergelijke 'nonsens' zoals de heer Fitzwater het noemde geloven? Maar wie kon het niet geloven?

Het slechte nieuws, voor Bill Clinton, verscheen de ochtend na Perots beschuldiging aan het adres van de Republikeinen. Bush had zijn positie in de opiniepeilingen geconsolideerd op tweeëndertig procent, maar Clintons voorsprong was gekrompen tot slechts zeven procent – hij stond tamelijk wankel op negenendertig procent en zakte verder –, terwijl Perot vooruit was gegaan. De kleine Napoleon hield zich groot op 20 procent en zijn aanhang leek te groeien. De overschakeling op Perot ging ten koste van Clinton. Daaruit viel op te maken dat de aanhangers van Perot altijd een hekel hadden gehad aan George Bush, maar ook dat de aanhangers van Bush niet overliepen. Was het mogelijk dat de aanhangers van Clinton die wel overliepen, Perot-mensen waren die op Clinton waren overgestapt toen Perot zich uit de race had teruggetrokken? In dat geval stapten ze nu terug naar Perot. En de mensen van Clinton hadden nog maar een week voor hun nieuwe taak: verkondigen dat iedere stem die niet voor Clinton was, een stem voor Bush was.

Voor de progressieven die George Bush verafschuwden, ontstond een nieuwe, opwindende mogelijkheid. Stel dat Perot als tweede eindigde en de president slechts derde werd? Maar het kamp van Clinton wist wel beter; dat wist genoeg om zich zorgen te maken. Als de tegenstanders van Bush werkelijk verdeeld waren, zouden de Democraten verliezen. En wie zou Perot aanwijzen als hij tussen Bush en Clinton moest kiezen? Ineens was dat de vraag. Het was een van de vele directe vragen die Ross Perot nooit direct had beantwoord, maar zijn weigering deze vraag te beantwoorden begon iets geniaals te krijgen. In hun strijd tegen Perot had Bush noch Clinton veel rake klappen uitgedeeld: eigenlijk hadden ze praktisch geen enkele klap uitgedeeld. Ze wilden allebei de stemmen van de ontmoedigde aanhang van Perot. Ze hadden echter nog maar een week en de kleine Texaan deelde rakere klappen uit dan de Democraten en de Republikeinen hadden verwacht; en geen van de aanhangers van Perot leek 'ontmoedigd'.

Voorheen was Perot in de campagne boven de 'karakter'-kwestie blijven staan; wat niet over economie ging, vond hij oninteressant. Maar nu er nog één week te gaan was, maakte Ross Perot het karakter tot zijn eigen programmapunt. Voor een menigte van 20.000 man bij een racebaan in New Jersey stelde Perot bijna uitsluitend vragen over karakterkwesties. 'Als u ten strijde trok en u mocht een van ons drieën kiezen, wie zou u dan aan uw zijde willen? Als u gegijzeld werd in een ander land, wie van de kandidaten zou u dan komen halen, denkt u? Aan wie zou u geld lenen? Wie van de drie kandidaten als jongeman zou u als echtgenoot voor uw dochter wensen? 'Met oren en al,' voegde Perot eraan toe.

Met nog een week te gaan was Ross Perot ineens een
ander dan Bush en Clinton van hem hadden verwacht:
Perot was een serieuze kandidaat. Met oren en al. Of was
hij gewoon een serieuze spelbreker?

De week voor de verkiezingen werd beheerst door een
sfeer van neerslachtigheid. Mijn vrouw en ik waren op een
avond in New York, toen iets het beveiligingssysteem in
ons huis in Vermont in werking stelde; het alarm ging af,
een politieman doorzocht het huis en vond in plaats van
een indringer een gedeeltelijk leeggelopen heliumballon.
Op de ballon stond GEFELICITEERD! en de bewegingsdetec-
tor had op het grillige gedrag van de ballon in de opstij-
gende hete lucht van de verwarming gereageerd. Toen we
thuiskwamen bleek de agent de ballon te hebben vastgemaakt aan het favoriete stuk speelgoed van ons eenjarige
zoontje: een één meter hoge versie van Pino, de vogel uit
Sesamstraat. (Merk op dat de televisie de belangrijkste
bron van de Amerikaanse levensstijl is!) De heliumballon
was aan de hals van Pino gebonden. Was dat een voorte-
ken? Was Pino een Republikein of een Democraat? Ik
vond dat hij eruitzag als een onafhankelijke kandidaat.

Op een andere avond, toen we terug waren uit New
York, ging de telefoon om vijf uur 's morgens en meldde
een man van de alarmcentrale me dat de warmtedetector in
mijn beveiligingssysteem aangaf dat de temperatuur in huis
onder het nulpunt was gedaald. Ik zei dat ik nergens last
van had en dat het in huis lekker warm was – er was duidelijk iets mis met het beveiligingssysteem, zei ik –, maar
omdat ik de slaap niet meer kon vatten, ging ik naar beneden en ontdekte ik dat een buitendeur door de wind was
opengewaaid. De thermostaat van de warmtedetector was
blootgesteld aan de koude lucht en de hal lag vol dorre
bladeren. Een grijze eekhoorn zat op de drempel van de
open deur, hij scheen te aarzelen of hij naar binnen zou
gaan of niet.

Dit was allemaal zo onthutsend dat ik maar naar het
vroege ochtendjournaal ging kijken; toen CNN zichzelf begon te herhalen, deed ik de televisie uit en begon me zorgen
te maken over Clintons zwakheden. Als ik zeg dat Clintons
economische plan me niet voldoende lijkt, bedoel ik dat de
Amerikanen zichzelf hebben wijsgemaakt dat ze het recht
hebben nauwelijks belast te worden. Toen Perot zei dat
zowel de overheid als de belastingbetalers zouden moeten
'lijden', luisterden zijn fanatieke aanhangers niet echt: ze
mochten hem gewoon graag. Ze beseften niet dat Perot
bedoelde dat íedereen zou moeten meebetalen aan die verdomde schuld. Toen Walter Mondale die benadering probeerde, namen de kiezers hem serieus en wezen ze hem af: de
kiezers mochten hem gewoon niet of ze mochten Ronald
Reagan meer. Maar wij zijn het rijkste land ter wereld met de
laagste belastingen. Voor iedereen buiten de Verenigde Staten is duidelijk dat onze belastingen veel hoger moeten zijn.
En probeer maar eens gekozen te worden als je dat zegt.

Vergeleken met Europeanen staan Amerikanen alleen in
hun hebzucht, hun verregaande wantrouwen jegens ieder
sociaal gevoel, om nog maar te zwijgen van hun enorme
angst voor de zogenaamde verzorgingsstaat; onze plicht om
in ons eigen land te zorgen voor hen die niet voor zichzelf
kunnen zorgen aanvaarden wij domweg niet. En de Republikeinen hadden twaalf jaar lang met succes deze hebzucht
gevoed bij hen die het ver wisten te schoppen (ten koste van
hen die het nooit ver genoeg konden schoppen). De mythe
bleef bestaan dat de Democraten steunprogramma's voor de
armen zouden opzetten, maar dan ten koste van de middenklasse. Die programma's vond men in het algemeen wel
goed, in de zin van goedbedoeld en/of hoogstaand, maar het
wantrouwen bestond dat de landelijke economie altijd werd
geschaad doordat de Democraten het geld verkeerd be-
steedden. En wat was de keerzijde van de mythe? Dat de
Republikeinen beter waren voor de economie. Maar was dat
wel zo?

Gezien het aantal proteststemmen tegen George Bush had Clintons uitverkiezing gepaard kunnen gaan met een veel grotere aardverschuiving als de Amerikaanse kiezers niet zulke dromers waren geweest. Bijna twintig procent van de Amerikaanse kiezers zijn zulke grote dromers dat ze zelfs op Ross Perot stemden; beangstigender is dat het aantal dromers alleen maar zal toenemen. Op een goede dag zal een volstrekt ongeschikte kandidaat als Ross Perot president van de Verenigde Staten worden.

Het is waar dat Clinton de verkiezingen met een grotere meerderheid zou hebben gewonnen als Perot niet zo'n substantieel deel van de proteststemmen had gekregen, al betwijfel ik of zelfs maar de helft van Perots aanhang op Clinton zou hebben gestemd. De meeste aanhangers van Perot zouden volgens mij zonder hem gewoon niet hebben gestemd en ze zouden zeker niet op Bush hebben gestemd. Maar een verschuiving in het voordeel van Clinton zou met of zonder Perot zijn opgetreden, omdat de Democraten (dit keer) het sprookje wisten te weerleggen dat de Republikeinen beter zijn voor de economie. Natuurlijk moet Clinton als president nog bewijzen dat hij de economie kan verbeteren, en daar heeft hij maar vier jaar de tijd voor.

In het weekeinde voor de verkiezingen op dinsdag gedroeg Bush zich steeds geprikkelder en met steeds minder presidentiële waardigheid. Op een bijeenkomst in Michigan noemde de president Al Gore 'gestoord' – Gore is een milieubeschermer – en Bush had het volgende te zeggen over het programma van Clinton en Gore: 'Mijn hond Millie weet meer van buitenlandse zaken dan die twee dombo's!' Ondertussen zette Clinton de president met diens gezeur over 'vertrouwen' voor gek. Hoe kon iemand Bush nog 'vertrouwen' na de 'poppenkast' van vier jaar in het Witte Huis? vroeg Clinton. Maar in de opiniepeilingen kwam Bush naderbij.

Had Perots vreemde kompaan, admiraal Stockdale, een

gevoelige snaar geraakt toen hij uithaalde naar degenen die tegen de oorlog in Vietnam hadden geprotesteerd? Volgens de admiraal kleefde het bloed van 20.000 Amerikanen aan Bill Clintons handen! Het was het oude verwijt dat de tegenstanders van de oorlog het gevaar voor de Amerikaanse soldaten hadden vergroot. Het was de oude veronderstelling dat ieder protest tegen welk specifiek beleid van de Amerikaanse regering dan ook anti-Amerikaans was. Waren we nog steeds niet af van deze onvoorwaardelijke vaderlandsliefde? En zou het thema van het patriottisme ditmaal bij Clinton werken? Hoe warrig de admiraal ook leek, tot grote schande van de Democraten had hij het beste antwoord gegeven op de enige rechtstreekse vraag over abortus die in de debatten was gesteld. Het was het lichaam van de vrouw en het was haar zaak, had Stockdale gezegd; 'punt uit,' had hij eraan toegevoegd; dat was het mooiste moment van de admiraal. Het was jammer dat Al Gore niet zo'n beslist standpunt had ingenomen in de abortuskwestie. En daar had je ineens de oude admiraal Stockdale die de Democraten alweer een slecht figuur liet slaan.

Ondertussen werden de lezers van de *New Yorker* geïnformeerd over de geheime missie van George Bush voor de inmiddels overleden directeur van de CIA, William J. Casey. Casey had Bush – de voormalige directeur van de CIA en latere vice-president – gevraagd iets voor hem te doen. Casey wilde dat Bush, schijnbaar op een vredesmissie in het Midden-Oosten, Saddam Hoessein ertoe zou overhalen om een 'grootscheepse' aanval op Iran uit te voeren. Casey hoopte dat Iran zich dan tot de Verenigde Staten zou moeten wenden voor raketten (voor de luchtafweer), aangezien Iran zich niet snel genoeg schikte in de geheime operatie van de regering-Reagan: wapens voor Iran in ruil voor de Amerikaanse gijzelaars in Beiroet. En dus werd George Bush als onze vice-president naar Saddam Hoessein gezonden met de bedoeling de oorlog tussen Iran en

Irak te doen escaleren om de transactie die al ter tafel lag te bespoedigen: wapens naar Iran voor Amerikaanse gijze-laars uit Libanon. Niet alleen zou de oorlog aan tiendui-zenden het leven kosten en zouden er nog meer Amerika-nen worden gegijzeld, maar bovendien zou dit beleid George Bush (als president) uiteindelijk tot de Golfoorlog brengen. De *New Yorker* van 2 november leverde het be-wijs dat Saddam Hoessein meer dan 'in de watten gelegd' was; Bush had Irak zelfs aangemoedigd precies de 'wapens voor massavernietiging' te ontwikkelen waartegen hij later ten strijde zou trekken.

Maar Howard Teicher, voormalig adviseur van de Nationale Veiligheidsraad, die met Casey en Bush aan de geheime wapenverkopen had gewerkt, had allang voor deze onthulling de bewering van Bush betwist dat hij niets zou weten van de verkoop van wapens aan Iran – voor de illegale steun aan de Contra's in Nicaragua. (Bush had vol-gehouden dat hij 'niet in het komplot' zat.)

'Bush wist beslist alles van het plan om wapens aan Iran te verkopen,' had Teicher gezegd. 'Ik heb hem vaak genoeg persoonlijk tot in detail geïnformeerd. Net als vele anderen kreeg hij chronische Alzheimer toen de wapenverkopen bekend werden.'

In het weekeinde voor de verkiezingen zou Bush op-nieuw last krijgen van 'chronische Alzheimer'. Ditmaal zou de onthulling dat Bush wel degelijk 'in het komplot' zat, komen van de voormalige minister van Defensie Cas-par Weinberger. De ironie wil dat Weinberger zich altijd had verzet tegen het 'plan Iran' en toch meer problemen met justitie kreeg dan sommige bereidwillige medewerkers aan het Iran-Contra-schandaal. Weinberger werd beschul-digd van meineed en belemmering van de rechtsgang om-dat hij zijn notulen van vergaderingen op het Witte Huis zou achterhouden. In het weekeinde voor de verkiezingen kwamen de notulen van één dag naar buiten. Daarin stond vice-president George Bush niet alleen op de presentielijst

van een vergadering op het Witte Huis waar allerlei bijzon-
derheden van de wapenverkopen werden 'besproken',
maar er stond ook in dat Bush vóór de plannen had gestemd. Weinberger had tegen gestemd; en toch was het
Weinberger en niet Bush die voor een federale Grand Jury
moest verschijnen.

Op de vraag commentaar te leveren op dit nieuwe bewijsmateriaal bestempelde president Bush het tot 'oud
nieuws'. Hij voegde eraan toe: 'Ik heb al gezegd dat ik een
deel van die vergadering niet heb bijgewoond.' Maar als
George Bush al een deel van die vergadering niet had bijgewoond, was het in ieder geval niet het deel waarin werd
gestemd. Of moesten we geloven dat Bush had gestemd
zonder te weten waarvóór? Bush noemde het bewijs tegen
hem 'onnozele kleine beschuldigingen'. Toen gouverneur
Clinton zíjn karakter twijfelachtig noemde, zei de president: 'Op je karakter te worden aangevallen door gouverneur Clinton is als lelijk te worden genoemd door een pad.'
Hier liet Bush zijn cynische aard zien, om niet te zeggen
zijn onverholen arrogantie. Hij wist dat het de Republikeinse getrouwen en de rechtse extremisten toch niet kon
schelen wat hij had gedaan.

Maar opeens – ondanks de flagrante leugens van de president en zijn kinderachtige beledigingen – was er geen tijd
meer vóór de verkiezingen. 'Vertrouwen' of 'karakter' deden er niet meer toe. Dit waren Amerikaanse presidentsverkiezingen. Het deed er niet toe wie we gelóófden. Het
enige wat ertoe deed was wie we het aardigst vonden.

Ik heb het volgende verkiezingsdagboek bijgehouden.

Ik word om zes uur wakker van het geluid van hagel op
het dak en op het leistenen terras; over de bomen ligt een
sluier van rijp – uiterst onheilspellend. Ik ga weer naar bed
en hoor twee of drie bonzen tegen de noordelijke muur –
ook uiterst onheilspellend. Het betekent meestal dat de
korhoenders uit de bossen zijn gejaagd en niet over het

huis, dat drie verdiepingen telt en een steil puntdak heeft, heen konden komen. Van het geluid van de zich te pletter vliegende vogels wordt ook ons één jaar oude kindje wakker.

We staan allemaal op. Ik maak koffie en kijk naar het nieuwsnet, dan naar CNN. Krijg te horen dat de stemlokalen om zeven uur opengaan. Drink één kop koffie, rijd dan naar de basisschool (ons plaatselijke stemlokaal). We wonen op een berg; eerst krijg je een onverharde oprijlaan, dan twee zandwegen en dan kom je pas op de geplaveide weg. Op de berg hagelt het; in het dal regent het – er ligt geen rijp op de bomen.

Ze zijn bezig de stemhokjes in te richten in het gymnastieklokaal en ik krijg te horen dat ze pas om tien uur opengaan! Er zijn al enkele Republikeins ogende mensen die kwaad kijken. Met 'Republikeins ogend' bedoel ik dat ze er welgesteld en gepensioneerd uitzien. 'Ik heb de hele dag de tijd,' zegt een van de oudere heren.

Een jonge vrouw zet warme borden neer voor erwtensoep en witte bonen met stroop en spek; de koffiemachine is al aangezet en er staat een lange tafel vol koekjes en taarten. In Vermont horen deze etenswaren bij ieder sociaal gebeuren. Ik rijd naar huis, drink een stuk of vijf koppen koffie, raak zo opgefokt dat ik niets anders meer te doen weet dan bladeren bijeen harken – zwaar werk als het hagelt. Maar tegen negenen is de hagel overgegaan in regen, zelfs op de berg. Ik vind de drie dode korhoenders; ze zijn te groot om mee te 'harken'. Ik neem me voor om, morgen misschien, terug te komen met een schop. Als Bush wint zal ik, denk ik, wel zin hebben om dode korhoenders op te scheppen. Als Perot wint laat ik ze tot de lente wegrotten. Ze zullen toch al gauw onder een laag sneeuw liggen.

Om negen uur begin ik aan een kort verhaal van Tsjechov; na vijf minuten kom ik tot de conclusie dat ik het al heb gelezen. Ik zet het nieuwsnet aan. In een stadje in New Hampshire is het stemlokaal alweer gesloten! Alle zevenendertig geregistreerde kiezers hebben gestemd: vijfentwintig op Bush, tien op Perot en twee op Clinton. Er is een kort vraaggesprek met een van de stemmentellers, een verschrikt kijkende man die lijkt op Christopher Lloyd in zijn *Back to the Future*-periode. 'We wisten niet dat er Democraten in onze stad waren,' zegt hij. Hij kijkt zorgelijk, alsof de twee stemmen voor Clinton er twee te veel zijn.

Ik zoek een schop en begraaf de drie dode korhoenders in de bossen, waarbij ik hen voortdurend toespreek (alsof het Republikeinen zijn). De korhoenders staan natuurlijk open voor deze kritiek. Eindelijk is het tien uur!

Ik spring in de auto en scheur naar de basisschool. Het parkeerterrein is vol en ik moet drie kwartier in de rij staan! Is dat een goed teken? Zijn deze mensen George zat of zijn ze bang voor Bill? In Vermont heeft een twaalftal mensen zich kandidaat gesteld voor het presidentschap en van negen van hen heb ik nog nooit gehoord. Er is op het stembiljet ook ruimte waar je de naam van je eigen presidentskandidaat kunt invullen – desnoods je eigen naam. Ik stem op alle Democraten op het stembiljet, zelfs voor het ambt van politierechter, maar ik maak een uitzondering voor Bernie Sanders, Vermonts favoriete socialist; Bernie wil nog een termijn zitting nemen in het Congres, in het Huis van Afgevaardigden, voor de Liberty Union Party. Ik besluit impulsief op Bernie te stemmen. Ik bedenk dat er misschien geen andere socialisten in het Huis zitten.

Ik kom helemaal opgewonden thuis, niet in staat te schrijven; ik vind het jammer dat ik de drie korhoenders al heb begraven – stomme vogels! Besluit een wandeling te maken door de natte bossen; verander van gedachten omdat het pijl-en-boogseizoen (voor herten) is begonnen – wil niet doorboord worden door een fanatieke jager. Overweeg het verhaal van Tsjechov nog eens te proberen, maar ben vergeten op welke wc ik het boek heb laten liggen; dit rothuis heeft zes wc's. Ik zit op mijn werkkamer, zonder te schrijven, en kijk naar de eekhoorns die in de bomen rond-springen. Als je lang genoeg naar eekhoorns kijkt, zie je er wel een vallen (vooral als het glad is). Ik besluit ze te observe-ren tot er twee vallen – ongeveer een uur. Vandaag gebeurt er verder weinig in de natuur; geen herten voor het raam, geen wilde kalkoenen. Er zijn alleen maar eekhoorns en de drie dode korhoenders – hun graven zijn gelukkig niet te zien vanuit mijn werkkamer.

Als Bush verliest zou ik graag iemand in Arizona willen bellen om het hem in te peperen. Maar die persoon is mis-schien wel dood en ik heb zijn naam nooit geweten. In 1988 was ik uitgenodigd om een toespraak te houden bij een inzamelingsactie voor de Organisatie voor Gezinsplanning in Phoenix. (Dan, als je dit leest, Phoenix ligt in Arizona.) Ik hield er een geestdriftige rede voor het recht op abortus en gaf George Bush een veeg uit de pan – zuiver uit oogpunt van gezinsplanning wel te verstaan. Ik zei dat je niet lid kon zijn van Gezinsplanning en tegelijkertijd op George Bush kon stemmen – Michael Dukakis was destijds het alternatief. De toespraak werd tamelijk koel ontvangen. Een vrouw ver-telde me dat de meeste vrouwen lid waren van Gezinsplan-ning, maar dat hun echtgenoten merendeels Republikein waren en Gezinsplanning 'uitsluitend financieel' steunden, omdat ze niet wilden dat de Hispanics ooit meer stemmen zouden vertegenwoordigen dan de 'gepensioneerde garde'. Met andere woorden, ze steunden Gezinsplanning voor Mexicaanse Amerikanen, en de Republikeinse partij voor al hun andere noden. Ze waren bang dat de Mexicaanse Ame-rikanen hen in kindertal zouden overtreffen! Dat stak me; ik had liever gehad dat iemand me vóór mijn toespraak had gewaarschuwd, dan had ik die Republikeinen onomwon-den de waarheid kunnen zeggen. In deze stemming ging ik naar het toilet, waar ik werd aangesproken door een oudere Republikein die slecht ter been was en zo'n aluminium looprek gebruikte. Hij schuifelde naar het urinoir en keek me dreigend aan, wat ik nogal hinderlijk vond.

'Wat verdient een schrijver als u nou per jaar?' vroeg hij.
'Een half miljoen? Meer?'

'Zoiets,' antwoordde ik voorzichtig.

'Dan moet u Republikein zijn, idioot!' zei de oude heer.
In één opzicht had hij natuurlijk gelijk. Voordat Ronald
Reagan werd gekozen, toen Jimmy Carter nog in het Witte
Huis zat, moest ik ongeveer zeventig procent van mijn
privé-inkomen aan belasting betalen – ik zat in de hoogste
schaal. Nadat Reagan president was geworden – en gedurende de daaropvolgende twaalf jaar –, zakte de belasting
naar ongeveer veertig procent over mijn privé-inkomen.
En er waren voor mij nog allerlei prettige mazen – dat wil
zeggen, aftrekposten voor de rijken. Toch, zo legde ik de
oude zak met het looprek uit, stemde ik niet louter uit
eigenbelang.

'Dan bent u een sufferd!' zei hij. 'Wat voor achterlijke
redenen zijn er dan om te stemmen?' Ik wilde de man net
laten weten dat hij misschien wel te oud was om nog
nieuwe kunstjes te kunnen leren, maar dat het misschien
nog niet te laat was om sociaal gevoel aan te kweken...
alleen heb ik dat allemaal niet gezegd. Op dat moment
merkten de oudere heer en ik dat hij over zijn looprek had
gepist. Zijn politieke opwinding had ongetwijfeld zijn
richtvermogen aangetast. Er viel voor mij niets aan dit gesprek toe te voegen.

Maar George Bush kon ditmaal niet worden gekozen,
niet zonder de gierige basis van de Republikeinse partij uit
te breiden – die beperkte, egoïstische groep van rijke vrek-
ken. De basis van Bush werd mede gevormd door de
rechtse belangen van het land, maar dat zou hem een voorsprong van niet meer dan 10 tot 15 procent opleveren. En
het zou me verbazen als het aantal rijken dat voor hun
investeringen de bescherming van de Republikeinen zocht,
nog eens 20 tot 25 procent bedroeg. Als ik alle rijken (zonder sociaal gevoel) en rechtsen telde, kwam ik niet hoger
dan 35 procent van het totaal aantal kiezers en dat was ruim

geschat. Bush had nog een groep nodig om te kunnen winnen en dat waren degenen voor wie ik bang was. Er waren
Amerikanen met een laag of gemiddeld inkomen die nog
altijd geloofden dat de Democraten hun belasting zouden
verhogen en dat het onder een Democratische president
voor hen economisch slechter zou gaan. Kon Bush die
mensen nog altijd misleiden, zoals Reagan hen voorheen
had misleid? Zo was er de caissière in de plaatselijke super-
markt die tegen mijn vrouw had gezegd: 'Nou, ik weet niet
of ik op Perot zal stemmen – ik vind hem wel aardig – of op
Bush, die ik niet aardig vind, maar ik ga in elk geval niet op
Clinton stemmen, want dat is een Democraat en die doen
niets als belasten en potverteren.' Bij die caissière werkte de
Republikeinse propaganda in ieder geval nog steeds.

Wat was 3 november een lange dag! Maar toen die voorbij was, was het ook snel voorbij. Ja, het was een overwinning voor Bill Clinton, maar het was vooral een nederlaag
voor George Bush. En voordat we het vergeten in de nas-
leep van de Amerikaanse verkiezingen: bepaalde details
wezen erop dat zelfs binnen de krankzinnige simplificaties
van de campagne – om nog maar te zwijgen van de poppenkast van politieke overwinning en nederlaag – sprake was
van ware pathos, en van aanhoudende bezorgdheid.

President Bush werd de eerste zittende president die
minder dan 40 procent van de stemmen verwierf sinds
Herbert Hoover in 1932 van Franklin Delano Roosevelt
verloor – ook een jaar waarin de economie een cruciale rol
speelde. Maar Bush aanvaardde zijn nederlaag als een heer;
eerlijk gezegd vond ik dat hij er opgelucht uitzag. Misschien wist hij al wat hij op kerstavond zou doen. In die tijd
van het jaar, als we het meest bereid zijn tot enige barmhar-
tigheid jegens onze medemens, zou president Bush een
presidentieel pardon verlenen aan Caspar Weinberger – het
ultieme blijk dat hij in de Iran-Contra-affaire geen open
kaart had gespeeld. Zelfs in zijn nederlaag bleef Bush zichzelf – cynisch tot op het bot.

De onafhankelijke kandidaat Ross Perot, die eindigde met negentien procent van de stemmen, gaf het sterkste optreden van een derde partij weg sinds Teddy Roosevelt in 1912 kandidaat stond met zijn progressieve partijprogramma. Teddy kreeg zevenentwintig procent van de stemmen in de verkiezingen die werden gewonnen door de Democraat Woodrow Wilson. Midden in Bill Clintons feest was het ontnuchterend te bedenken hoe sterk Ross Perot in 1996 als kandidaat kon zijn. En stel dat Perot dan niet onafhankelijk zou zijn? Stel dat Perot Republikein zou zijn?

In het licht van het gebeurde kunt u zich voorstellen hoe jammer mijn vrouw en ik het vonden dat we niet waren ingegaan op Dan Quayles uitnodiging om op het Witte Huis te dineren met de Republikeinse Kring van Intimi. Wat een vergooide kans! Maar ik had al eens een vreemde avond op het Witte Huis beleefd; ik betwijfelde of ik de moed had voor nog zoiets. President Reagan heeft me verschillende malen uitgenodigd voor een diner. Eerst bedankte ik – kinderachtig ongemanierd, moet ik helaas bekennen. Ik zei domme, onbeleefde dingen. ('Nee, bedankt. Die avond eet ik met de daklozen.' Dat soort puberale dingen.) Maar na de derde invitatie bedacht ik dat voor de Republikeinen kennelijk vaststond wie hun vrienden waren, of wie ze als vriend wilden; en als de Democraten ooit regeringsverantwoordelijkheid zouden dragen zouden ze, zo realiseerde ik me, misschien wel te druk bezig zijn met het versterken van de economie om mij te eten te vragen. Als ik in het Witte Huis wilde dineren meende ik er goed aan te doen op Reagans uitnodiging in te gaan. Ik kon immers niet weten dat ik er nog een zou krijgen?

Dus ik ging. Het was het gebruikelijke staatsdiner, rond de tweehonderd mensen – in dit geval ter ere van de heer en mevrouw Algerije. Tot mijn verrassing kreeg ik een plaats aan de presidentstafel met slechts vijf andere overdonderde gasten. Er was een oudere vrouw uit Ohio; zij had Reagan zijn favoriete fanmail van de week geschreven, al wilde de president noch zijn fan ons vertellen wat er in de brief had gestaan. Er was ook een vrouw van Rhode Island bij, die Attila de Non werd genoemd (in een uiterst charmante, geheel grijze combinatie), en de vroegere quarterback van de New York Jets – mijn eigen held – Joe Namath. (Joe Namath is een beroemd beroepsfootballer, die gestopt is met deze sport maar nu sport presenteert op televisie.) De heer Namath verlevendigde de conversatie door te stellen dat dit hem 'alleen in de Verenigde Staten' had kunnen overkomen, namelijk dat hij dineerde met de president van de Verenigde Staten. Ik ging er niet op in.

Maar gedurende het diner herhaalde Namath deze opmerking verschillende malen, tot ik uiteindelijk zei: 'Ja, natuurlijk is het hoogst onwaarschijnlijk dat u met de president van de Verenigde Staten zou dineren in een ander land dan de Verenigde Staten.' Men keek me aan alsof ik een ontzettende zak was; alleen Reagan snapte het grapje en hij was ook zo vriendelijk uit te leggen waarom mijn poging tot humor was mislukt.

'Het komt door uw timing én uw toon,' zei de president.

Toen vroeg de dame uit Ohio de president te vertellen wat het 'grappigste' was wat hem ooit was overkomen. Reagan aarzelde geen moment.

'We waren in de Brown Derby,' zei de president. Maar plotseling realiseerde Reagan zich dat mevrouw Algerije (en haar tolk) ook aan onze kleine tafel zat. Of eigenlijk zat de tolk op een minder comfortabele stoel achter mevrouw Algerije en kreeg hij niets te eten. Reagan vroeg zich bezorgd af of mevrouw Algerije wel op de hoogte was van de uitgaansgelegenheden in Californië. Daarom legde de president uit: 'De Brown Derby is een beroemd restaurant waar veel filmacteurs komen.' Dit werd via de tolk aan mevrouw Algerije overgebracht.

Na een korte woordenwisseling zei de tolk: 'Dat weet
ze.'

Reagan ging verder. Hij vertelde dat hij op een avond
met zijn vriend Bing Crosby en een komiek genaamd Bishop (niet de vriend van Frank Sinatra) in de Brown Derby
was – en op dat moment onderbrak de president zichzelf
om mevrouw Algerije te vertellen dat Bing Crosby een
beroemde Amerikaanse zanger was, die 'nu dood' was.

Zoals te verwachten viel zei de tolk – na weer een korte
woordenwisseling: 'Dat weet ze.'

En zo ging het verder en Reagan kwam op het incident
met de dwerg. Kennelijk was er een dwerg in de Brown
Derby en dat was een hinderlijk mannetje. Ook was het zo
dat de komiek genaamd Bishop (met wie de heer Crosby en
de heer Reagan dineerden) een licht spraakgebrek had, wat
volgens de president er mede de oorzaak van was dat de
heer Bishop weinig faam en fortuin bezat. Bishop stot-
terde.

Zo gebeurde het dat de onhebbelijke dwerg zich aan het
gezelschap Reagan-Crosby-Bishop voorstelde door zijn
hoofd op hun tafel te leggen. De tafel had zo ongeveer de
juiste hoogte voor het hoofd van de dwerg en daarop vroeg
Bishop (al stotterend): 'Heeft iem-m-mand Jo-Jo-Johan-
nes de Doper besteld?'

Natuurlijk reageerde er niemand aan onze tafel in het
Witte Huis en dus legde de president zijn grap aan mevrouw Algerije uit. 'Johannes de Doper? De Bijbel? Hoofd
afgehakt? Op een schaal gepresenteerd? Snapt u wel?'

Waarop de tolk zonder een woord tegen mevrouw Algerije zei: 'Dat weet ze.'

Zo'n avond was het. Toen ik naar het toilet moest, werd
ik vergezeld door een marinier, die bleef kijken terwijl ik
piste – om zich ervan te vergewissen dat ik niets anders ging
doen, denk ik. Ik was in mezelf teleurgesteld, omdat ik de
literaire wereld niet wist te vertegenwoordigen in de op-
standige geest waar deze wereld, denk ik, van houdt. Mijn

enige, uiterst zwakke blijk van rebellie bestond uit het feit dat ik een zilverkleurige das droeg; alle andere mannen hadden de aanduiding 'black tie' op de uitnodiging letterlijk genomen. En in mijn geval moet ik bekennen dat ik 's morgens vroeg had ingepakt bij weinig licht; eigenlijk dacht ik dat het een zwarte das was, tot ik hem zag in de goed verlichte hotelkamer waar ik me voor het diner verkleedde. Ik zou die das nooit hebben gekozen als ik hem goed had kunnen zien; het was de onnatuurlijke zilverkleur van de onderbuik van een vis, het soort das dat een onnozele middelbare-scholier zou dragen op zijn eerste schoolfeest.

En net als op een schoolfeest werd er – zoals het hoort bij een Hollywoodfeest – op mijn avond in het Witte Huis na het diner gedanst. Ik stond zo dicht mogelijk bij een uiterst charmante jonge actrice; het zegt iets over mijn leeftijd dat ik gedoemd ben me haar te herinneren als de beeldschone dochter van Alan Ladd. Ik weet zeker dat ze een voornaam heeft, maar ik weet niet zeker of ze inderdaad de dochter van Alan Ladd is; maar zo zie ik haar. Nu ik vijftig ben, realiseer ik me dat ze zelfs zijn kleindochter of helemaal geen familie van hem had kunnen zijn. Hoe dan ook, voor mij was ze Alan Ladds dochter en ze droeg zo'n jurk waardoor de meeste mannen zo dicht mogelijk bij haar wilden staan. Wanneer haar jurk verder van haar af viel wilde je er gewoon bij zijn. Natuurlijk was er binnen een straal van vijfentwintig meter geen andere vrouw te bekennen: mevrouw Ladd zag er absoluut fantastisch uit. En toen begon de muziek en George B. Schultz, die (net als alle andere mannen) zijn oog op mevrouw Ladd had laten vallen, kwam snel en doelbewust op haar af.

'O, God, wie is die ouwe lul die daar aankomt?' vroeg mevrouw Ladd.

Met slechts een zweem van verontwaardiging in zijn stem, waaruit sprak dat mevrouw Ladd zich vereerd had moeten voelen, zei een grijze heer: 'Dat is de minister van Buitenlandse Zaken, liefje.'

Ik was vastbesloten het op te nemen voor mevrouw Ladd en zei dan ook tegen de grijze heer: 'Maar hij zal u in ieder geval niet ten dans vragen, denk ik.' Maar dat werd al evenmin gewaardeerd als mijn geestige opmerking tegen Joe Namath. De minister van Buitenlandse Zaken danste weg met mevrouw Ladd en ik heb haar nooit meer gezien; het moet aan die opzichtige zilverkleurige das hebben gelegen.

Als een echte boerenkinkel ging ik vroeg naar huis. Toen ik vertrok, waren de president en mevrouw Reagan nog aan het dansen; ze zijn werkelijk fantastische danseurs. In mijn hotel realiseerde ik me dat ik Joe Namath de hele avond niet had zien dansen, waarschijnlijk vanwege zijn voetbalknieën.

Tot zover strekken mijn ervaringen met het Witte Huis en terwijl mijn vrouw en ik de voors en tegens van Dan Quayles invitatie afwogen, keken we naar het nieuws in *usa Today*: Dan Quayle had ook wijlen Leonard Bernstein uitgenodigd. Nou, we stonden paf. We weten het niet zeker, maar we vermoeden dat Leonard Bernsteins voorkeur, toen hij nog leefde, meer naar de Democraten uitging. Nu hij dood was, kon de heer Bernsteins partijvoorkeur natuurlijk niet met absolute zekerheid worden vastgesteld. Maar wat vonden wij ervan te worden uitgenodigd voor een borrel en een diner met een stelletje lijken? (We veronderstellen dat de heer Bernstein niet de enige dode was die was gevraagd.) Het begon ernaar uit te zien, zei ik tegen mijn vrouw, dat dit feestje niets voor ons was.

Dus bedankten we. We hopen dat we beleefd waren, maar we konden het niet laten te zeggen dat de heer Irving Democraat was en zijn vrouw niet de Amerikaanse nationaliteit bezat, en dat we bovendien allebei nog leefden. Als zelfs dat ons niet ongeschikt maakt voor de Republikeinse Kring van Intimi, dan weet ik het niet meer. Natuurlijk houden we de post in de gaten. Tot dusverre hebben we geen uitnodigingen ontvangen om in het Witte Huis te komen dineren. Niettemin vertrouw ik erop dat president Clinton aan me zal denken. Per slot van rekening heb ik wel op hem gestemd – en mijn vrouw en ik zijn fans van Hillary.

VERANTWOORDING

'De redding van Piggy Sneed' is als 'Piggy Sneed. Een red-
dingspoging' eerder verschenen in *Waarom ik van Dickens
hou*. Vertaling van 'Trying to save Piggy Sneed' door
Netty Vink.

'Ruimte binnenshuis' is eerder verschenen in *Waarom ik
van Dickens hou*. Vertaling van 'Interior Space' door Jabik
Veenbaas.

'Bijna in Iowa' is niet eerder in het Nederlands verschenen. Vertaling van 'Almost in Iowa' door Barbara de
Lange.

'Vermoeid koninkrijk' is niet eerder in het Nederlands
verschenen. Vertaling van 'Weary Kingdom' door Barbara
de Lange.

'Brennbars tirade' is eerder verschenen in *Amerika,
Amerika*. Vertaling van 'Brennbar's Rant' door Jabik
Veenbaas.

'Andermans dromen' is niet eerder in het Nederlands
verschenen. Vertaling van 'Other People's Dreams' door
Barbara de Lange.

'Pension Grillparzer' is afkomstig uit *De wereld volgens
Garp*. Vertaling van 'The Pension Grillparzer' door
C.A.G. van den Broek.

'De koning van de roman' is eerder verschenen in
Waarom ik van Dickens hou. Vertaling van 'The King of
the Novel' door Jabik Veenbaas.

'Kurt Vonnegut en zijn critici' is niet eerder in het Nederlands verschenen. Vertaling van 'Kurt Vonnegut and
his Critics' door Barbara de Lange.

'Diner in het Witte Huis' is niet eerder in het Nederlands
verschenen. Vertaling van 'My Dinner at the White House'
door Barbara de Lange.